致青春 011

青春須早為

(下)

李行健　著

高寶書版集團

目錄

目錄

第八十章
正版授權

「什麼？您讓我娶她回家？」

楚雲飛難以置信地看著程建業，對自己先前叫叔，後來叫伯父，現在又叫回叔的老頭子的話感到吃驚。

程建業老奸巨猾笑了笑，說道：「怎麼，不然你以為我讓你幫我管理公司的用意是什麼？」

楚雲飛說道：「可是程心那邊……她已經有喜歡的人了。」

程建業濃眉一挑，伸手在腦袋旁轉了轉，說道：「你得想辦法啊。我能做的就是儘量撮合你們，至於其他的……不要告訴我你留學三年只學會了公司管理。」

楚雲飛木訥道：「那……那我還應該學會什麼？」

程建業停下轉圈圈的手指，順便揉了揉腦袋，「你不是已經向鄭乾宣戰了嗎？」

楚雲飛點點頭。

「而且程心不也知道這件事了嗎？」

楚雲飛又點點頭。

「既然這樣，你為什麼還要藏著掖著，而不是光明正大的去追求呢？你想想看，你和鄭乾與程心都在同一個公司，而且你是上司，你比起鄭乾更多一些和程心相處的機會，有些時候，你只要能夠展現體貼關懷的一面，說不定她就慢慢改變了呢？」

程建業看到楚雲飛一副已經聽懂的樣子，又接著說：「這樣一來，你正面追求，我旁敲側擊，不就事半功倍了嗎？人啊，有時候得要動動腦子，不能像讀書一樣，被那些條條框框設定住了。我跟你說，尤其是在戰場之上，機會稍縱即逝，如果沒有敏銳的執行力和觀察力，就會遭受大敗，所謂情場如戰場，我能做的只有那麼多，剩下的要靠你自己了。」

說到這裡，怎麼做，楚雲飛已經明白了，但是有一點他還是不太理解，便悄悄問道：「程叔，我這幾天好好觀察過鄭乾，發現他工作努力又認真，態度端正而且能力也很好，這樣的人如果堅持下去，將來一定會成為公司骨幹。既然如此，程心又還喜歡他，您為什麼不贊成程心和他的戀情呢？」

程建業笑道：「首先啊，我想要讓程心過上一個好日子……至少要跟對一個會過日子的男人。雖然鄭乾看起來踏實奮進，但我知道，比起程心，他更看重自己的事業……如果在事業成功和程心之間選擇，我想他考慮之後，一定會選擇事業吧……，男人有一顆積極奮鬥的心，看起來好像不錯，但是最終卻會像我一樣，雖然取得成功，但是到頭來只剩下一個人。錢財換不來親情，成功換不來愛人。我擔心程心跟了他以後，會像她媽當年遇到我一樣……但是你和鄭乾不同。你會過生活，程心跟著你，或許會更快樂一些。」

「另一個原因，不是因為鄭乾他爸是您的死對頭？」楚雲飛問。

程建業笑笑：「天底下哪裡會有永遠的敵人？我們啊，早就相逢一笑泯恩仇了，那天我還喝了他的喜酒。」

「好吧，程叔，我確實喜歡程心，不瞞您說，三年前到國外，我就發現自己已經不知不覺喜歡上了她，前些天應您的要求回國，我心裡可是比誰都要激動。」楚雲飛嘿嘿一笑，「那我就按您說的，展開正面追求了？」

程建業笑著揮揮手：「去吧，只要你能過得了程心那關，我這裡就不會有二話。」

楚雲飛欣喜異常：「您放心吧。」

得到程建業授意的楚雲飛立刻產生了一種自己才是正牌，而鄭乾則是冒牌的感覺。但現在的問題是，自己這個正牌的未來夫婿現在在人家眼裡只不過是單純的一個哥哥或者上司，至於其他方面的情感，卻沒有任何展現。趁著鄭乾在工作上還不曾成功，得要加緊努力才是，不然所有的念想和努力就有可能全部付之東流。

這當然不是楚雲飛所希望看到的。

那麼改變，就從現在開始。公司所在的位置旁邊有一條小街，裡面有一家餐廳是程心經常去的，楚雲飛觀察過，她最喜歡吃的食物是「翡翠羽扇」，所謂翡翠羽扇只不過是一盤做成扇子形狀的乳扇[1]而已，但是用獨家配方料理，將裡面的腥味去掉了不少，吃起來口感特別，楚雲飛來到這家餐廳，打包了一份要給程心。

胖子小李依然在八卦著別人的戀愛史，有不一探到底誓不甘休的架勢。

程心自從被程建業叫去，以鄭乾未來前途做賭注之後，上班再也不會走神，就算胖子小李叫她看窗

1 乳扇：乳製品，雲南的一種小吃。

外比翼雙飛的一對鳥，她也只是笑笑，懶得理會小李的花癡心態。

這樣的辦公室日子持續了好多天，終於在今天的午休時間，所有人饑腸轆轆準備叫外賣的時候，沉悶的氣氛被打破，只是一瞬間，少女們花癡般的叫聲就響遍整間辦公室，引得一旁男性單身狗，一個個將頭伸出辦公室，透過窗子往這邊看，想知道究竟發生了什麼、以及有沒有挺身而出，拯救夢中情人於危難之間的機會，但是當看到出現在門口的人是老闆時，立刻縮回身子，裝模作樣工作去了。

看到這情況的女生們忍不住往那邊投遞鄙視的眼神，並且毫不吝嗇加送一個超長豪華版的「切——」。

楚雲飛一瞬間有些尷尬，好像所有人都已經看出來他是來找程心的，而且手裡面的飯……只有一份，很明顯也是送來給程心的。但是配角們都齊聲尖叫了，程心卻只是像平常一樣轉過頭來，問道：「什麼事？」

之前幾乎所有人都佩服程心敢以這樣的口吻和上司們說話，但多經歷幾次也就見怪不怪了。程心原本還想慢慢改變，但是看到其他人好像都不在意，也就覺得沒有改的必要了，所以即便是在辦公室裡遇到，也都是像平常聊天一樣，隨意又大氣。

其實楚雲飛也不在意程心的態度，畢竟從小到大，她對自己都是大吼大叫的，現在能夠說說笑笑，已經是一件很滿足的事情，如果程心變得像對鄭乾那樣對他，他反而會覺得有些不習慣。

第八十一章
辦公室的乳扇味道

「程心，我……我送吃的來給你。」

想想從小到大，除了自己的母親之外，這好像還是第一次送吃的給女生吧？所謂萬事起頭難，做起來還真有些不習慣。

好在程心懂得體諒人，雖然那天偷聽到了不少他和鄭乾的談話，但是對於程心來說，她一旦選定就不會放手，即便現在有人對她說我愛你，她也只會一笑而過。更何況站在面前的人是楚雲飛，他是朋友，自己對他的印象完全停留在當初那個被人欺負、愛哭鼻子的人身上，要不是那天親耳聽到，她根本不會相信楚雲飛竟然會喜歡上她。還記得當年他說自己是女漢子呢！不過啊，愛情這東西講究先入為主，如今鄭乾已經落戶心中，其他人想要來搶這個位置，幾乎是不可能的事情了。

一旦心思堅定，面對什麼都會輕輕鬆鬆的不帶其他多餘的情緒。

「我們兩一起吃啊。」程心搬了一張椅子過來，接過楚雲飛手裡的飯菜，笑了笑道，「那麼多我怎麼吃得完。唷！還是我喜歡吃的乳扇！」

「不用不用，我吃過了，我知道你喜歡吃乳扇，才專程下去幫你買上來的。如果可以的話，以後想吃什麼你告訴我就可以了。我幫你一起帶著上來。」

胖子小李從一旁插嘴道：「唉……有人疼愛真好，哪裡像我們啊，送個花都被退回來哦。」

「哈哈哈！」

「小李，你這自黑我給九分，少一分是怕你驕傲！」

「不，給她十一分，多一分是作為獎勵！」

「哈哈哈！」

小李也跟著嘿嘿一樂，路過門口時，朝楚雲飛挑了挑眉毛，極盡挑逗意味。但是那搞笑的模樣又使得其他人哈哈大笑，紛紛追鬧著離開。

辦公室裡就只剩下程心和楚雲飛，路過的人都知道裡面有問題，膽子大的會偏頭看一眼，膽子小的則當做沒看到，加快腳步離開。

等人都走得差不多了，楚雲飛才敢拉過凳子坐在一旁，嘿嘿樂道：「怎麼樣，好吃嗎？」

程心點點頭，說道：「你知道我為什麼喜歡吃乳扇嗎？」

「呃……不知道。」楚雲飛知道這是接近程心的機會，趕忙問道，「我總覺得乳扇吃著很膩，吃多了胃不舒服，真不知道你為什麼會喜歡吃乳扇？」

程心有些害羞的笑了笑，如果不是接下來這句話，楚雲飛恐怕早已淪陷……

「因為，這是鄭乾第一次買給我吃的東西。」

「呃……」楚雲飛感覺幼小的心靈彷彿回到了十年前，人家只是一句話，自己就要遭受一萬點暴擊。他的臉色變得有些不自然，但是想到程心和鄭乾目前的男女朋友關係，又稍稍恢復了一些。

「那……那以後我也可以請你吃。」楚雲飛拍著胸脯說道，「作為好哥們，你想吃多少都行。」

程心咬了一口，酥酥脆脆，很美味！笑著道：「其實我第一次吃也不習慣，後來慢慢地，才發現它的味道確實不錯。但是就算這樣，吃多了也還是會不舒服，所以你買多啦。」

楚雲飛伸手接過還剩將近一半的乳扇，說道：「那……我也吃一些試試看？」

「可以啊。」程心遞了一雙筷子過去，「不過得吃慢點，才能感受到裡面的味道。」

一頓午餐整整花費了一個多小時，程心看著楚雲飛皺眉摸腹的模樣，差點捧腹大笑。

「叫你吃慢點吧，不聽老人言，吃虧在眼前。」

「……我會很長時間不敢吃乳扇了……」楚雲飛面部表情猙獰，像是喝了一杯毒藥，「我……我先去趟洗手間，你自己收一下這些東西啊。」

「去吧去吧。」程心大度的揮揮手，彷彿當年帶領小弟拳打南北，腳踢八方。

這時，鄭乾剛好拿著一疊資料從這裡路過，聞到一股濃烈的腥味，順著味道轉頭看去，才看到一道熟悉的身影，也才記起來這裡是程心的辦公室。

「程心，你吃了多少乳扇？這股味道實在是……」

「掙錢的，你才想到要過來看看我呀？」程心聽到鄭乾的聲音，有些開心，但是想到在這裡工作這麼多天了，除了下班時候能夠見到他之外，一天到晚都看不到一個人影，最近甚至為了那什麼策劃，回到家還加班，連她發去的訊息也沒回，真是讓人氣憤。

「我在忙嘛。」鄭乾舉了舉手裡的檔案袋，有些愧疚的看著程心說道，「你爸親自吩咐的，不敢不好好完成啊。」

「你這理由倒是充分，竟讓我無從反駁。」程心白他一眼，「好啦，逗你的，我知道你這幾天很忙，但是再忙也要注意身體，知道嗎？我可是聽說了不少碼農[2]和工程師都是因為超負荷的工作而導致身體生病的。」

「放心吧，我雖然忙，但是也懂得調理身體，倒是你……」鄭乾放下手裡的東西，過來幫程心收拾，「這些東西都是含脂肪量超高的，你要少吃一些，不然對身體也不好。」

說到吃飯的話題，程心突然對鄭乾說道：「不然我們以後一起去吃飯，怎麼樣？就像在學校裡一樣，誰先下課誰等誰。」

咕——

一聲奇特的聲響從腹部傳出，鄭乾摸了摸肚子，尷尬一笑：「我好像還沒吃飯。」

程心白了鄭乾一眼，幫他拿著文件袋，勾上手臂道：「走吧，我陪你去吃，就讓你好好注意自己的身體，再這樣下去，工作沒有做好，身體倒先受不住了。這可不行啊。」

「好好，我知道啦。」鄭乾躲在幸福鄉裡微微一笑。

※

和爸媽商量婚事的結果終究如預料中不歡而散，爸媽不但沒有兌現許諾，反倒讓他有種賠了夫人又折兵的感覺。

在老媽大聲的「沒良心」喊罵聲中，孔浩最終還是選擇了追上姚佳仁。他想的很簡單，家裡有老爸在，所以老媽不會有什麼事情，但是他卻擔心佳仁一氣之下作出什麼傻事，比如離家出走搞失蹤，那就

2 碼農：一些從事軟體開發工作人員自嘲的稱號。

真的不好玩了。

還好老天有眼，在回到單位分配的住房裡時，姚佳仁正站在鏡子前補妝……補妝？孔浩腦海當中冒出某些恐怖片的場景，心裡一駭，趕緊問道：「佳仁，你補妝做什麼？還要出門？」

姚佳仁是帶著哭腔說道：「你怎麼回來了？我還以為你不要我了。」

孔浩一急，說道：「誰說我不要你了？傻女孩，你以為我們兩年多的感情是玩玩而已嗎？」

姚佳仁放下眉筆，看著孔浩說道：「你媽說，有她沒我，有我沒她……可是，我到底做錯了什麼？」

「你沒有做錯！誰都沒錯，怪就怪在我沒有本事，不能靠自己的能力給你一個安穩的生活。」孔浩像是突然打開了一扇門，語氣中有責怪又有驚喜，「所以以後……我一定努力工作，努力賺錢！」

姚佳仁擦乾眼角的淚水，輕聲道：「我知道你捨不得我，但是你過來找我，你媽不會很傷心嗎？」

孔浩頭疼地揉了揉腦袋，指了指家裡說道：「我跟她說我過來這邊住，不會怎麼樣的。」

「那你還走嗎？」

「我不走了，我陪著你。」

「不准騙我。」

看著姚佳仁楚楚可憐的樣子，孔浩心頭一軟，彷彿一瞬間感受到了一個男人應有的責任，手輕扶著佳仁的肩膀，說道：「不騙你。」

第八十二章
希望和悔恨

姚佳仁輕輕推開孔浩，說道：「我還是決定去做演員……虎妞和我說了，今晚帶我去見一下投資人，如果順利的話，不用幾天我就可以上鏡了。」

「見投資人？」孔浩挑了挑眉頭，語氣嚴厲道，「我不同意，你一個女孩子，單獨去見什麼投資人，萬一出什麼事怎麼辦？」

姚佳仁已經下定決心了，輕輕握著孔浩的手，言辭懇切道：「你放心吧，虎妞是我大學同學，有她在能出什麼事？」

「不行，我還是不放心，今天不出事，以後呢？誰敢保證以後每一次都不會有問題？」孔浩攔在門前，大有一言不合就不讓姚佳仁出門的打算，「你要當演員我不反對，可見投資人也得挑挑時間吧？你看這都接近晚上了……娛樂圈那些事就算不知道，也聽過不少了吧？我就問你，那些大紅大紫的女星，除了背景深厚的，有哪個是乾乾淨淨出來的？」

孔浩幾乎是吼著說出這些話來。一方面，姚佳仁的偏執加上今天比預料中更加殘酷的結局讓他有些難以接受，如果一個男人不能在女人最需要關懷的時候給予她應有的一切，那麼就是一個不合格的男人。而姚佳仁的所作所為無疑是在向孔浩證明，他在她的世界裡，並不是一個適合的存在。

這對於一個深愛對方的男人來說，無疑是一個沉重的打擊。

姚佳仁也知道娛樂圈的水之深淺，她義無反顧的一頭往裡面栽，除了對現有生活的不滿意外，大概也和從小的思維有關吧。所以即便孔浩的話有多麼刺耳，她依然不認為自己有錯，而且與此相反，在這樣的壓力和不信任下，更加堅定了她想要就此闖出一番名堂的打算。

「你不用攔著我，不管怎麼說，這是我的選擇……我想，就算到最後什麼也沒有得到，我也不會後悔。」姚佳仁堅定地說。

「難道你就不考慮一下我的感受嗎？我現在有工作了，我可以賺錢了，只要再等幾年，我就可以給你想要的生活！」孔浩急紅了臉。

「你要我等你？你忘記我對鄭乾說過什麼了嗎？一個男人最不應該說的一句話，就是讓自己喜歡的女人等他！男人可以等女人，可是女人呢？女人的容顏會一天天變老，最後變成老太婆，你們男人還會喜歡嗎？」姚佳仁搖頭說道，「我不想就這樣平平淡淡地度過自己最美的時光，我要利用年輕的資本，去拚搏，去闖蕩，去過我想要的生活，去做我想做的事情！」

孔浩沉默了。他一開始就知道，一旦姚佳仁選定了未來要走的路，哪怕是撞了牆，也不見得會回頭，如今一番勸說，只不過是抱著僥倖的態度罷了，如今僅存的一絲僥倖就此消逝，也就等於勸說無果，除了沉默……還有什麼？

孔浩不再守著房門，低垂著頭，從姚佳仁身邊走過，什麼話也沒有說。

姚佳仁胸脯不斷起伏，顯然是剛才一番話費盡了她所有力氣，這同樣也說明——那些對孔浩吼出來的話，大概已經藏在她心底很久了。

如果，孔浩的爸媽能夠張口答應兩人的婚事，不論是被逼迫答應，或者爽快同意，今晚的這些話必然不會擺在桌面上出現，也許隨著結婚之後的平淡生活，再多的情緒也就隨著時間的流逝而慢慢退去了。

姚佳仁背起包，上了淡淡的妝容出門，離開的時候，嘴角掛著苦澀的笑，眼珠裡彷彿有淚花翻滾。踏出門檻前，她的身子停頓了一下，但是最終仍舊沒有回頭看一眼顯得落魄且無奈至極的孔浩。

單位分配的房間，孔浩從未覺得寬廣過，甚至有時候，他會覺得很擁擠，下班之後看著擺滿屋子的雜物更會覺得心煩，但是此時，明明姚佳仁只是出一趟門，孔浩卻感覺到，自己丟掉的是整個世界。房間顯得空前的寬敞，窗明几淨，因擦拭得乾淨而不停反光的玻璃，彷彿是在對他進行最無情的嘲笑，那些堆滿角落的雜物，也如同被賦予了生命一般，咧嘴大笑著。

它們的笑聲如同最尖銳的利器，不停戳往孔浩心頭。

這一瞬間，他感到迷茫。以前的嘻嘻哈哈如同潮水一般，在潮汐之前忽而退去。剩下的只是對過往的懺悔和對未來的感恩，希望和悔恨的交織，最能促進一個人的成長；痛苦和渴望的反復，最能改變一個人的模樣。

孔浩突然間明白了很多，也收穫了很多。在愛與恨的世界裡，與其哀嘆現實，不如放手與未來一搏。

所以，為什麼不從現在起好好努力呢？還有什麼理由不將幼稚和幻想丟棄，從而獲得新生呢？

孔浩看著天邊欲墜的太陽，緩緩起身。

他的背影，是那樣堅定。

他的拳頭，是那樣結實。

※

程心從畢業以來從未有哪天感到如此鬱悶，最近一段時間她經手的合約沒有出現過任何紕漏，甚至她還將許多新規定納入其中，促成許多新條款的生成，讓公司在不少地方都獲得了極大利潤。

這樣的好事本該感到高興才是，但是不知道為什麼，最近程建業像養成了習慣一樣，每一兩天，竟然都要來公司進行視察，而視察的內容除了表揚她工作認真努力外，還將楚雲飛一起叫來，讓兩個人進行工作上的交談，有時候興起了，還會叫著一起出去吃飯散步。這些都還可以接受，但是今天，程建業卻直接跟她說明了一切。

他說：「我看雲飛啊，比鄭乾優秀，不光學歷優秀，為人也不差，我程建業的女兒，怎麼能只盯著一棵樹呢？我就問你，是不是鄭乾他在工作上做不出成績，你這輩子就不嫁了？」

程心最反感的便是別人插手她的感情，或許是和小時候的經歷有關吧……當初相親相愛的父母最後竟然選擇了離婚，這種事情對當年的程心造成的傷害自是難以彌補，如今她所認為的愛情，是不同於父輩的，是要堅定而持久的。

她認為鄭乾能夠帶給她想要的生活，所以她就毫不猶豫地選擇了他，從而對程建業口中比鄭乾優秀的楚雲飛不理不睬，哪怕他天天送乳扇過來，持之以恆、關懷備至，也同樣如此。

程心的心裡就只裝得下一個人，所以她當時回答：「鄭乾就是我的菜，我喜歡他，他也喜歡我。」

「那乳扇就不是你的菜了？」程建業顯然是聽說了每天中午辦公室裡傳出的乳扇味，「我看人看得比誰都準，你還年輕，很多時候還是應該多聽聽長輩的意見。別用金魚眼看著我，我跟你說，鄭乾是一個投入在工作上就不顧家的人，而楚雲飛是一個既會工作又會生活的人，這點從他每天送給你的午餐裡就可以看出來。你見過誰專門跟廚師約定，每天換著做一份不同的獨特的午餐？而且我還聽說，他這幾天一回到家就上網查一些食物的做法，而那些食物都是你喜歡吃的。這樣的男人你不考慮一下，不覺得對不起人家嗎？」

第八十三章
誰是誰的菜

程心當時就聽出了程建業話裡話外的意思，顯然他是想讓自己遠離鄭乾，然後和楚雲飛在一起。

既然如此，當初為什麼還要放任她將鄭乾帶進公司？程心想問，但是看程建業沒有回答的意思，也就將疑問放進了心底，不過有一件事可以確定，就算程建業將楚雲飛誇得天花亂墜，她也不會對他有任何考慮。

最終這場談話在不愉快的氛圍中結束。程建業轉過身對程心說道：「你還是考慮一下。」程心一如既往回答道：「您放心吧，我不會考慮的。」

從小對女兒的歉疚讓程建業難以逼迫程心去做些什麼，而從小養成對程建業的反抗心理讓程心覺得自己的父親在很多方面都是失敗者，兩相結合，這樣的談話沒有結果也就在情理之中了。

程心返回辦公室的途中，恰好遇到剛從辦公室出來的楚雲飛。

楚雲飛笑道：「程叔走了？對了，我剛把午飯放你桌上了，待會記得去吃啊。」

程心將手環抱胸前，偏著頭問道：「楚雲飛，你和我爸說什麼了？」

「沒有啊，你們在談話的時候我不是去買飯了嗎……」楚雲飛看到程心的臉色越來越難看，知道一不小心就有可能點爆一個火藥桶，說到後面聲音越來越小，到了最後甚至只有他自己才能聽到，「而且，我追你可是你爸同意的，你不能這麼對我……」

這一瞬間，讓程心有種錯覺，眼前的楚雲飛好像又回到了之前被人欺負時的模樣，只不過相較起來高出一個頭，外加型男一般的身形，在她面前表現出這副姿態，難道不覺得有些……彆扭嗎？程心不耐煩的揮了揮手，說道：「你剛才說什麼？大聲一點，別扭扭捏捏的。」

咳咳……楚雲飛先潤了潤嗓子，才悠悠道：「我說……我確實喜歡你，而且程叔也同意我追求你，所以我為你做些什麼，也是正常的吧？」

果然是這樣，程心沉默片刻，直視著楚雲飛說道：「以後呢，我和鄭乾會一起去吃飯，你就不用幫我送了啊～」說著，便擦著楚雲飛的身子離開。

楚雲飛聳了聳肩膀，自言自語道：「不送就不送吧，那我自己吃。」

「你說什麼？」程心突然從身後伸出一個頭來。

楚雲飛嚇了一跳，連忙擺手道：「沒說什麼，沒說什麼。」突然又想起一件事來，連忙轉身拉住程心，笑意滿滿地說道：「鄭乾的招標策劃得到了程叔的首肯，沒出意外的話，將會為公司帶來不菲的利益。」

程心對這個感興趣，聽到後眼睛一亮，問道：「那這麼說來，鄭乾升遷有望了？」

楚雲飛點點頭：「應該……是吧。」

「什麼叫應該？有沒有要說清楚啊！」程心白了楚雲飛一大眼，但那風情萬種的模樣倒引來楚雲飛喉嚨的蠕動。

「那個……咳咳，這就得看他的策劃工作能在其中起到多少作用了，你也知道，公司完成一個專案是各個部門合作努力的結果，在評判價值標準時，我們可不能厚此薄彼，不然會對公司發展造成不良影響。」

程心突然眨了眨眼，問道：「你為什麼對鄭乾有可能的升職感到這麼高興？難不成是另有所圖，而且瞞著我？」

楚雲飛搖著指頭連說幾個NO，一本正經道：「我和鄭乾說過，我們要公平競爭，你知道啥是公平競爭不？就是在明面上的、相同條件下的、不能勝之不武的競爭。」

程心嘴角勾起，笑了笑：「看不出來啊。」還沒等楚雲飛自戀自誇一句「當然」，人就翻個白眼走了。留下楚雲飛待在原地欲哭無淚。

與此同時，鄭乾正趴在辦公桌上，不停完善自己的招標策劃。雖然從接受任務初期，到初稿截止，就已經得到了程建業的肯定，但是如果能夠將其中某些地方再完善一下，一定會比原方案更加完美有用。這樣，他的方案就能夠在公司招標當中起到重要作用，如此一來更進一步也就不再是妄想了。

為了達到既定的目標，這些天以來，他都沉浸在工作當中，雖然不及創業時期那樣投入，但是精神卻更加集中，而且心思也更加細膩。工作時間似乎也在不知不覺當中慢慢加長，每天除了工作，應該也只剩下了工作。

但是對於鄭乾來說，這樣的生活才更加充實可靠，也更加讓人感受到最後的成功的快樂，好在現在又從莫小寶的別墅搬回了家裡跟鄭晟以及蔣潔居住，否則還不清楚日常生活該會有多麼混亂。

除此之外，程心每天到了飯點也會過來叫他一起出去吃飯，有時候實在忙不過來，程心還會主動幫他買一些吃的回來。鄭乾看著周圍一堆單身狗，充滿了羡慕嫉妒恨以及想擁有的眼神，就知道自己的小幸福是多麼的得來不易啊，於是漸漸地，對程心也就產生了一種發自心底的感激。

比如現在，程心又提著飯盒進來了，但是開口的一句話卻讓鄭乾愣了愣。

「我們一起吃，楚雲飛請客。」

鄭乾放下手中紙筆，將電腦螢幕切換為睡眠模式，笑了笑道：「老闆請客，那得多吃啊。」

程心翻了個白眼，哼哼道：「你女朋友都快被人家拐走了，還在這裡說風涼話。」

鄭乾嘿嘿一笑，扶著程心坐下，才開口說道：「我們在一起，三年多了。三年多來，經歷了大風大浪，很多事情也都看得透看得明瞭了，所以我相信不管未來面對什麼，我們都會相互陪伴著對方，讓彼此感到快樂的。」

程心有些意外，鄭乾這書呆子又發什麼瘋？什麼時候這麼會說人話了？以前不都是傻愣愣的嗎？連續三個疑問讓程心得出一個結論：真是活的時間久了什麼事都能見到啊。

心裡雖然這樣想，但更多的卻是高興。她相信，只要她對鄭乾不變，鄭乾也會一直陪伴在她身邊。

老爸說他看人眼光準，可是程心也想說，她的感覺更準。

第八十四章
微妙氣氛

幾天時間過去，彷佛一切都已經回歸了正軌。

聽說莫小寶的海鮮店最近有好的發展，他算是坐實了海鮮老闆的名頭，相信不用幾年，他就能成為真正的土豪，而鄭乾聽從程心的建議，從創業大軍中退出，並投身到公司工作當中，從目前的發展狀況來看，也許一段時間之後，就能成為公司主管，獲得升遷。

而程心，依舊和胖子小李時不時探究某人的純情戀愛史，只是再新鮮的話題也有被談老的時候，所以程心向程建業請求，希望能夠到鄭乾所在的策劃部工作，照理來說這樣的要求不可能得到准許，但是楚雲飛堅持公平競爭的原則，做主答應了程心的工作調動。

而在情場和家庭上面臨失意的孔浩，這些天在城管當中的口碑越來越好，不但努力工作，而且臉上還掛起了成熟的微笑，不少被當地記者採訪的小販都紛紛表示，一個胸前牌號為九五五三八的傢伙通情達理，能夠以理服人，是人民的好城管。

而姚佳仁，自從那天晚上見到了虎妞介紹的投資人之後，則更加堅定了做一名演員的想法，而且投資人看她姿色不錯，還答應只要她肯努力，上鏡就不成問題。

姚佳仁高高興興拿了劇本回家，每天晚上除了排練便是背臺詞，有時候也拉上忙了一天的孔浩幫他對詞，兩人雖然看上去依舊像幾天前一樣沒有什麼改變，但實際上，一種微妙的氣氛卻一直盤旋在兩人之間，久久不曾消散。姚佳仁和孔浩也能通過某些事情感受到彼此最近的改變。

在姚佳仁看來，孔浩變得成熟許多，以至於讓她一時之間難以適應；而對於孔浩來說，姚佳仁則打扮得越來越性感，這說明她已經從心理上做好了踏足娛樂圈的準備。

孔浩想說那是一灘渾水，除非是蓮藕，否則進去了就難以乾乾淨淨的出來，可是他深知如今的姚佳仁已經開始走火入魔，只希望現實能夠將她喚回，否則再多的言語也難以讓她明白忠言逆耳利於行的道理。

又是重複的一天，孔浩將東城區的小販都聚集到了菜市場周圍的攤點上，不但進行政策法規宣導，還運用不少成語故事將許多小販說服，讓他們沒有怨言的去到該去的地方售賣貨物。如此勞累了一天，下班回家，發現姚佳仁還沒有出門，再一聽，浴室裡傳來一陣淋浴的聲音。

一套深V白色連衣裙放在了浴室外的衣架上，孔浩隨意看了一眼，便看出這是一條短得連大腿都遮不住的裙子，以前的姚佳仁雖然也敢穿敢露，但那都是在學校師生能夠接受的範圍之內，如今才認識投資人幾天時間，竟然就開始學著突破底線了。

這樣下去……孔浩搖了搖頭不再去想，看向那條裙子和梳妝檯上，需要花費他一個月工資才能買到的化妝品，眼神也就變得憂鬱起來。

脫下城管服，換上一套便裝，隨意靠在沙發上，然後打開電視，胡亂轉台，好像做什麼都心不在焉的樣子。

孔浩微微閉上眼睛，浴室裡的淋浴聲漸漸停歇，過了一會兒是門打開的聲音。

「回來了？」姚佳仁走了出來，邊用毛巾搓著頭髮邊往這邊瞥了一眼。此時的她，身上裹著浴巾，尚未擦乾的水滴順著潔白的脖頸流下，一直到浴巾裹住的地方才停止。姚佳仁曼妙的身姿就隱藏在一條白色棉布之下，讓人充滿無限遐想。

往常面對這樣的一幕，孔浩或許已經流下鼻血，整個人像餓狼撲食般撲了上去，但是現在，他卻對此提不起任何興趣，而且就算此時心頭意動，恐怕也會被姚佳仁一腳踢飛吧？

見孔浩不出聲，姚佳仁不由問道：「怎麼了？是不是執勤遇到麻煩了？」在姚佳仁的印象裡，孔浩穿上城管服之後，唯一能做的事情便是像其他城管一樣，追著小販滿街跑，因為作為孔浩的女朋友，她甚至沒有詢問過關于孔浩工作上的任何一絲訊息，所以也就理所當然並不知道他在城管當中的聲譽，仍舊以為天下烏鴉一般黑，再改變模樣，也更換不了黑的本質。

孔浩原本已經有了睡意，聽到姚佳仁說話，才微微睜開眼睛，揉了揉額頭說道：「沒事，上班累了一天，想休息一下。」

「要不要我幫你泡杯茶？」

孔浩轉動眼珠往右邊看了一眼，只見姚佳仁正對著鏡子不停擦頭髮，哪有時間泡茶？嘿，女人啊，真是可憐，洗完了頭連個吹風機也捨不得用，還生怕風會把頭髮吹枯吹亂，真是的，用得著那麼嬌氣嗎？

擦吧擦吧，反正浪費時間的又不是我……孔浩想著，搖了搖頭，說道：「不用了。我自己倒就行。」

「好吧，浩，你幫我拿一下衣服，喏，就在衣架上，不是白色那件，是那個……對，黑色那個。」

姚佳仁滿意地點點頭，似乎有些害羞，放下毛巾，從孔浩手中拿過黑色衣服，微笑道，「謝謝啊。」

而孔浩卻已經皺起了眉頭，剛才遞給姚佳仁那件，是衣服嗎？明明是……算了，當做沒看到就是了。

好在這次是孔浩想錯了，姚佳仁從臥室出來的時候，身上已經套上了一條充滿青春氣息的藍白相間的裙子，裙子很長，遮住了膝蓋，而上身也只露出了脖子，一切看上去都那麼和諧美好。

孔浩微微一笑：「挺漂亮的。」

姚佳仁展顏一笑：「真的嗎？我跟你說，那投資人說了，我在劇中扮演的角色是青春少女系的，而且你從劇本裡也能看出來吧？所以我這幾天想先適應，等到試鏡的時候，一定要一次通過！」

雖然對於姚佳仁的選擇不敢苟同，但針對她的追求，孔浩卻不好去評論什麼，只能點頭附和道：「應該的。」

姚佳仁似乎沒有發現孔浩身上的變化，微微一笑道：「那我出去囉！」

「去哪？」

「去見投資人呀。」

孔浩皺起眉頭，問道：「為什麼每天都要去？」

姚佳仁撇撇嘴，回道：「你什麼時候看到我每天都去了？而且談工作又不是一天兩天就能談成的，你以為人家投資電影是為了玩啊？」

「好啊，那我陪你去吧，順便我也見見那位投資人。」孔浩說著，便穿鞋準備跟姚佳仁一起出門。

「喂！你這是幹什麼？」姚佳仁不滿地看著孔浩，「我做的是正事，你在想什麼？」

「女朋友談正事，我為什麼不能去？」孔浩的話讓姚佳仁無以反駁，頓時氣急而怒道：「我不管，你去了要是把我好不容易找到的機會浪費了，該怎麼辦？」

「沒事，我不出面，你們約在咖啡店談，那我就坐在一旁，絕對不會打擾到你，也不會讓你的投資人看到我，你放心好了。」

「你這是限制我的自由！」姚佳仁將手上的包甩在孔浩身上。

「如果你這麼想的話，我也沒有辦法，對我而言，我只是盡到一個男朋友該盡的責任。」孔浩嘆了口氣，凝視著姚佳仁，「至少……我不能看著你傻呼呼的被人欺負。」

第八十五章
夜不歸宿

姚佳仁原本激烈的情緒瞬間被這句話感染，一個男人能夠對你說出這句話，就說明不管怎麼樣，他最終都在愛著自己。

只要愛著我就好，姚佳仁想。但是不知道為什麼，她心裡還是不願意孔浩去接觸自己工作上的事情，尤其是在清楚並沒有所謂的被誰欺負的情況下，這種無厘頭的想法就更加強烈。

強烈的自強欲望促使著姚佳仁再次拒絕孔浩的跟隨，說道：「我知道你愛我、關心我，但是……你放心，不管做什麼，我都會在保護好自己的前提下完成。我已經是二十幾歲的人了，沒有你想的那麼笨。」

「但是我不放心。」孔浩說，「萬一你遇上了騙子，怎麼辦？」

姚佳仁笑了笑，拉著孔浩的手左右搖晃，「你放心啦，世界上哪有那麼多騙子？再說了，介紹人是我大學同學，還能有什麼問題？人家虎妞原本只是一個普普通通的人，但是你看看現在，人家整過之後，要什麼有什麼，完全變了樣。要不是靠著關係進入樂娛樂圈幕後工作，我才不信她會有那麼大的改變呢，而且我聽她說，最近她想要從幕後轉到幕前，有可能就是拿我現在排練的這個劇本試水溫。」

說了那麼多，孔浩知道已經勸不動佳仁了，既然如此，就只能平常多關心一點吧。到時候如果真出什麼問題也好即時處理，不過……當然希望不要出什麼問題才好。

「那早點回來。」

※

程家——

「放心，至少我不會夜不歸宿呀。」程心笑呵呵道。

「傻孩子，真不要雲飛送你？」程建業看了一眼外面的天色，有些擔心。

「放心啦，當初我一個人住的時候還不是愛去哪就去哪……嘻嘻。」程心見程建業臉色變了，趕忙比了個 OK 的手勢，笑嘻嘻出了門。

「這孩子……我看雲飛你得要加把勁努力才行。」程建業苦笑道。

楚雲飛乾咳兩聲，說道：「程叔，您也知道感情這種事沒辦法勉強，況且鄭乾的招標方案幫助公司獲得了巨大成功，如果沒有他，就算是勝，恐怕也是險勝吧……所以，我盡力就好。」

程建業點點頭，將手上的煙熄滅，微笑道：「鄭乾是個人才，如果你覺得沒有什麼問題的話，可以考慮讓他升職，讓他多管理一些東西，說不定以後他能成為你的左膀右臂。」

楚雲飛說道：「這是自然，那到時候……」

「想都別想。」程建業不懷好意道，「你這小子那麼能幹，年紀輕輕就想甩下公司讓別人去收拾？」

楚雲飛乾笑道：「程叔，您也知道，要不是您讓我回來幫您打理公司，我也許就留在國外了。」

「真的只有想到幫我打理公司？」程建業一眼看穿楚雲飛的小心思。

「這個……也不全是，也算是為了程心吧。如果——」楚雲飛抬起手來，強調道，「我是說如果程心最後選擇了鄭乾，那我就返回國外，公司就留給程心和鄭乾好了。」

「我們這哪裡不好，偏偏你總想著要去國外？」程建業皺著眉頭說道。

「說來不好意思，如果我最後能和程心在一起的話，肯定會留在這裡幫您照顧公司，但如果程心最後選擇的不是我，我大概會不想看到程心和別的男人走在一起吧，這對我來說是一種煎熬。」

程建業卻笑著搖了搖頭，顯然對楚雲飛的說法不贊同，他點了一根煙，吐出一個煙圈，說道：「既然你愛她，就不會怕看到她幸福，哪怕這種幸福是建立在你的悲痛之上。同樣如此，為什麼世界上那麼多戀人在分手之後會做出傷害對方的行為？因為他們不懂得，真正的愛就像上戰場一樣，能夠為彼此奉獻自己的生命，而不是在出局之後想方設法詆毀和摧殘對方。」

楚雲飛沉默片刻，若有所悟道：「我好像明白了什麼。」

程建業站起身來，一邊走一邊說道：「明白了就好。去跟在程心後面看看，鄭乾家離這裡遠，我怕這孩子高興起來就大咧咧的，把什麼都忘了。」

「您放心吧。」楚雲飛保證道，「對了，程叔，您看要不要將鄭乾提為策劃部經理？」

「策劃部經理？」程建業想了想，「部門經理當中，公司裡有沒有比他年輕的？」

「我看一下。」楚雲飛打開電腦，將公司人員的資訊都調了出來，一番查看之後，發現年齡最小的也都二十八歲了，算得上是公司的老員工了。「程叔，如果鄭乾成為策劃部經理的話，那他就是我們公司最年輕的部門經理。」

「好，那就策劃部經理吧。」程建業感嘆道，「這小子有才能啊，在他這個年紀，我和他老爸還在軍營裡爭風吃醋呢！哈哈哈！」

幾天之後。

季節已經進入深秋，深秋的太陽不像夏天那麼熱烈，照到人身上有種暖洋洋的感覺。風也不似從火爐裡出來的一般，當初叫夏風，如今該叫秋風了。

秋風吹拂在臉上，帶來一絲清明。孔浩早早醒來，揉了揉眼睛，打開窗戶，等上下眼簾全部打開之後，才發現姚佳仁昨晚沒有回來。

夜不歸宿這件事，對於姚佳仁來說彷彿已經習以為常……而且孔浩並不知道她去了哪裡，打電話有時候不接，有時候則是聲稱和虎妞在一起，每次說要去接她，都被拒絕了。如果不是沒有發現什麼異常，孔浩或許早已開始偵查突擊。

晃了晃腦袋，將所有心事都放進心底鎖將起來，孔浩像往常一樣洗漱，穿戴整齊後，向值班地點出發。

在他以及整個城管大隊[3]的治理下，G市如今的市容市貌得到了極大的改善，無論是街邊店鋪還是菜市場攤位設置，相比之前提升了一個等級，孔浩的同事們都說，總體規劃算主管的功勞，可要是沒有像孔浩一樣的基層城管執行，能否達到目前的高度，還很難說。

這就是孔浩想要的結果，在其位謀其政，努力地工作，並抓住任何一個可以改變命運的機會。只有

3 城管大隊：職責為管理城市的市容市貌。

這樣，他才能給予姚佳仁想要的生活，也才能在家裡說話時佔據足夠的分量，否則孔媽必定永遠不會答應他和姚佳仁的婚事。

第八十六章

開門便是裸睡

今天是公司為招標成功舉行慶功宴的日子，所有高層都被邀請出席，地點就定在程建業自家的酒店。

時間還早，程心便開車去到鄭乾家樓下，電話叫不醒，乾脆就扯開嗓門大叫，結果惹得隔壁鄰居都伸出頭來，有起床氣的人正想組織語言準備開罵，但是低頭一看，竟是個有錢的漂亮女孩子，一瞬間準備好的齷齪詞彙就全都拋到腦後，紛紛縮回頭去，暗自感嘆，究竟是哪個混小子能夠找到那麼好的女朋友？

出乎程心意料，出來為她開門的不是鄭乾，而是她的媽媽，蔣潔。

蔣潔一大早就聽到女兒的聲音，一開始還以為是錯覺，等到幾聲喊叫過後，才反應過來，這不是程心是誰？連忙放下手裡做好的麵條，解下圍裙就跑了下去。

程心和蔣潔也有一段時間沒見面了，雖然經常打電話問候，但自從程心工作之後，就沒有太多私人時間，下班後也大多有安排聚會，倒是疏忽了和媽媽的交流，於是此時見到，心裡相當開心。

「媽，您又變瘦了。」程心捏了捏蔣潔的手掌，心疼道，「是不是鄭晟那老頭子欺負您？」

蔣潔責怪的看了眼女兒，拍拍她的手掌，說道：「你要叫他叔叔，什麼鄭晟老頭子？越來越沒大沒小了。」

程心滿不在乎道：「才不管呢，反正要是讓我知道他欺負您的話，我絕對會給他好看！」說著，還比了比光亮潔白的小拳頭。

「你呀，這種個性就從沒改過。」蔣潔苦笑道。

「媽，鄭乾呢？不會還在睡吧？」程心看了一眼錶，「都已經十點半了！」

「你不知道，鄭乾這孩子工作太努力了，每天晚上回來都還工作到十一、十二點，有時候甚至第二天早上起來，都能看到他趴在電腦前睡著。」蔣潔感嘆道，「我聽他說，等到他在工作上取得成績，能夠為你買間大房子，他就要向你求婚。鄭乾這孩子真的難得，你在他身邊可要懂事一些，不能像在家裡一樣任性了。」

程心笑瞇瞇道：「媽，你都快把他誇到天上去了，還好他睡著沒有聽到，不然以後一定時常驕傲得翹尾巴！」

「呵呵呵，你這孩子。」蔣潔微微笑了笑，指了指沙發讓程心先坐著，「我去叫他吧。」

「我跟你一起去。」程心躡手躡腳跟在蔣潔後面。

「不害臊呀？」

「怕什麼。」程心小嘴一鼓，「又不是沒見過。」

「啊？」這話把蔣潔嚇得不輕，猛地轉過頭來，「你剛說什麼？」

程心吐吐舌頭，羞羞地笑道：「開玩笑的啦。」

蔣潔伸出手指點了一下程心的額頭，對於自己女兒的調皮她可是早就領教過了。

咚咚咚！

蔣潔敲了一下鄭乾房間的門。

沒人應。

咚咚咚！

又敲了三下，等待片刻，依然沒有反應。

蔣潔乾脆又敲了幾下，叫了幾聲鄭乾的名字。

裡面好像傳來窸窸窣窣的聲音。

程心將耳朵貼到門上，正打算偷聽些什麼，突然間門被往內打開，她的身體頓時失去重心，一下子就往前撲了過去。

於是房間裡便響起了兩聲驚叫。

啊——！

程心捂著眼睛，不要命地往外面跑，躲在蔣潔身後，看都不敢看一眼。

而鄭乾則是呆呼呼的看了自己一眼，只見全身上下光溜溜的，只有一條內褲套在下面……剛才突然出現的是誰？

他原本只是想開一條門縫應蔣潔一聲，卻沒有想到竟然有人趴在門上，一將門打開，趴在門上的人突然間就往下沉，他的手一時沒有用上力，就這樣整個被撲倒……

而且最關鍵的是……他到現在還不知道剛才撲進來的人是誰。

唰——

鄭乾趕緊從旁邊扯了一件衣服遮住上身，才訕笑道：「阿姨，剛才那是……」說著指了指她身後。

「臭鄭乾！你還不趕快把衣服褲子穿上！快穿上！」

程心？！鄭乾沒想到她竟然會一大早到自己家裡來，忍不住問道：「你什麼時候來的？」

「穿上衣服再說！」程心依然躲在蔣潔身後，說著從旁邊伸出個小拳頭，「不然，不然我打你喔。」

鄭乾哈哈一笑，砰一聲關上門，只用了一兩分鐘的時間就收拾完畢，重新出現在所有人面前。

蔣潔剛才也沒有去看，雖然比自己小一輩，但是男女有別，此時看到鄭乾穿好衣服，才笑著說道：「程心剛剛到的，原本說我來叫你，結果她偏跟著來。」

「媽——您還說。」程心斜著眼看了眼蔣潔，像小貓一樣，躡手躡腳從媽媽身後鑽出來，張牙舞爪威脅鄭乾，「你以後要是再裸睡……我、我就打你，信不信？」

鄭乾欲哭無淚，明明是自己被看光了，怎麼好像程心才是受害人？但是面對小老虎一樣的女朋友，除了點頭答應還能說什麼？

「今天不是休息日嗎？你怎麼跑來了？」鄭乾奇怪道。

程心昂著小腦袋說道：「當然是有重要的事情啦，不然我來看你裸睡的嗎！」

鄭乾摸摸鼻子，不打算在裸睡這個話題上繼續鑽研下去。「好啦，我以後不裸睡了好不好？說吧，想去哪裡玩，還是讓我陪你逛街？」

「哼——」程心翻個白眼，「你就不能往另一個方向想想？」

「什麼方向？」

程心道：「你和我在一起的記憶就只有逛街和玩啊？」

「呃……不然呢？」鄭乾撓了撓腦袋，「好像沒有了吧？」

「啊——掙錢的！」程心像被激怒的小貓一樣，猛地撲到鄭乾身上，「我以後有好事都不叫你了！」

鄭乾眼看已經報得一箭之仇，忍不住咧嘴一笑，說道：「好啦，開玩笑的。說吧，找我什麼事呀？」

「沒事就不能找你？」

「能能能，有事沒事都能。」

程心遞個白眼過去，好整以暇說道：「今天公司開慶功宴，為了慶祝招標活動的圓滿完成。你在邀請名單之列，我爸叫我來帶你一起去的。」

「真的？」鄭乾有些不敢相信。

「當然啦，而且你有可能會得到升遷唷。」

鄭乾激動地握了握拳頭，對他來說，沒日沒夜的工作，最終就是為了這一天，如今皇天不負有心人，終於成功地邁出了第一步！

第八十七章
路上的風景

這是值得欣喜和感動的一件事。

哪怕是之前在創業平臺上取得一點點不錯的開頭，鄭乾也沒有像今天聽到這個消息那麼高興過。

「那我們現在就出發？」鄭乾興奮地拉起程心就要往外走。

程心撇撇嘴說道：「你是打算用剛睡醒的模樣去參加慶功宴？」

鄭乾哈哈一笑，想起自己還沒有洗漱打扮，趕忙扔下程心往洗手台奔去。「等我一會兒啊。」

或許是因為心情激動，平常鄭乾在洗手台前至少要站十分鐘以上，但是今早卻只用了三分鐘不到，最後還上了一分鐘的廁所，等到全部準備完畢，也只過去了五分鐘，甚至蔣潔倒給程心的熱水都還沒涼，他就已經準備好了。

「真快啊。」程心滿意地點點頭，招呼道，「走吧，帶你去見識一下真正的慶功宴。」

鄭乾笑了笑，問道：「有沒有聽你爸說，我以後是不是可以繼續留下來了？」

程心打開車門，做了個請的姿勢，讓鄭乾坐到副駕駛位上，然後才說道：「當然啦，你表現這麼好，不留你難道留我啊？」

「你不也得留下嗎？」

「那是自然。」程心笑嘻嘻道，「而且我馬上就可以和你在一起工作了。」

「什麼意思？」鄭乾疑惑道。

「傻瓜，意思就是，我馬上就要到策劃部工作了。」

「啊？」鄭乾一陣驚訝，隨即平復下來，不得不感嘆，自己老爸開的公司就是好啊，想去哪裡就去哪裡，想怎麼工作就怎麼工作。

只是感嘆一下就被曲解，鄭乾趕忙擺手笑道：「歡迎歡迎，熱烈歡迎啊。」

「你搖什麼頭？」程心看到鄭乾仰天哀嘆的模樣，撇嘴道，「不歡迎我過去？」

「這還差不多，坐穩啦！」

鄭乾還沒來得及反應，車子便像火箭咻一聲飛了出去，身旁的風景就像在時光倒映機中迅速後移，沒看一會便覺得眼睛花了，頭也有點暈了，趕忙將視線移往前方，試圖找到一些平衡。

「怎麼了？」程心有些擔憂的問道，「是不是因為這幾天熬夜熬太多了？」

鄭乾閉著眼睛擺擺手，說道：「沒事，我又不是中年老男人，沒那麼弱。」

程心仍舊有些擔憂地說道：「不舒服要跟我說，對了，我聽我媽說你工作起來就不要命似的，如果這樣，我寧願我們晚一點結婚，不然我看了會心疼的。」

鄭乾笑了笑，睜開眼睛，將車窗打開。

車外的風迎面撲來，彷彿一層輕薄的紗敷在臉上一樣，輕柔而涼爽，舒舒服服的。

頭腦不由得清醒了很多。

「傻女孩，我不會讓你等太久的。相信我，只要我認真努力的工作，就會在不久的將來為你披上婚紗。」鄭乾轉過頭看著程心，說道，「到時候我會拿著戒指向你求婚，提前透露一下，我將會以一個非常浪漫的方式完成整個過程。」

程心驚喜道：「你都想好了？」

鄭乾沒有說話，但是嘴角的笑意卻已經說明了一切。

「你真好。」程心突然小聲說。

鄭乾裝作沒聽見的樣子，問道：「你說什麼？」

程心嘴角含笑，說道：「你真好。」

「哈哈哈哈！」鄭乾突然放聲大笑起來，程心的臉蛋忍不住一紅，整個人就像蘋果一般，羞羞地低下了頭。

等到反應過來，馬上踩下剎車，將車停在路邊，對著鄭乾就是一頓拳頭招呼。

車裡傳來一陣又一陣的拳頭落肉聲和求饒聲。

路人紛紛扭頭看去，全都會心一笑。

「小情侶在打架呢。」

「那男的好慘……」

「女的夠嗆……」

※

路人的議論聲陸續遠去，程心才得意地收起拳頭，又朝鄭乾比了比，「看到沒？以後不聽話就用它教訓你。」

鄭乾只能點頭表示聽到了。心底卻苦笑，學過跆拳道的女孩子就是不一樣。

車子繼續開著，鄭乾有些感慨地看著這些熟悉的地方，想起了小時候的夢，想起了當年的躊躇滿志、指點江山，只差激揚文字……

沒想到時間竟然會流逝得這麼快，在指縫間，在小溪上，在車裡，在身邊……你都可以看到隨著時間變化的一切景象。

包括人。

很多時候，人不也在變嗎？剛出校園時，看不慣任何偷偷摸摸在背地裡進行的昏暗交易，但在社會上打滾一圈之後，終於知道，不同的地方就有不同的社會規則，不同的人群也有不同的奮鬥目標，你不能要求每個人都像自己一樣，所以，改變不了世界，就只能改變自己去適應世界，這大概是進入社會以來最大的收穫了吧？

想通之後，鄭乾從一個普通的創業大學生，變成了一個商場上的……應該算是成功人士吧？因為據他所知，公司會舉辦慶功宴，只有取得非常驕傲的成績時才可能這麼做，否則也就是個人獎勵一下罷了。然後，工作的成功便意味著薪酬的升高，薪酬的升高是職場成功必不可少的標準之一。如此循環往復，人就在這個圈子裡不斷發現自己、提升自己、壓榨自己，直到有一天你感到厭惡，或者你已經脫離了這個圈子，成為製造圈子的人，否則，一輩子也就是在做同樣的事情。

這對於一個有理想有抱負的人來說，是特別難以接受的一件事，但是現實就是如此，它往往比理想來的真切。所以只有透過讓自己往好的方面來改變，才能更好的融入到其中……說到最後，又回到了最初的問題。

人在社會中，或許只是一個不斷發現和不斷超越自己的存在。除此之外，別無其他。

但是這樣也很好了，不是嗎？鄭乾轉頭看著程心，看著她美麗的臉龐，她專心開車的模樣，一切都顯得祥和而寧靜美好，就這樣下去，也很好。

車子在鄭乾的無限遼想中停在了酒店門前。

這家酒店鄭乾再熟悉不過了，不久前的某天晚上，他就是跟著程心進入這裡療傷，然後被程建業誤會，接著又被保安架著出來。

一幕幕都在眼前重播回放，宛若昨日一般。

但是鄭乾的心態已經有了不少的改變，至少不會像之前那樣感到手足無措了。

看了眼身旁的程心，拉著她的手，說道：「走吧。」

程心原本還擔心鄭乾會有些不適應，卻沒想到他就像什麼都沒發生過似的，如此坦然，這大概就是一個男人在某個階段特有的成長吧？

「嗯，走吧。」

第八十八章
不可言說的喜悅

酒店裡佈置的十分豪華，紅毯地面、橫幅迎門，酒桌已經擺好，受邀的人也在相互交談，彷彿多年未見的老友。更有專業的司儀小姐引座，看了一眼兩人拿出的請柬，便帶著他們往裡面的位置走去。

門口是末端，越往裡面代表地位越高，或者說是這場宴會的主要貴賓。鄭乾和程心被帶到了主位旁的座位上，主位面向大門，是要讓客人一進來便能看到的，這代表著尊貴和崇敬，而兩人被安排到這樣一個地方，資歷自然不夠，那麼只能說明一點。

他們是今天宴會的主角。

或者說，鄭乾是今天宴會的主角，而程心是程建業的女兒，雖然她在法務部門也有不小貢獻，但是相比鄭乾，還是差多了，能夠坐到這裡，很大原因取決於身份問題。老闆的女兒，自然而然應當坐到老闆身邊。

與會人也有不少注意到這些細節，但是臉上也都洋溢著笑容和祝福。有人端著酒杯過來敬酒的時候，鄭乾也一一回禮，不管人家心裡裝的是什麼打算，既然臉上帶笑，就得以笑還之，如此才顯得大度有禮，也讓一些有心之人找不到話說。

這些都是商場上所謂的潛規則，能夠摸清其中幾條，便能混得風生水起也不一定。

楚雲飛也提前到了會場，他著了一身正裝，西裝筆挺的模樣更加襯托出他外表上的非凡，與會的人中大多都認識這位剛從國外回來便執掌一家公司的年輕才俊，知道今天的主題圍繞著他和鄭乾，於是也都一窩蜂地端著酒杯，打著敬酒的名義左右攀關係。

楚雲飛彷彿是為此而生，在應對這些局面的時候做得比鄭乾更加優秀，只見他拍拍某人的肩膀，說幾句熱情的話，不知道的還以為是多年朋友，但程心知道，那只不過是一個從未見過面的人而已。如此左右逢源，讓他很快就搞定了混亂的局面，那些起身到處混熟的人也都乖乖回到了座位。

等到楚雲飛過來的時候，程心忍不住問：「這些都不是公司的人吧？怎麼跟你說了話之後就回到座位上去了？」

鄭乾也用好奇的目光看著楚雲飛。

楚雲飛坐了下來，攤了攤手，笑道：「我只是跟他們說，各位還請到座位上坐好，程總馬上就到。」

程心一個白眼：「我還以為有什麼高深的技巧呢，切。」

果真沒有多久，程建業就出現在眾人面前，同以往帶給人的感覺一樣，穩重、威嚴，鄭乾忍不住想到了第一次的友好見面，吞了口口水，將頭轉向一邊，程心則是看著鄭乾搞怪地笑了笑，輕輕握了握他的手，以示安慰。

開場自然免不了一堆場面話，這些話除了一些新人菜鳥之外，其他人大多置若罔聞，左耳才進去，右耳便跟著出來了，輸入與輸出呈一比一的高比率，說多說少都相當於白說。

大約過去了五分鐘，也就是鄭乾洗漱所用的時間，開場話才完結。接下來便進入宴會的第一個高潮——說明公司舉行宴會的目的，以及想要通過宴會傳達的訊息。

所有人都豎直了耳朵，知道這是以後提高所在部門效益的方法，便打算認真聽一聽，可惜程建業說得十分簡短，總結起來就只做了一件事——介紹人。

而且也只不過是介紹了兩個人了。

一個自然是鄭乾，另一個也如猜想般那樣，是公司新任老總楚雲飛。

程建業抬抬手，示意鄭乾站起來，開口道：「這位是鄭乾，上個月剛進入我們公司的新員工。但是諸位，想必你們都聽說過英雄出少年這句話，如今站在你們面前的年輕人，便很好地印證了這句話。他剛畢業沒有多久，僅僅進入公司一個多月，便在策劃部出色地完成了一項具有相當難度和重要性的招標策劃。這個宴會舉辦的目的便是為了嘉獎鄭乾！」

掌聲啪啪啪地響起，程建業輕輕往下一壓，又伸手指了指旁邊的楚雲飛，說道：「相信在座有不少人已經見過雲飛了，如你們所想，他是美國耶魯大學研究所畢業，如今被我召回國內發展，現在啊，他幫我打理著其中一個公司，而這項招標策劃的完成，正是來自他所管理的公司的策劃部。這也應了那句老話：英雄不出世，一出出一雙。當然，他們兩個都還有不少需要學習的地方，但是鑒於兩人的才能，我決定對他們予以適當的提拔，只有身處適合的職位，才能更大的發揮他們的潛能。」

程建業頓了頓，看了一眼滿臉笑容的程心和滿面春風卻有些緊張的鄭乾，笑著說道：「我打算讓鄭乾任策劃部經理，而雲飛，則再去幫我管理一家公司。」

公佈一出，熟悉公司員工制度的人都不由得張了張嘴巴，先不說楚雲飛，畢竟程建業有著將他當接班人培養的打算，但是鄭乾……當初幫助程心將策劃部唯一職缺留給鄭乾的梁叔更是完全沒有想到，自己原先只不過是打著幫幫程心的旗號，沒想到一個不小心竟然培養出了一個最年輕的經理……不用去翻看資料也知道，大部門當中，同職位上再沒有比鄭乾更加年輕的人了。

這說明什麼？說明這個傢伙以後將會前途無限。

嫉妒者有之，祝福者有之，不忿者更有之……但是這些都不重要了。鄭乾彷彿覺得天上掉了一份大禮，直落落往自己身上砸，而他竟然沒有一點點防備。

程建業後面說了什麼他已經聽不清，到了宴會散席的時候，腦子裡依然嗡嗡嗡地響。難以置信和狂喜的心情相互交疊在一起，讓他一時半會有些疲於應付。

當自己不知不覺被程心拖上車，打開窗戶，外面有涼風吹來的時候，才相信一切都不是做夢。他，用了一個月的時間。

真的做到了。

第八十九章 價值觀

「我爸說了，以後好好工作，他倒是很樂意看到你勇敢地去打破公司的記錄。」程心顯得十分開心，只要鄭乾得到認可，那麼他們兩個之間的婚事必然將迅速提前，說不定鄭乾一高興，就向她求婚了呢！

她將喝得微微有些醉的鄭乾扶下車，看著他微紅的面孔，心底忽然就蹦出了幾頭小鹿，跳啊跳的。

「程……程心，我要娶你。」鄭乾傻呵呵一笑，伸手就將眼前人兒抱住，也不管大白天的有多少人來往，湊著嘴就親了上去。

好在程心清醒，頭一偏便躲開了，沒有讓他得逞。

「大白天的，你做什麼。」雖然是責怪的語氣，但是任誰都能聽得出其中蘊含的嬌羞之意。

鄭乾又是傻呵呵一笑，說道：「我要娶你。」

「好啦好啦，先回家，回家就讓你娶我。」

「當真？」

「不騙你。」

「恩嘛——」鄭乾一口親了上去。

「唔——鄭乾！」

「哈哈哈哈……」

※

「你在笑什麼呢？」姚佳仁看著身邊和自己爭奇鬥豔的虎妞，疑惑地問道。

幾天接觸下來，她已經瞭解到，虎妞帶她去見的投資人是一位有著雄厚背景的有錢老闆，人家投資電影，說是為了玩玩，更多的是為了培養和發掘屬於自己旗下的明星。

這讓姚佳仁不由想起了，當年網上瘋傳的某女星靠誰上位的新聞，看樣子這位投資人就是打算做一個靠背或者一棵大樹，讓他看重的人躲在下面乘涼。姚佳仁認為自己會是那個被看重的人，首先，她有著純天然的美麗外表，第二，她有在學校社團表演和排練節目的獲獎經歷，這些都是她說服投資人的資本。

但是問題就像虎妞所說的一樣，她負責引薦，也負責幫忙說好話，但是能不能成功並不是幾天就能決定的，最終還是取決於試鏡的效果和導演對演員的安排。所以，投資人是一個引路人，也是一個大背景，進到圈裡該如何發展，除了依靠看得見的東西之外，最終還是取決於自己的能力。

然而對於姚佳仁來說，她只要把投資人擺平就行，只要投資人給她機會，她就有信心能夠一路向前走得更遠。畢竟看看身邊這人……原先又矮又胖，臉上斑斑點點的虎妞，現在不但減肥成功，甚至還做了整容手術，肥碩的臉蛋和身材一下子就瘦了下來，一眼看去就是中年大叔喜歡的蘿莉類型，而這些，都是她依靠某些關係後發生的變化。

姚佳仁轉念便想，既然虎妞都可以，為什麼自己不行？

虎妞不知道姚佳仁在心裡早將她一腳踢進了谷底，依然搔首弄姿笑個不停，笑得花枝亂顫，姚佳仁想著她當初肥胖的模樣，心裡有著一句話，形容她最為合適，那便是：站在風口上，豬都能飛起來。

這頭豬笑得岔了氣，用手捂著肚子說道：「你剛剛說，你男朋友是做什麼的？」

姚佳仁莫名其妙，秀眉一挑說道：「城管啊，怎麼了？」

虎妞用誇張的表情望著姚佳仁，說道：「你這麼漂亮，就打算嫁給一個城管？！」

這話她就不愛聽了，難道城管就不能娶漂亮的老婆？這是什麼邏輯？有些時候，姚佳仁其實特別討厭虎妞，但是現在還要請人家幫忙，所以很多不滿不好當著面說出口，只能用某個表情表示一下自己的態度。

虎妞擺了擺細嫩的手腕，說道：「你別誤會啊……我是說，如今娛樂圈裡的女明星，要麼嫁給土豪，要麼就是嫁給同為演員的男星，你說這些人當中，有哪個是普通百姓？我看你啊，還是……重新考慮一下吧。」

考慮你個頭！姚佳仁皺了皺眉眉頭，說道：「我男朋友很愛我，就算我現在沒有工作，沒有能力養家，他也沒有怨言，一直勤勤懇懇地工作，甚至有時候我任性發脾氣，也都是他主動認錯。」姚佳仁說著，腦海裡回想起了某些美好的場景，接著說道，「而且他外表也不差啊，至少比一些靠臉吃飯的人帥。」

虎妞撇撇嘴，對此不以為然，「你也就是現在會這樣想，等你以後成名了，我打賭你會和他分開。」

「為什麼？」

虎妞笑著搖頭說：「你想啊，你是一個大明星，而他只是一個城管，當記者採訪你的時候，你要怎麼說？」

姚佳仁的眸子閃爍了一下，沉默片刻說道：「如實說啊。」

虎妞又搖了搖頭，說道：「你就嘴硬吧……到時候你就知道不會那麼簡單了。」

不簡單又怎樣？姚佳仁瞥了一眼虎妞，心底有一句話沒說出來，你這樣的……恐怕被潛規則無數次了吧？至少我還沒有，以後也不會有。

這樣想著，心裡就舒服了不少。

「對了，你覺得投資人怎麼樣？」虎妞突然湊過來神秘兮兮道。

姚佳仁想了想，成熟、穩重、有魅力，然後問道：「怎麼了？問這個幹嘛？」

虎妞碎嘴說道：「如果你覺得投資人不錯的話，不妨可以考慮一下……你先別生氣，聽我說，如果你跟了人家，說不定以後星途就一片坦蕩了呢，而且這種事情，你不說他不說，會有誰知道？」

「虎妞，我看不如你跟了他吧？」姚佳仁反擊道，「我有男朋友了，這樣的好事就留給你自己吧。」

虎妞卻不生氣，像顆牛皮糖一樣黏了上來，拽著姚佳仁手臂說道：「人家怎麼看得上我？我要是有你這麼好的外貌和身材，早就去了，還用等你說？」

這個世界上很多人擁有不同的人生價值觀，好在姚佳仁知道孔浩的好，知道不能辜負孔浩為她付出的努力，所以當虎妞說到這些的時候，她內心不但沒有動搖，反而更加堅定地說道：「虎妞，你以後不要再說這些了……我找你只是為了請你幫我拉線，等以後有機會，我自然會感謝你的幫助。至於其他的事情，我有自己的考慮，就不勞煩你費心了。」

虎妞眼眸裡閃過一絲陰毒的感覺，嘴上卻依然笑著說道：「那如果人家投資人就是為了你而來的呢？」

第九十章
偶遇

「你說什麼？」姚佳仁直視著虎妞，想從她臉上看出一些什麼來。

自己只不過是順著虎妞的介紹，才跟投資人接觸，但是現在虎妞卻說投資人是為了自己而來，這是什麼意思？

虎妞尷尬一笑，說道：「我的意思是，投資人看重了你的才華和外表，他認為你在娛樂圈一定會有很好的發展前景。你懂我的意思了吧？」

姚佳仁沒有回答，她總覺得虎妞剛才那句話是話裡有話，但是人家現在給了個中肯的解釋，自己反倒不好說什麼了。忍不住搖搖頭，將手裡的奶茶吸管塞進嘴裡，一口將奶茶喝完，順手將杯子扔進垃圾桶，然後加快了步伐往前走去。

虎妞邁著小短腿在後面追，心裡不屑但是嘴上卻只能討好，這倒不像是姚佳仁在求她幫忙，而是她在請姚佳仁幫忙了。

「佳仁，你等等我啊。我跟你說的這些都是真心話，作為好朋友，我可是為你著想啊。」

事實上，姚佳仁也並非生氣，只是覺得虎妞從某些方面小看了她，或者說沒有給予她足夠的尊嚴，有些事情，在心裡想是一回事，嘴上說出來又變成另一回事了。

她停下腳步，看著比自己矮半個多頭的虎妞說道：「以後你別再說剛才那些話了。」

虎妞點點頭，兩條辮子上下晃動，總是讓姚佳仁覺得她裝嫩，「你放心吧，雖然你讓我別說，但我還是希望你認真考慮一下，畢竟，我說你男朋友和你不相稱是有理由的。你未來是大明星，而他還只是一個城管……」虎妞偷偷觀察姚佳仁，發現她的臉色有些難看，知道這些話應該適可而止，於是就閉嘴，將後面的話吞了回去。

這些問題姚佳仁並非沒有想過，但一個外人鄙視自己的男友，哪怕這人曾經是自己的閨蜜，也是不可饒恕的，更何況……雖然結婚的事情遙遙無期，但是孔浩對自己的好卻仍舊深刻。姚佳仁深知，他是愛自己的，只憑藉這一點就足夠了。

然而話又說回來，即便以後不是明星，將人生中最美的時光交給孔浩，就一定是正確的嗎？虎妞的話雖然刺耳難聽，可是也不無道理，就算不為現在考慮，也應當為以後著想才是……算了，走一步算一步吧，八字還沒一撇呢。

「站住！快站住！」

突然，就在姚佳仁陷入沉思之時，遠處傳來一陣熟悉的聲音。

抬頭往前，再左轉，視線落到了一個熟悉的身影上面。

孔浩？姚佳仁擠了擠眼睛再次往前看去，發現那個一邊跑一邊喊的身影正是自己的男朋友。

這……

虎妞發現了姚佳仁的異常，順著她的目光看去，嘴角一撇說道：「你看看這些城管，一天到晚就知道追著小販跑……喔？這城管長得不賴嘛！」看著姚佳仁的表情，虎妞恍然大悟道，「該不會就是你男朋友吧？哈哈哈，真是巧，我們逛個街都能看到你男朋友在賣力工作，還真是有緣。」

姚佳仁顧不得虎妞語氣裡面若有若無的嘲諷，隨著孔浩追逐小販沒入一條巷子，她臉上也逐漸呈現出了不自然的表情，在原地呆愣兩秒鐘，便轉身向來時的路往回走。

「佳仁，別走啊！我可是電影票都買好了，你……」虎妞在後面大喊，卻發現姚佳仁越走越快，她臉上的笑容也隨著姚佳仁的步伐而逐漸擴散開來。

※

回到家中，孔浩還沒有下班，屋子裡空無一人，姚佳仁走到洗手台前將臉上的淡妝卸去，佇立著，看著自己美麗的臉蛋，雙眸中流露出一絲迷茫。

大學畢業前一年，孔浩便向她許諾畢業便結婚，可是到現在過去了那麼久，兩次去到孔浩家中都遭到了孔媽的蔑視，這說明什麼？說明人家對她一點好感也沒有，如果不是看在孔浩的份上，她說不定會和孔媽當場就吵起來……如今短時間內想要再談結婚的事是不可能了，而且就算孔浩再賣力的工作，想要在不久的將來賺夠一套房子一輛車的錢，又談何容易？

而自己在其他地方又找不到適合的工作，薪酬高的學歷和資歷不夠，薪酬低的一個月的工資還不夠買一套好一些的化妝品……姚佳仁曾經無數次的想過這些問題，於是她才想要找到一個穩定的依靠，希望這個依靠能夠給予自己身為女人想擁有的一切。男人依靠不了，那就只能憑藉自己的努力獲得想要的一切。

於是姚佳仁想到了進軍娛樂圈。恰巧在萌生這個念頭的時候遇到了虎妞，通過虎妞的介紹順利接觸到了影視投資人。就在這一切看似十分順利的時候，虎妞卻無意間說出了一句話，她說投資人正是為了自己而來——為自己而來的解釋有兩種，一種是看中了自己的才華，想要培養自己，另一種則是看中了自己的美貌，想要包養自己。

如果是第一種解釋的話，那麼這位投資人會給予自己與影視相關的一切幫助，比如安排試鏡和角色試演等等；倘若是第二種，那麼在接下來的一段時間內，他大概就會送自己禮物，與自己約會，甚至以誘人的籌碼作為交易甜頭，好在現在投資人還處在第一種情況當中，如果不到萬不得已，當然還是第一種最好了，這樣也不會被人說三道四甚至惡言相向。

可是很多事情是自己無法掌控的，比如今天在逛街的時候看到孔浩追逐小販，說實話她當時確實覺得丟臉，尤其是在虎妞那種人面前，但是她先前已經將話說得很硬，除了掉頭就走，她想不到更好的辦法。難道跟虎妞介紹一番這就是她的男朋友，一個有責任心又努力工作的城管？那倒不如什麼都不說，也不用看到虎妞鄙視別人的醜惡嘴臉……

姚佳仁想到了許多，忍不住歎了口氣，再看向鏡中的自己，才發現臉上似乎蓋上了一縷愁容……

第九十一章
改變

不知道什麼時候在沙發上睡了過去，醒來的時候，發現自己身上蓋了一件衣服，抬頭一看，原來是孔浩下班了。

「今天怎麼回來得那麼早？」姚佳仁剛想起身，像往常一樣梳妝打扮去見投資人，沒想到偏過頭卻看到孔浩的左手打了繃帶。「怎麼了？你受傷了？」

孔浩倒了一杯水，咕嚕喝下兩大口，搖搖頭說道：「沒事，就是追人的時候不小心摔了一下。」

姚佳仁點點頭，沒再說什麼。今天孔浩追逐小販是她親眼看到的，想到每天孔浩就像那樣在大街上跑來跑去，心裡總有些不是滋味。

「你每天都要不停地追他們嗎？」

孔浩攤了攤手，說道：「今天是第一次。」

第一次？姚佳仁明顯不信，又問道：「第一次就受傷？」

孔浩覺得姚佳仁是在關心自己，將表情儘量做得輕鬆，笑了笑說道：「確實是，今天遇到了一個不講理的……然後就變成這樣了，這種事情機率很小，就和買彩券中獎差不多，但還是讓我給遇到了。」

孔浩說得輕鬆，但是姚佳仁卻聽得很不舒服。虎妞的話一直在她耳邊縈繞，揮之不去。甩了甩頭髮將這些問題都拋往腦後，起身往梳妝檯走去。

孔浩的臉色突然間變得極不好看。

「你這幾天晚上都沒有回家，去做什麼了？」孔浩問。

「我……我就是和虎妞在一起，討論關於做演員的事情。」姚佳仁說。

「討論幾個晚上？」孔浩的語氣充滿質疑，「沒有別的事？」

「當然沒有，你在想什麼啊！」

「不是我在想什麼，實在是……你的行為真的讓我很難受。」孔浩說，「我說過我會盡我最大的努力給你最好的生活，但是你能不能也為我考慮一下？我不是富二代，更不是什麼官二代，但是我會努力賺錢，你看得到我的改變吧？沒錯，我比之前更加懂得生活了，所以我很久前就不再嘻嘻哈哈的了，因為看到自己喜歡的女孩變成現在這個樣子，我心裡真的很不舒服。」

姚佳仁沉默片刻，說道：「我只不過是在追求自己想要的工作和生活，怎麼就變了？你的心胸能不能放寬一點？」

「你要我怎麼放寬？你說不讓我跟著去，會照顧好自己，好，我答應你，可是你呢？你現在變本加厲，每天只回來換件衣服，然後便開始化妝，化完妝之後甚至連招呼也不打一聲就往外跑，這幾天甚至夜不歸宿。你說我怎麼才能放心？」

「你說的都對，但是我保證沒有做對不起你的事！我保證！」姚佳仁眼眶微紅，「我爸媽在我很小的時候就離了婚，我從小就沒有安全感，所以不論到哪裡，我都渴望有人保護……孔浩你知道嗎？我曾經想過無數次走進娛樂圈的方法，但是那些我都不能接受，因為我會覺得對不起你，所以唯有依靠關係才行，只要有人牽線搭橋，我就能憑藉自己的努力一步一步往上爬。」

孔浩捏了捏眉心，少有的疲憊爬上心頭，他低垂著頭，什麼話也沒有說。他不明白姚佳仁為什麼如此熱衷於踏足娛樂圈，更不知道她究竟想要多麼高尚的生活……更加重要的是，孔浩知道現在的他，給不了姚佳仁想要的一切。

他想過放手，可是這樣一個他曾深愛過的女孩，一個渴望被保護的女孩，要對她說出分手兩個字是多麼殘忍的一件事情？孔浩在想，如果他們分手了，那麼姚佳仁會承受怎樣的痛和苦？會不會又被人騙走感情？會不會又因此而傷心難過？

一連串的考慮使得孔浩抑制住了內心的想法，於是他發現，自己依然深愛姚佳仁，只不過最近各方面的壓力紛至沓來，使得他一時疲於應付，就連性格也發生了巨大改變。其實無論多少壓力他都可以接受，唯一不想看到的是，姚佳仁一步步走向深淵而不知回頭……

這才是他真正擔心的問題，也是他為何要追究姚佳仁晚上去了哪裡的原因。

姚佳仁擦去眼角的淚水，含著眼淚化妝。

孔浩緩緩捏緊了拳頭，站起身來，從身後輕輕抱住姚佳仁，輕聲道：「答應我，不要那麼累。」

姚佳仁突然有想要放聲大哭的衝動，她抓著孔浩的手，轉過身來，將頭搭在他的懷裡，點了點頭，什麼也沒說。

一切盡在不言中。

孔浩突然想起一件事來，說道：「你知道嗎，鄭乾現在已經是策劃部的經理了。從初中到大學，這傢伙一直比我優秀，就連女朋友也是他先找到。所以我就想，我是不是也該拿出些本事來，不要總是落在他後面呢？我孔浩只要努力起來就連我自己都害怕，所以……請再給我一次機會，好不好？」

姚佳仁已經被感動，感動也許只有一瞬，過了之後想想，其實也就是那麼回事……所以為了珍惜這一刻的感覺，她點了點頭，答應了孔浩的請求。

「我今天追小販的事情你看到了？沒關係，那就是我工作的一部分，不過我保證，平常是不會那樣的，因為我覺得小販比那些小偷和搶劫犯好多了，畢竟他們都是靠自己的勞動賺錢，所以再怎麼生氣也不能對他們動手動腳，很多時候，能通過和平方式解決就應該用和平方式……今天純屬意外，具體的過程我猜你也不想聽，所以我就不說了。總之你相信我，哪怕是做一名城管，我也要做到最好。我不想再比別人差了。」

孔浩說到動情處，目光堅毅，好像前方哪怕有無數艱難險阻，他也能一腳跨越過。如果鄭乾看到，一定會覺得驚詫，因為同樣的眼神，在高三追夢時期孔浩也有過，於是那一年的最後幾個月，孔浩硬生生將自己的成績從普普通通提升到了頂尖之列，在最後的升學考試中超常發揮，順利考入了G市的X大學。

每個人身上都有不同的特點，有的叫持之以恆，有的叫不怕困難……現在的孔浩，已經將所有特點合而為一了。

※

姚佳仁還是離開了。

雖然只是外出一趟，但是一種濃濃的失望還是在孔浩心底迸發出來，幾天前出現的微妙氣氛也彷彿一下子達到了頂點，轟然散開成烏雲，懸在頭頂，聚而不散。

孔浩難得地點了一支煙，站在窗前看著喧鬧的街道，想到鄭乾的成功，想到父母的反對，想起工作時的不被理解，想起姚佳仁予取予求的性格……一幕幕場景在心頭重播，最終還是化為一聲厚重的感嘆，和一個個旋轉飄散的煙圈。

有一句話說得好，生活給予不了你的東西，那是你沒有能力去得到。

此時的孔浩，大概便是如此吧。

第九十二章
福兮禍所伏（上）

孔浩和姚佳仁的距離正在不斷拉遠，但是好像兩人都不願意承認和接受這樣的事實，於是便不約而同的想要通過語言和行動證明，然而，事實比他們所想的還要嚴重……如果不是彼此之間還存在熟悉的默契，或許這場愛戀已經可以宣告走到終點。

孔浩深刻地明白這一點，但是他沒有更好的辦法去挽回，只能一次又一次的自我欺騙，達到實際上不可能達到的心裡目標。如此往之，裂痕也就變得越來越大，終有一天，會徹底崩壞……

與孔浩的失意形成鮮明對比，鄭乾的愛情事業雙豐收，不但趁著高興和小小的醉意強吻了程心，還在第二天就上任策劃部經理的職位，可謂是達到了畢業以來的人生最高峰。

如果沒有猜錯的話，依照一般職場規則，在就任經理位置之後，下一個職位便將是總經理……未來有大好前途在等待著鄭乾，這也促使著他產生了前所未有的自信和充足的幹勁。幾天以來，大家對他在經理位置上的表現十分滿意，原本一些不服氣的元老也都為他的能力和努力所折服，很多負面語言也因此像潮水般突然退去。

前途一片光明，就等於婚期即將接近。也正因為如此，程建業才讓楚雲飛加大了對程心的愛情攻勢，大有一旦成功就婚禮伺候的架勢。

然而一方面程心對此頗有微詞，就連楚雲飛自己也不是很有信心，所以程建業的很多計畫就遭到了程心和楚雲飛的反對……程心敢當面指責，而楚雲飛只能通過委婉的語言進行表示。

但很多時候，程心的當面指責被程建業認做是女生的矜持，而楚雲飛的委婉拒絕，則被程建業歸於男生的含蓄，所以不管兩人怎樣反對，程建業非但沒有減輕撮合力度，而且還愈演愈烈，到了最後甚至做起媒人，約程心和楚雲飛一起吃飯，當面指出兩人的戀愛問題。

通常這個時候，程心會覺得厭煩，而楚雲飛則是害羞和激動，以及隱隱的失落，幾次之後，程建業發現程心不但沒有喜歡上楚雲飛，甚至還產生了敵對思想，認為如果不是楚雲飛，程建業也不會這麼逼迫她去和他吃飯，為了能夠儘量緩和兩人的關係，程建業也只好暫時收手，等待著時機到來再使出殺手鐧……

於是由程建業主導的程心和楚雲飛的戀愛劇本終於可以告一段落。

程心滿心歡喜地找到鄭乾，告訴他自己即將與他共同在一個部門工作的事情。

鄭乾心情不錯，聽到程心的消息則更加高興，但卻故意說道：「那你可要好好工作，不然……嘿嘿，我管人可是很嚴格的。」

程心自信的說道：「你只要管好自己，到時候別只顧看著本小姐，看著看著發起呆就好了。」

鄭乾哈哈一笑，問道：「你爸沒叫你去相親了？」

「相親？」程心知道他說的是什麼，翻個白眼說道，「不就是吃頓飯而已，哪是什麼相親？」突地又轉過頭，像好奇寶寶似的問道，「你吃醋了？」

「我……」鄭乾一下子找不到話說，眼睛往四周瞟了瞟，「我還要工作呢，你趕快去做你的事，別影響我。」

程心一愣，雙手砰砰往鄭乾背上打，「你個臭鄭乾！越來越不學好了，真是的！」

鄭乾連忙求饒，笑嘻嘻道：「跟你在一起才不學好……」

這話就說得露骨了，程心俏臉一紅，伸手作打，卻看到門口站了個人。趕緊收回手勢，撇頭看去，發現是楚雲飛。

「你怎麼來了？」程心問道，一般這個時候老闆可不會隨便進入別人辦公室。尤其他明明還看到自己和鄭乾都在……難道是有什麼事？

楚雲飛乾咳了一聲，但是臉上的表情卻並不好看，有些可惜的味道，也有點無能為力的自責……總之很複雜，就連鄭乾看了也猜不出個所以然。

「我今天來找鄭乾，是有點事想和他說。」楚雲飛儘量掛起一絲笑容，「程心你……」

「我就在這裡聽你們說啊，難不成你們兩個要說什麼我不知道的小秘密？」程心眨眨眼睛，更加好奇，「不要讓我想歪，咳咳。」

鄭乾露出個嚴肅臉，說道：「程心，別胡鬧。」

楚雲飛往程心看了一眼，點點頭說道：「好吧，程心在也行。但是……但是待會你不能打我罵我，不然我可就走了。」

「你一個大男人磨磨蹭蹭什麼，沒事我打你幹嘛？」

「好吧，其實我想說的是……」楚雲飛醞釀半天也沒說出一個字，程心在一旁皇帝不急太監急，催促道：「你說啊！」

「我想說的是……」楚雲飛的目光轉向鄭乾，彷彿下定了某種決心一般，咬了咬牙說道，「鄭乾被辭退了。」

「什麼？！」程心以為自己聽錯了，指著鄭乾，朝楚雲飛問道，「你說，公司辭退了他？」

楚雲飛點了點頭，這一次他回答得很快，既然最難宣佈的已經說出了口，那麼剩下的解釋自然也就容易多了。

不等程心又一次蹦出河東獅吼，楚雲飛便接著說道：「公司也很震驚……但是這件事已經被許多高層和股東知道，他們大多屬於抵制鄭乾的那一派，得到那個消息後，自然就向管理層施壓，為了保全公司一貫的『三公政策』[4]，經過董事會討論以及程叔的同意，決定辭去鄭乾的職務，當然，也感謝鄭乾這段時間以來對公司所做的貢獻。十分感謝！」

這不都是屁話嗎？程心聽楚雲飛說了一堆，終於抓住要害問道：「那個消息是指什麼？到底怎麼回事，說清楚！」

此時的鄭乾早已不知道楚雲飛說了些什麼，在聽到公司將他辭退的時候，整個人便像囫圇狀態中尚未反應過來一樣，呆呆看著眼前，不知道該說什麼，做什麼。

「是這樣的，我們的工作職位需要研究生學歷以及三年以上從業經驗，但是鄭乾……被我們公司的對手舉報了，那些之前就對鄭乾上任不滿意的人趁機發難，要求辭退鄭乾。」

原來如此，程心著急道：「那沒有什麼補救辦法了嗎？」

---

4 三公政策：指公平、公正、公開三項原則。

楚雲飛搖了搖頭，說道：「或許我可以幫他另外找一個合適的工作，就看鄭乾自己願意不願意了。」說著便看向鄭乾，想要徵詢他的意見。畢竟這樣一個擁有非凡能力的人，被辭退了確實可惜。

此時鄭乾剛從震驚當中反應過來，聽到楚雲飛的好意，搖了搖頭說道：「謝謝，但是我想……不用了。」

第九十三章
福兮禍所伏（下）

回到家的時候，已經是下午六點多。一路走來，鄭乾甚至不知道是怎樣出的公司，又是怎樣進的家門，總之腦子裡一切都亂糟糟的。

說來也是，躊躇滿志地想要大有一番作為，拼搏之後也終於看見了希望，但是希望之火還沒有正式燃燒，一盆冷水就從天外飛來，將其潑滅。

不管換做誰，遇到這樣的事情都難以接受，更何況是已經在創業路上處處碰壁的鄭乾……工作的丟失代表著前途的黯淡，前途的黯淡說明他和程心之間的婚事又將無限期拖延。

這就是所謂的連環效應，一旦某個環節出了問題，後面的所有計畫和準備都將失去意義。

鄭乾不甘心，但是除了接受現實之外，也沒有更好的辦法。好在他也已經習慣了商海沉浮，這點挫折，相比於當初三行辭職信前遭遇的一切來說，也算是處在可以接受的範圍之內。

所以只是迷茫和失望了幾個小時，他便像往常一樣，什麼事都沒有了。

程心已經發了十多條訊息過來，無一例外都在安慰鄭乾，讓他不要太過在意，鄭乾笑笑，也回了過去，告訴她自己沒事。

從小到大又不是沒有經歷過失敗，這點困難只不過是成功路上濺起的一朵浪花罷了。只要昂起頭來，他還是那個有些古板、有些認真、有些讓人又愛又恨的鄭乾。

叭叭——

門外突然傳來幾聲喇叭，鄭乾拉了拉衣服，搓了搓臉，打開窗戶往下看。

一輛紅色奧迪停在下面，車門剛剛打開，一道美麗的身影從裡面鑽了出來。

程心來了。

鄭乾笑了笑，她該不會是擔心自己想不開吧？我有那麼脆弱嗎？搖了搖頭，伸出手招呼道：「等我。」

程心只聽到一個聲音，抬起頭來的時候，鄭乾的手已經縮了回去。剛剛嘟起嘴，便看到樓下的大門已經打開，鄭乾一臉精神颯爽的站在他面前。

「你……你沒事吧？」

程心一上來就給了鄭乾一個可愛的抱抱，鄭乾笑道：「能有什麼事？」

「沒事就好，我還擔心你心情不好，會亂來……」

「傻女孩。」鄭乾看到程心，心情突然間好了不少，伸手一點她的額頭，說道，「能讓我不開心的事情還沒有呢。」

程心放心下來，壓抑一路的心思也稍微得到了緩解，「就你自戀。對了，你爸他們還不知道吧？」

鄭乾伸了伸手，說道：「上去說。」

鄭晟自從和蔣潔結婚以後，便越發過得像個老人了。每天吃完飯，沒事就是出去走走，回來的時候看看報紙，聽聽新聞，愜意得很。現在正值傍晚，兩人早就牽著手出去玩了。

程心聽了之後，也為蔣潔高興，畢竟她似乎從來沒有看過母親像現在這麼開心過。然而她對鄭晟的想法……咳咳，依舊沒有變好的趨勢，這點大概需要時間來改變了。

話題談論完畢，兩人之間忽然變得沉默起來。雖然一個笑著說沒事，另一個也安慰著沒事，但畢竟是一份相當有前途的工作，就這樣丟了也讓人覺得可惜，更何況是關乎到婚姻大事，這大概也是兩人共同保持沉默的原因。

沉默的氣氛同樣於此時出現在孔浩所在的城管大隊大隊長辦公室中。

大隊長是個忠厚的男子漢，今年已經四十多歲，家裡有妻有子，過來人的他特別理解像孔浩一樣的年輕人，看著孔浩手臂上舊傷未癒新傷就來，心裡也很不舒服，更何況這次錯在小販，像孔浩一樣以理服人的人，怎麼可能會主動打人？要說其中沒有問題，就連大隊長自己也不信。

可是現在人家找上門來了，一些媒體沒有搞清楚事實，抓住一點錯誤就無限放大，完全忽略了小販在這起事件當中的醜惡嘴臉。往小的說，這對於孔浩是不公平的，往大的說，對於整個城管大隊都是不公平的。城管在近年來本就是一個不受人待見的職業，可是和小販動手發神經的人畢竟是少數，大部份的人誰不希望平平安安工作？

再聯想到孔浩進入大隊後，執勤效果顯著提升，大隊長就更替他打抱不平了。如今隊伍裡最缺的就是有高知識文化水準的隊員，如果孔浩走了，他還真想不到有誰可以接替他的職位。

「這樣吧，我幫你們都報上去，到時候讓長官看著辦，也可能因為法不責眾就過去了，更何況監控影片就擺在那裡，相信也不會有什麼事。」

孔浩卻苦笑著搖了搖頭，說道：「是我跟人家發生了摩擦，如果不是隊友們在，我恐怕就得躺醫院了。大隊長，這件事您就聽我的吧，我辭職了，就能平息外面那些人的怒火，前前後後也就沒事了。」

大隊長一擺手，說道：「不行，我不能讓你平白無故丟了工作，聽說你現在正打算和女朋友結婚？結婚前辭職這怎麼行？」

孔浩搖了搖頭，苦澀道：「結婚還早，而且隊友們沒錯，我不能連累他們。隊長，我現在就寫一封辭職信，您簽個名蓋上章就好了。」見大隊長還要說話，孔浩笑著說，「我剛做城管的時候，身邊的人都看不起我，認為這是一個沒有前途的職業，而且弄不好還被人戳著脊樑骨罵，很多人都勸我重新去找一份工作。但是我花了那麼多時間考公務員，好不容易考上了，既然被分配到城管部門工作，自然就要服從安排。而且我也下定決心，一定努力做一個好城管，事實證明，前段日子我做到了。今天的事錯在我，是我先動的手，雖然那個小販罵的難聽，可是是我最先沉不住氣，如果不是我，這件事也就不會發生了。另外，我的隊友們都是有家室的人了，我還這麼年輕，生活需求少，我自己沒工作也不要緊，大不了自己去找，但是他們不行，他們一旦沒了工作，整個家由誰去養？我們不一樣，所以隊長，您就批准吧。」

說話的時候，孔浩已經刷刷填好了一封辭職表格，遞給大隊長。

大隊長沉默許久，一雙濃眉皺起又放下，如此過去了十分鐘，終於沉重地點點頭，呼出口氣說道：「好吧，我簽。但是我會向上頭申請一筆費用補貼給你。」

「大隊長……」

「這事你就不要跟我逞強了，反正這件事大家都知道你是冤枉的，你主動做出犧牲，補貼一下又算什麼？」

第九十四章 壞事湊一雙

所謂福兮禍所伏，原本以為努力工作就可以得到相應的回報，這段時間他確實受到了不少表揚，甚至長官都誇他開闢了城管管理市容市貌的新方法和新管道，但是好日子沒過多久，好心卻辦了壞事，本來看著隊友和小販有爭吵起來的趨勢，自己一向又不願意看到城管和小販之間發生這些事情，於是上前幫忙，打算以理服人，然而那小販卻是個無賴，抓住他拉扯了起來，死活都不鬆手，僵持氣氛下，小販竟然用國罵問候起他的媽媽，甚至連祖宗八代都一起照顧了，孔浩才一時衝動推過去一把，沒想到這一推，把工作也推沒了。

衝動是魔鬼啊！孔浩走出城管大隊的時候，心裡一嘆。不知怎麼的，就想到了姚佳仁，如果這幾天不是和她發生這些矛盾，或許心裡也不會積壓如山洪般的怒火吧？

一輛計程車停在了面前，孔浩扛著簡單收拾的包裹，上車。

「去哪？」司機問。

去哪……是啊，該去哪裡呢？孔浩想了想，說了一個位址，不是別處，正是莫小寶家。

自己家是暫時去不了了，丟了工作再回去，說不定會被老媽指著鼻子罵，為了人身安全，還是暫時避避風頭，想好了怎麼說再回去，而單位分配的住房，那是傷心地，去了只會傷上加傷，倒不如遠離一些。

所以想來想去，好像只有莫小寶家適合自己暫時窩居了吧？

計程車很快就開到目的地，車子掀起一陣灰塵，孔浩給了錢下車的時候，灰塵正好往他身上撲來。

唉，人倒楣起來連喝水都塞牙縫。

拍拍身上的灰塵，進去的時候，莫小寶這傢伙正一個「葛優躺」[5]的姿勢，手裡拿著遊戲手把，螢幕上遊戲還在繼續，但是人……流著口水睡著了，呼嚕聲像冬天的雷，沉悶而響亮。孔浩搖頭一笑，還是熟悉的感覺，聞了聞，還是熟悉的玫瑰花香水味，他環視了一圈，覺得自己好像也沒有什麼事情可做，便將包扔在一旁，和莫小寶一樣的姿勢，躺在了沙發上，然後緩緩閉上眼睛，清空腦海裡的一切，什麼都不去想，就這樣安安靜靜地睡覺。

為什麼說人在很累的時候，一旦放鬆下來，就能很快睡著？光看孔浩就知道了，閉上眼睛清空大腦不到三分鐘，就已經進入夢鄉，十分鐘後，他的鼾聲已經媲美旁邊的莫小寶。

兩個葛優躺，兩聲比誰響的鼾聲，這就是鄭乾進到莫小寶家時看到的一幕。

怎麼回事？孔浩不是在城管上班嗎，怎麼出現在這裡了？鄭乾一頭霧水，走過去想把孔浩弄醒問個清楚，想了想卻又作罷，說不定是遇到什麼事情了，否則按照他對孔浩的瞭解，雖說平常沒個正經，但至少這傢伙是不會隨意翹班的。

不過這姿勢倒是奇葩，真是橫看成嶺側成峰，遠近高低各不同，正面看，充滿了對黑暗生活的無

5 葛優躺：指中國演員葛優於某戲劇中半躺於沙發上的姿勢，有頹廢的意思。

奈，對光明生活的嚮往；側面看，充滿了告別俗世的閒適之情……能從一個姿勢解讀出這麼多資訊，鄭乾不禁讚嘆自己。

既然他們都睡著了，而他又沒睡意，好像也只能陪著了。於是拿過莫小寶手裡的遊戲手把，開始在螢幕上進行一輪又一輪的廝殺，被罵豬隊友罵得滿螢幕都是，鄭乾嘴角一彎，微微一笑，我讓你們罵！一個左鍵飛起，將敵方幹掉大半。

沉浸在遊戲中的時光總是過得飛快，沒有多久，莫小寶便在幾句夢話中醒了過來，聽話裡的內容，明顯連做夢都在打遊戲，這讓鄭乾不得不感嘆，富二代真好，打打遊戲就能開兩個海鮮店，掛個老闆的名就能賺很多錢……真是好啊！

「好！」莫小寶忙不及擦去嘴角的口水，看到自己的人在遊戲機螢幕上將敵隊殺得丟盔棄甲，忍不住拍手稱讚。但是再一看，卻發現不對，殺死的人好像不是對方，而是自己的……莫小寶張了張嘴巴，緩緩偏頭往身邊看去，發現有個傢伙正乒乒乓乓按著操作鍵，正殺得興起呢。

鄭乾？！

看到人的時候，莫小寶就不想去追究螢幕上發生的事情了，而是想問，鄭乾怎麼會出現在這裡？前段時間不是說，他已經升為策劃部的什麼經理了嗎？難不成當官了就能出來玩？玩也第一個想到我莫小寶，真是不錯，莫小寶呵呵一聲傻笑。

「醒了？」

「嗯啊，你什麼時候來的？」

「轟隆！」鄭乾剛想說話，莫小寶卻聽到身邊傳來一聲地雷響……偏頭看去，看到了一個葛優躺，明顯睡得很熟！

是誰？孔浩！

嘿嘿，今天可真是個奇怪的日子，怎麼一個二個都莫名其妙湊在一起了？莫小寶和孔浩打鬧習慣了，伸出手就揪著孔浩耳朵，但是沒提，只是湊過去吹了兩口熱氣。

「別鬧。」孔浩一翻身，順手一巴掌打在了莫小寶臉上。

「嘿！」莫小寶摸了摸臉，幾天不見，一見面就伸手打人，這傢伙當城管當上天了？氣上心頭，使出殺手鐧，將手伸到孔浩胳肢窩下面一撓，果然，只是三下，孔浩立刻挺身坐了起來，「別跑！」一聲大吼，隨後睜開茫然雙眼環顧四周。

「哈哈哈！」

鄭乾和莫小寶不約而同笑了起來，三人間的情誼也在這一刻轟然打開。

莫小寶說：「我說你們很會挑日子，怎麼兩個同時一起湊到我這來了？」

「沒地方去了，來你這休息一下。」孔浩已經清醒過來，經歷過很多事情的他已經收斂了鋒芒，就連說話和看人的眼神也變得和以前不同了。

「怎麼了？」鄭乾最先發現了不同，大膽猜測道，「難不成那個了？」

如果真要是那個的話，那我們哥倆也太衰了吧……好事湊不成，壞事湊一雙，說的就是這個？

「哪個呀？」莫小寶一頭霧水。

孔浩點了點頭道：「對，工作沒了。」

「什麼？」莫小寶有些驚訝的問道，「工作沒了？」

孔浩朝莫小寶做了個無奈的表情，一切盡在不言之中。

鄭乾或許早就料到了這樣的結果，悠悠一嘆道：「我工作也沒了。」

「什麼？」孔浩嘴裡像塞了個雞蛋。

莫小寶顯然比之前更加驚訝，「你們是怎麼回事？怎麼工作說沒就沒了，而且還是同一天？」

和孔浩對視一眼，鄭乾也攤攤手，做了個無奈的表情。「生活就是這樣，時時充滿了變數，不過沒了就沒了，工作的路走不通，大不了創業吧。」

「那你今天來……」

「我可不是來休息的，我就是想跟你們談談創業的事情。沒錯，我還是打算創業，工作再努力，企業也是別人的，遇到什麼事，說不定就被裁了，但是自己創業，企業就是自己的，想做什麼都行。」

這話說的好像有點道理，但畢竟創業不是光靠嘴就能進行的，自己現在連點資金都沒有，談什麼創業？孔浩微微低頭，說道：「我再考慮一下，給我一點時間。」

莫小寶支吾道：「我……這，我也考慮一下？」

「那好吧，我就是跟你們說一聲，你們考慮一下，不過你，莫小寶，你本來就經營著海鮮飯店，我看還是別和我們胡鬧了。」

「什麼呀，你知不知道我海鮮店現在開始虧空了，老頭子……咳咳，我爸已經派人接手了。」

「這麼說……你也算是失業了？」

「沒錯，本大俠也是失業大軍中的一員了，如果再不想想辦法，我以後就得吃土度日了。」莫小寶摸了摸招牌圓滾滾的肚子，仰天哀嘆道，「可憐我的肚肚。」

第九十五章
家庭新成員

「呃……那我們三個可真是……禍不單行啊！」鄭乾苦笑道。

「誰說不是呢？我本來做的好好的，結果海鮮貨源出了問題，導致品質下降，讓消費者大流失。」

「我也差不多，做的好好的，結果秀才遇到兵，有理說不清……唉，都是傷心事，不提也罷。」

莫小寶突然奇怪道：「空號，我發現你最近好像增添了許多憂鬱氣質啊！怎麼，打算從型男路線改走氣質帥哥了？」

「去去去。」孔浩壓抑許久的脾性也終於得到展露，「你以為我想？還不是家裡和工作上的事情煩的。在大學的時候，總以為找個工作多簡單，買個房買個車多簡單，結果真正接觸到的時候才發現，簡單個屁！如果不是還對生活抱有希望，我早就跳黃浦江去了！」

「就你還跳黃浦江？」莫小寶鄙夷道，「你還是省省油錢做點其他的事情吧。」

孔浩抱住莫小寶就要開打，鄭乾笑了笑沒說什麼，這對活寶遇在一起總是忍不住相互鬥嘴打擊對方，鄭乾也早已經習慣了。但是說笑歸說笑，辦法總還是要想的，總不能就這樣一直頹廢下去吧？

可是除了創業別無他法，而自己最熟悉的創業路線當屬淘寶；好像也只有淘寶資本最小，風險最低，回報最高……對於現階段的他們，無疑是最可行的方式，自己是有這個打算，但不知道孔浩和莫小寶有什麼想法？

將自己的打算告知莫小寶和孔浩，就是鄭乾此行的目的，說完這些，他便打算離開，也正在這時，電話突然響了起來。

是老爸打來的。

平常沒事老爸不會打電話呀！更何況是在這個時候……鄭乾搖了搖頭，接起電話。

「兒子，你在哪？趕快回來，家裡出事了！」

「出事了？！」聽鄭晟的語氣，鄭乾腦海裡不由得往不好的方面想去，「爸，您說慢點，出什麼事了？」

「那個……程心她……」

「她怎麼了？」

「她搬來我們家住了！」

「什麼？！」鄭乾陡然提高一個音量，嚇得出門相送的莫小寶和孔浩都打了一個冷顫。「好好好，我馬上回來，您先穩住啊。」

「怎麼了？」聽這說話的口氣是出了大事啊，孔浩小心問道，「是不是家裡出事了？」

莫小寶也有些著急的看著鄭乾。

鄭乾卻搖了搖頭，苦笑道：「沒事，我也差點被我爸嚇到了。他說……程心搬來我家住了。」

呃……這算什麼事啊？女朋友搬來男朋友家住，天經地義、好事將來啊！莫小寶一臉奸笑的模樣，湊過去說道：「好好疼愛人家哈。」

孔浩也抱拳道：「恭喜恭喜。」

「去去去！什麼恭喜，程心進來的時候可是哭著來的，我爸說她一進門什麼都沒說，氣鼓鼓將東西扔在床上，然後……哭了。」

「那肯定是遇到什麼事了，你趕緊回去看看，人家是女孩子，多讓著一點。」莫小寶像管事大媽似的說道，「多安慰安慰，再不行就讓她打你一頓出氣！」

孔浩反倒是比莫小寶顯得成熟多了，擔憂道：「程心那麼堅強，按理來說不會這樣的，你回去好好問一下，看看是什麼問題，如果需要我幫忙，就打電話，反正工作沒了，閒著也是閒著。」

「對對，說得對。」莫小寶附和道。

「好，我先回家看看。」鄭乾拍了拍孔浩肩膀，攔了輛車離開。

「記住多安慰安慰啊！」莫小寶的聲音遠遠傳來，惹得身旁的孔浩忍不住對他豎中指。

果然如鄭晟所說，回到家的時候，一打開門，便看到客廳裡大包小包堆了很多東西，一看那一個小包是動輒上萬的牌子，就知道是程心沒錯。

鄭晟看到鄭乾回來，像看到救星一樣，拉著兒子的手就說：「你蔣潔阿姨現在在裡面勸著，你待會進去的時候，說話一定要小心，我剛才……」鄭晟伸手指了指臥室的門，「剛才還被門摔在了外面……」

鄭乾有些想笑，但是看著老爸日益增多的白髮，突然心中一軟，暗暗責怪起程心來，再怎麼說也是一個老人家，更何況還有可能是你未來公公，怎麼能這樣對待？他跟鄭晟說了幾句沒事，然後便悄悄走到自己的臥室門前，將耳朵塞到門上，打算先打探一下情況。

而鄭晟則在後面著急地看，好在貼在門上聽了一會兒，並沒有發生打開門什麼都沒看清就被摔在門外的情況。鄭晟放心地點了點頭，轉身往自己的房間休息去了，孩子們的事就讓孩子們自己去解決吧。

然而情況並非鄭乾所想那般，他將耳朵左右耳輪流貼上門，卻怎麼也沒有聽到哭聲，反而是有人在裡面笑呵呵的說話……笑？不是說哭著進來的嗎？

鄭乾感到奇怪，收起耳朵，站直身體敲門。

既然聽不出什麼，進去看看不就知道了。

咚咚咚！

敲門三下，等待片刻，門輕輕往內打開，一個腦袋露出一半就怒道：「我不要你勸我！」

說罷，鄭乾還沒來得急解釋，便感到額頭上的頭髮被吹上了天，眼睛閉了閉，睜開一看，門已經快要被大力關上，趕緊伸手想要擋住，結果剛想用力，門卻順著鄭乾右手的動作打開了，力沒有用上，於是整個人重心不穩，跌跌撞撞倒了進去。

程心嚇得一捂嘴，趕緊扶起鄭乾，擔心道：「你沒事吧？」

鄭乾揉了揉差點扭傷的腳踝，搖搖頭道：「沒事。倒是……你沒事吧？」

程心扶著鄭乾坐下，撇嘴道：「我能有什麼事？」

蔣潔也走了過來，先關心地詢問鄭乾剛才有沒有摔著，看到鄭乾搖頭，才說道：「那你們兩人聊，我去看看飯煮好了沒。」

程心嘟著嘴不滿道：「媽，現在是下午三點，您要煮什麼飯呀？」

蔣潔尷尬了，扭頭責怪道：「你這孩子，媽這不是找個理由離開，好給你們聊聊嗎？真不懂事。」

程心吐了吐舌頭，朝鄭乾問道：「你剛才去哪了？我發了好幾條訊息都不回。」

鄭乾趕緊拿出手機打開微信一看，發現果然有好多條未讀訊息，那個時間點，好像是在莫小寶的遊戲機上殺他的隊友吧？咳咳咳，「我去了莫小寶家一趟，談談創業的事情。」

「哦……」程心撇撇嘴道，「我就知道你要創業。」突然間眉開眼笑，挽著鄭乾手臂道：「所以我來幫你啦！」

第九十六章
人質綁架事件

「幫我？」鄭乾眨了眨眼睛，問道，「你先告訴我，怎麼突然就搬到這裡來了？」

「哎呀，你就別問了，總之我有這個——」程心搓著手指笑嘻嘻道，「你的創業資金，交給我就好了。」

鄭乾笑著搖了搖頭，好像已經明白了什麼，「你是不是又和你爸鬧矛盾了？」

程心性格開朗，性子也急，只要有她不認同的事情，立刻就能翻臉。看樣子，能將她逼迫到離家出走的地步，程建業一定是摸到她的逆鱗了，弄不好這件事還是與他有關。

「哼！」程心將頭扭到一邊，不說。

「好好好，既然不願意告訴我，那麼剛才哭什麼呀？」鄭乾摟了摟程心肩膀，甚至還能看到她睫毛上一閃一閃的淚珠，很明顯鄭晟沒有騙他，只能說明程心確實受到了什麼委屈。

「不過是……不過是來你這躲一陣子罷了。」程心捂著胸口往後退，「你可別想多啊。」

見她答非所問，鄭乾也沒有辦法，只能苦笑。「我猜，一定是你爸又逼著你和楚雲飛在一起了，然後你不願意，為了反抗給他看，就收好自己的東西來到了我家。我說的對吧？」

程心像好奇的小貓一樣盯著鄭乾，問道：「你怎麼知道？」

「你呀，就這些小心思，我怎麼不知道？」鄭乾笑著說，「不過依我看，你爸說不定馬上就會找到這裡來，所以我為了『明哲保身』，絕對不能和你住在一起。」

「什麼明哲保身，你直接說擔心別人閒言碎語影響到我不就行了？臭鄭乾，你那小心思，我難道看不懂？」程心不甘示弱仰著頭看向鄭乾。

「哈哈哈，變聰明了。」鄭乾伸手抱住程心，「我先去小寶家住，等你爸不再逼迫你和楚雲飛，我再回來，好不好？」

「不好不好，我來這裡明明就是為了氣我爸的，我要讓他知道我喜歡的人是你，才不是什麼楚雲飛！」程心鄙視道，「楚雲飛只不過是我的哥們而已。」

鄭乾想了想說道：「程心，你爸也是為了你考慮，哪個做父親的願意看到自己的女兒和一個看不到前途和未來的人在一起？我知道你不這麼想，但是我需要時間，需要時間向包括你爸在內，所有不看好我們在一起的人證明，我鄭乾可以配得上你，也有能力娶你回家，愛你養你一輩子。另外，你住在我家的話，我爸還有你媽都在，如果我不出去會很不方便。就像我說的，結婚之前我不能和你同居，因為需要照顧你爸和你媽的感受，也要遵從我自己的良心，我不能做對不起你的事情，也不能看到你因為一些沒有的事而讓其他人對你冷言冷語。你懂嗎？」

話不多，但每一句都紮紮實實印在了程心心頭，她知道鄭乾愛自己，卻沒有想到他竟然為自己考慮了那麼多，一時之間有些感動，點了點頭道：「我明白，那你……」

「我今天就搬過去吧，反正都是好朋友，小寶也不會有什麼意見的。」

程心沉默地點點頭，向鄭乾保證道：「不管我爸怎麼費口舌，我都不會答應和楚雲飛在一起的，我只想跟你在一起。」程心輕輕地抱了抱鄭乾，「我等著你娶我。」

「我一定娶你。」

※

正如鄭乾所猜測的那樣，他剛剛將東西搬走沒有多久，再回到家時，已經看到程建業坐在客廳裡面，正在和鄭晟交談。

來得還滿快的啊。

「程叔。」鄭乾笑著跟程建業打招呼，在公司裡面叫他程總，如今離開了公司，自然也像其他人一樣，叫他一聲程叔。

「鄭乾回來了？坐。」

鄭晟哈哈笑道：「難得看到你對我兒子這麼客氣。」

程建業搖了搖頭，有些尷尬的笑笑。他對鄭乾的好感源自他在公司招標中的出色表現，而且因為防備不慎被對手舉報，導致鄭乾被公司高層辭退一事令程建業對鄭乾多少有些愧疚，於是兩種情感疊加在一起，更使得他對年輕人的看法改變了很多，至少不會像之前那樣無視了。

不過他今天來的目的不是攀談，而是為了叫程心回家。所以看到鄭乾進來，開門見山便問道：「你能不能讓我把程心帶走？」

鄭乾愣了愣，「程心是……自己來這裡的，而您看到了，我現在已經搬了出去。搬出去的原因就是，我說服不了她離開這裡。」

程建業抽了兩口煙，顯然已經相信了鄭乾的說法。總之程心的脾氣他也知道，一旦認准的事情就是九頭牛也拉不回來。

「她現在在哪兒？」鄭乾沒有看到程心。

程建業指了指臥室的方向，「看到我進來就躲到裡面去了，反鎖著門，怎麼敲都不開。」一邊說著，程建業的臉色就越發鬱悶難看，俗話說家醜不外揚，結果繼跳樓事件之後，程心又做了一件讓他無比鬱悶的事情。

鄭乾眼珠子轉了轉，「這事也不是沒有辦法。」

「什麼辦法？」程建業像抓到了救命稻草。

鄭乾小聲道：「既然她要留在這裡，那麼您可以將我帶走。就說……一人換一人，除非程心回家，不然就不放我走。」

這個辦法好像可行，但是……程建業問道：「你難道不希望她住在這裡？我跟你說，你應該知道我鼓勵雲飛追求程心的事情，你放心她跟我回去？不怕我又安排相親給她？」

鄭乾咧嘴笑了笑，露出一口白牙，「當然怕，但是我相信程心對我的愛，這麼說吧……當然，說了您也不要生氣，正是確定程心愛我，所以我才相信您將我綁架之後，她會過去將我換回來。」

程建業哼道：「你這是利用程心的感情！」

鄭乾搖頭道：「您錯了，我這麼做為了保護程心，讓她不平白遭受閒言碎語，如果我自私一些，仇恨一些的話，大可讓她留在這裡，這樣我就可以做自己想做的事，讓您的計畫徹底泡湯，何必再搬出去，然後又告訴您怎麼做呢？」

「你——」程建業被回得啞口無言，一時半會兒竟然找不到鄭乾話裡的毛病。「好吧，就按你說的做。」轉頭看向鄭晟，「你兒子我先帶走了，放心吧，我會好吃好喝伺候著他，等到程心回來了，我再把他還你。」

鄭晟十分豪氣地揮揮手，笑道：「去吧去吧，反正你女兒在我這兒，你也不敢對我兒子怎麼樣。」

第九十七章 回家之後

「老滑頭！」程建業哼了一聲，拽起鄭乾手臂就昂首離開了這裡。

這一趟不虧，雖然沒有將女兒帶回來，但是帶了女兒喜歡的人，同時又還是鄭晟的兒子，程建業想了想，好像還有些賺了的味道。

「您確實賺了，像我這麼優秀的人才可是難得啊。」鄭乾笑著說，「出謀劃策、唇槍舌劍，什麼都拿手。嘿嘿。」

程建業一臉嚴肅，不搭理鄭乾的自戀，「比你優秀的人我見過太多，所以你在我眼裡也就是那麼一回事，不足為奇。」

鄭乾知道程建業說的是實話，可自己畢竟幫助過公司，這麼說就有點過河拆橋的味道了吧？但是跟資本家談人情味，那不是自己找坑跳嗎？鄭乾乾脆閉著眼，感受著賓士車特有的轟鳴聲，呼呼睡起覺來。

「這小子……」程建業搖了搖頭，現在的年輕人都這麼愛睡又能睡嗎？原本說那些話想刺激他一下，找他聊聊天，沒想到人家乾脆來一個不理。看來聊天是不行了，程建業想，那我也睡吧。

就這樣，鄭乾成功成為了程建業的俘虜，或者叫做綁票，住進了程建業家，如果程心不按時前來一人換一人的話，鄭乾的日子會不會好過？誰知道呢，看程建業心情。

就在鄭乾被程建業綁走之後，孔浩也離開了莫小寶家，他先前發了不少訊息給姚佳仁，也將自己丟了工作的事情跟她說，但是毫無意外，姚佳仁依然像往常一樣沒有任何回覆，甚至就連最基本的安慰也沒有。

難怪莫小寶感嘆，還好當初沒有表白成功，否則他現在海鮮店沒了，跟姚佳仁尋求安慰的時候，會不會也像孔浩一樣被不理不睬？如果真是這樣的話……想想都覺得可怕，真不知道孔浩前段日子跟她是怎麼挨過來的。

孔浩自然清楚姚佳仁的性格，有拜金的趨勢，有自卑的想法，有虛榮的心理，當然也有忍耐和善良的一面。俗話說愛屋及烏，一旦你愛上了這個人，就連她的缺點也會包容，就像孔浩選擇勒緊褲帶為她買奢侈品一樣，即便知道這樣做不對，可是看到她開心的笑，心理也會覺得舒暢。

難怪古有周幽王烽火戲諸侯，唐玄宗無人知是荔枝來[6]等等，帝王為搏美人一笑，想方設法，孔浩自嘲，倘若自己成為帝王的話，怕是也和這些人一樣吧？

回到家，一股沉悶的氣氛就從屋裡傳來，孔浩一進門就深切的感受到今天的不同尋常。

也是，從帶姚佳仁回來的那次之後，自己就一直沒有回家，想來爸媽一定會傷心吧？孔浩帶著歉意地叫了一聲爸媽，但是沒人答應，只有孔爸翹起的二郎腿微微動了動，應該是腳發酸的原因，能讓孔爸翹著二郎腿腳都發酸，那他究竟保持了這個姿勢多長時間，怕是要破金氏世界紀錄了吧？

6 皇帝命人快馬運荔枝給愛妃楊貴妃，速度之快，旁人只能看到滾滾煙塵。

孔浩忍不住異想天開，最終確定，老媽今天應該是生氣了……生什麼氣？難不成是他們已經知道辭職的事情了？孔浩順著看去，發現茶几上放了一個信封，信封上面寫著城管大隊專用……補貼款？

孔浩走過去拿起信封拆開一看，只見裡面有一疊厚厚的紙鈔，怎麼說也有好幾千，但是補貼款怎麼送來家裡？「媽……這是誰送來的？」

孔媽有雙目噴火的趨勢，孔爸趕緊接話道：「今天一大早，你們大隊長送來的，說是……說是你辭職了，他們對不起你，只能儘量彌補。」說著，還趁機換了姿勢。

「說說吧，活雷鋒[7]，你是怎麼想的？」

活雷鋒都叫出來了，難不成已經知道了是自己主動辭職？早該想到這個問題的，按照老媽的性格，絕對會指著鼻子罵自己蠢。

「我沒怎麼想的，自己做錯了總不能連累其他人。」孔浩小聲說道。

「但我卻聽說你是為了幫人出頭才和那些小販打起來的，憑什麼我兒子做好事，還遭這樣對待？」孔媽壓制住體內的洪荒之力，儘量心平氣和道，「你這幾天雖然沒有回家，但是我都關注著你在城管大隊的表現，你們大隊長也都經常誇你，工作努力，是他們需要的創新型人才，他親口說，你在城管大隊的前途是很好的，只是現在資歷太淺，想升官還要等一段時間。可現在你竟然辭職了，爸媽供你讀書

7 雷峰，中國人民解放軍、共產黨員。22歲時因公殉職。被中國共產黨塑造成黨員革命象徵與模範，雷鋒在中國大陸的政治語言中幾乎已經成了「好人好事」的代名詞。

容易嗎？好不容易盼出頭了，結果連甜頭都還沒有嘗到，分配的工作就沒了……要說這裡面沒有什麼原因，打死我也不相信！」

「你媽是說，你辭職這件事肯定是有其他的原因，大隊長誇你好，什麼都沒說，你就跟我們說說，到底發生了什麼？」孔爸第一次一開口便說那麼多話，今天孔媽的的情緒十年難得一見，如果不處理好，怕是要重蹈提菜刀的覆轍……

「沒什麼其他原因啊，就是你們知道的，和小販發生糾紛，扭打起來，正好被市民看到，然後就有媒體記者插手，所以我就辭職了。」

孔媽明顯不願意接受這樣的說辭，冷哼道：「別以為我不知道這件事都和誰有關！如果不是那姚佳仁讓你生氣，你工作的時候怎麼會莫名其妙對人發火？我就跟你爸說過，那是個害人的妖精！你……可惜你這耳朵聽不進去，被她迷住了！」

「如果我猜的沒錯，她到現在都還沒有安慰過你吧？甚至就連你辭職的事情也不知道！自己的兒子當然是當媽的最瞭解，如果那個姚佳仁知道這件事的話，你就不會回家，而是和她待在一起向她傾訴。」孔媽嘆了口氣，「媽可憐你，心疼你，讓你不要跟她在一起，好好找一個人家，娶個樸實、又懂得關心你的媳婦兒，平平安安過日子多好，何必非要吊死在一棵樹上？更何況……這棵樹心術不正，不是我們好老百姓高攀得起的。」

孔媽的話像一擊重拳打在了孔浩心頭，回想和姚佳仁在一起的日子，他的快樂真的多於傷痛和無奈嗎？不見得。孔浩搖了搖頭，但是愛情往往就像一副沒有解藥的毒藥，一旦吃了，想要後悔就再也來不及。何況，這是孔浩開開心心吃下的毒藥。

姚佳仁是他喜歡和愛過的女孩，就算她不主動關心自己，自己也要拿出一個男朋友該有的氣度，好好和她生活。

正所謂「你若不離，我便不棄」，說的大概便是如此。

這種情感孔媽和孔爸難以理解，也註定難以接受，所以孔浩並未和孔媽爭論，而是點頭奉承，奉承孔媽所說都是正確的，是他應該奉守的準則。

但是心裡，孔浩卻在想，是時候找姚佳仁問個清楚了。

第九十八章
報警

孔媽見孔浩低頭認錯，也減輕了說話時的激動語氣，改為循循善誘，想在這個時候加一把火，讓孔浩明白什麼事該做，什麼事不該做，也想讓他知道，應該正確看待愛情，哪怕喜歡的人不喜歡自己了，也不應該自暴自棄，一定要拿出比之前更大的勇氣，證明自己才是最好的。

一家人在一起吃了一頓飯，飯桌上孔浩一直點頭，表示已經將孔媽的話聽進心裡，而孔爸也難得的幫著說了幾句，看到兒子變得沉默，不免還是有些難受。當初建立戰略同盟時的情景歷歷在目，那時候兒子多開朗，哪像現在死氣沉沉的……看來這些事果真對他造成了很大影響。孔爸心裡嘆了口氣，夾起一塊肉放進孔浩碗裡。

吃完飯後，孔浩突然想起今天鄭乾匆匆離開，還不知道發生了什麼事情，趕忙拿起手機撥通電話過去。

而鄭乾此時也同程建業坐在了一張餐桌上吃飯，但他顯得有些不自然，轉頭看了眼身邊站立的一些人，湊過去朝程建業說道：「你能不能讓他們都……咳咳，暫時回避一下？」

「怎麼了？」程建業笑了笑，「客隨主便，來到這裡就得按我的規矩走。」

「不是啊。」鄭乾一臉窘態，「我不習慣被別人看著吃飯。幾雙眼睛盯著你，你嚼一下嘴人家都能看到裡面塞了些什麼……」

程建業哈哈一笑，指了指鄭乾身後的人，卻沒有如鄭乾所願讓他們離開，而是笑著說道：「他們都是負責看押你的，你要是有什麼狀況，他們都會第一時間通知我，所以，你就乖乖待在這裡吧，程心來之前，哪也別想去。」

鄭乾張了張嘴巴，「二十四小時監控？」

程建業小酌一口，好整以暇說道：「沒錯。」

「那我豈不是什麼隱私都沒有了？」鄭乾攤了攤手。

「嗯……放心吧，我沒有窺探別人隱私的癖好。」而且……程建業掃射一眼鄭乾，只見他一身上下半點多餘的東西都沒有帶來，還能有什麼隱私？

「不行，至少我上廁所的時候不能有人在。」飯桌上談廁所是很不禮貌的一件事情，但是沒辦法，程建業竟然派了這麼多人監視他的行蹤，萬一到時候上個廁所還得有人站在旁邊……這不就尷尬了？

然而程建業卻搖頭道：「這個你得問他們才行，小事情我就不管了，只要他們能夠保證你在程心回來之前還留在這裡就行。」

鄭乾轉身看了眼身後的漢子，每個身材都不輸孔浩，吞了口口水，「程叔，你還真下血本啊。」

程建業理所當然道：「那是自然，畢竟我的女兒是最重要的，而你是能夠將我女兒換回來的籌碼。」

鄭乾還能說什麼呢？只能說土豪的世界，我們凡人不懂。

……化身一條固執的魚，沉默地沉沒在深海裡……

那英的獨特嗓音突然傳入耳朵，手機也隨之傳來一陣震動，打開一看，是孔浩……哦，對了，鄭乾想起還沒有跟莫小寶和孔浩通報消息。

「喂——」

「沒什麼事吧？」熟悉的聲音傳來。

鄭乾笑了笑，剛想說沒事，卻想到此時的處境，只能點頭道：「有事。」

「啊？」孔浩在電話裡傳來一個帶有無限疑問的長音，「發生什麼事了？」

「咳咳，我被人監視了……不用不用，不要去報警，我現在在程心她家裡，但是因為某些事情我出不了門，所以你能不能叫上莫小寶一起，幫我把淘寶衣服和我的筆記型電腦帶來這裡？」

「你說你在程心家裡，然後被監視了？」孔浩第一個感覺是鄭乾在唬人，可是想到平時鄭乾的舉止，並不會開這樣的玩笑，又想到當初看過的柯南，會不會……孔浩突然捂起嘴，會不會鄭乾和他說話的內容在暗示什麼？

等等，淘寶、衣服、電腦……這些東西有什麼關係嗎？孔浩還沒思考明白，電話裡頭鄭乾的聲音又傳了過來，「喂——空號，你聽到了沒有啊？」

孔浩趕緊點頭道：「聽到了聽到了。」怕關鍵資訊遺漏，又重複一遍道，「你在程心家，讓我幫你把淘寶衣服，還有你的筆記型電腦送過去給你，是這樣吧？對了，不能報警。」

鄭乾滿意地點點頭，打了個飽嗝，笑道：「謝謝啊。」

掛掉電話，卻看到程建業一張老臉已經黑了一半，鄭乾訕笑道：「怎麼了？程叔你沒事吧？」

「我沒事，但待會可能就有事了。」

鄭乾不明所以，只見程建業伸出手，「拿來。」

「什麼？」

「手機。」

鄭乾不樂意了，「連手機也不讓用？」

「別廢話，把手機給我，我和剛才打電話的說一聲，否則待會警察就得把我的別墅包圍了。」程建業一臉鬱悶。

「啊？」鄭乾依然沒有想通其中緣由，「為什麼？您又不是真的綁架我，我是自願的啊。」

「你朋友又不知道你是自願的。」程建業不再理會一臉傻懵的鄭乾，拿起鄭乾的手機，撥通號碼便說道：「我是程建業，程心的爸爸。剛才和你說話的是鄭乾，現在他住在我家裡，不是你想的什麼綁架。對……你說什麼？你已經報警了？」

這次輪到程建業一臉尷尬了，「不是，你這年輕人，怎麼這麼沉不住氣呢？我堂堂幾個公司的老總，需要綁架一個……」程建業又看了鄭乾一眼，「需要綁架一個身無分文，頭髮糟亂，腳踩一雙拖鞋的人？」

這回輪到孔浩無語了，既然您是程心的父親，跟鄭乾在一起確實理所當然，但是也用不著監視吧？這樣多容易讓人誤會啊！好在報警電話是一分鐘前打的，還能撤回，要不然……哼哼，孔浩心裡突然間有些惡作劇般的竊喜。

「好好好，不好意思啊伯父，我現在就打回去跟警察說明一下。嗯嗯，以後一定沉住氣，好好，孔浩接受您的教誨，是是……」

鄭乾在一旁聽得想要爆笑，對於孔浩來說，就算他爸跟他說教也沒這麼有用吧？「好好」、「嗯嗯」、「是是」答應了不下十次，而對於程建業來說，自從坐上大老闆的位置，應該是第一次遇到如此窘迫的事情吧？

不知為何，鄭乾心裡也產生了和孔浩一樣的，惡作劇般竊喜的感覺。

第九十九章 爭論

好在撤回的即時，警察聽到消息後立刻收警，並且也只是在電話裡教育了孔浩一番。但是程建業的臉色卻不好看，不僅僅因為孔浩的多此一舉，還因為鄭乾在電話裡交代的事情讓他有些疑惑。

「你讓他們送什麼過來？」

「呃……送淘寶貨物和筆記型電腦啊。」鄭乾不解道，「怎麼了嗎？」

「我這可不是開淘寶店的地方。」程建業說。

「但是我也不能讓你白養著我啊，我總得工作不是嗎？」鄭乾攤了攤手，說道，「再說我旁邊還隨時有人看著，不做點事情來消磨時間，我可受不了。」

程建業不知道該說什麼好了，只好不客氣地說道：「僅此一次。」

「下不為例。」鄭乾微微一笑，早就將學生時代老師掛在嘴邊教育同學的話熟記於心。

※

孔浩的效率果然是一級的，電話打過去僅過了一個半小時，他和莫小寶的身影就出現在程建業的別墅外。

讓人尷尬的是，門口保安並不認識這兩人，看到他們身上大包小包就像剛進城的農民，眼神裡就更加懷疑了，這種人怎麼會到這裡來找程總？

「兄弟，你聽我說，我們是來找人的，先開門好嗎？不開門也可以打個電話問問啊。」

「不行。」在別墅區的所有人都知道程建業的習慣，沒有什麼重要的事情不能撥打他的電話，否則就等著被臭罵一頓。

「你這不讓我們進，又不打電話問一下，什麼態度嘛！」莫小寶剛想罵人，孔浩就已經掏出手機撥打了鄭乾的號碼。

鄭乾接到電話，連忙跑出去，跟保安大哥說明原因，語言態度非常誠懇，讓保安都覺得不好意思了。

帶著孔浩和莫小寶進來之後，監視鄭乾的幾個黑衣墨鏡男立刻圍了上來，這種只有在電影電視裡才能看到的場景落到莫小寶和孔浩眼中，可就嚇人了，兩人退後幾步，就差抱在一起相互取暖。

鄭乾咳嗽兩聲，說道：「幾位大哥，他們都是我的朋友，你看……」

「我們只負責你的安全。」

「那意思是，他們……」

「我們管不著。」墨鏡男機械般地說道。

聽到這話，孔浩立刻將抱在自己身上的莫小寶推開，理了理衣服，裝作什麼事情都沒有發生的樣子。

莫小寶翻個白眼，一陣鄙視。

鄭乾帶著他們來到程建業分配給自己的房間，將大包小包的東西全都放下，將電腦打開並登錄淘寶頁面，看著熟悉的介面和作業系統，心裡一陣舒爽。

還是幹自己的本職工作更舒心啊。

「對了，你們考慮得怎麼樣了？」

鄭乾想到創業的事情，現在他們有著大好的時間和資源，如果將全部的心思投入到尋找新工作上，豈不是太沒有意思了？

然而莫小寶似乎興致不高，他爹是海鮮大戶，如果想要創業，他有著得天獨厚的優勢，沒必要跟隨鄭乾橫衝直撞；而孔浩……鄭乾將目光轉向了他，想徵詢他的意見。

孔浩如今沒了工作，好像因為姚佳仁的事情還和他爸媽鬧得有些不愉快，現在正處於低谷期，也不知道創業的事情他會如何考慮。

然而出乎鄭乾意料的是，孔浩竟然點頭說道：「我決定就跟你一起幹了，但首先有一點，我沒有資金，所以我只能當你的小員工。」

鄭乾哈哈一笑，拍了拍鄭乾肩膀，說道：「就等你這句話，沒資金沒關係，我相信我們只要努力，就一定能夠成功。」

孔浩也笑了，說道：「那我就幫你送貨了？」

「行！只要我有吃的，就不會餓到你。」

莫小寶嘖嘖讚嘆：「鄭乾你可真夠厲害，免費招員工。孔浩走了，以後誰陪我打遊戲？」

鄭乾說道：「你放心啦，等我從這裡一走，我還是得要跑去你那裡住，所以孔浩自然也要和我一起。」

就在這時，一道高大的身影突然出現在幾個人面前。

鄭乾收住興奮的笑容，微笑道：「程叔好。」

「程叔好。」

莫小寶和孔浩也跟著鄭乾叫。

程建業點了點頭，隨後目光便落在了地上的大包小包上。

「這些就是你要賣的衣服？」

孔浩說道：「是啊。」

「現在淘寶商家還要自己進貨？難道不是掛個牌子，有人買的時候跟貨源方說一聲？」程建業饒有興趣看著鄭乾操作電腦介面，「不瞞你說啊，我有打算往這方面發展，但是我認為無論如何，最終起到作用的仍舊是實體產業，即便現在電商崛起，很多人也照樣喜歡逛街。」

程叔是打算告訴自己，淘寶這項業務沒有前途可言？不管怎麼說，這是自己選擇的創業方向，絕不會因為程建業三言兩語就改變初衷。更何況電子商務又不是像他說的那樣不如實體經濟。

「程叔，您應該知道，現在網路購物越來越多，所以實體經濟方面肯定會受到一定程度的影響，雖然不一定會被電商徹底佔據經濟地位，但是衰敗卻是必然的結果。就拿淘寶來看，優秀店面每個月的營業額甚至是繁華地段幾十坪店鋪營業額的兩三倍，而且實體店鋪需要昂貴的租金，而淘寶店鋪只需要基礎資金，剩餘的便看自己的宣傳和銷售能力了。」

程建業輕蔑地笑了笑，說道：「我尊重電商，畢竟它確實給我們的生活帶來了改變，然而讓我選擇，我依舊會走實體道路，實體經濟是一切經濟的基礎，這點你不能否認吧？」

鄭乾說道：「當然，所有經濟形勢都是實體經濟的衍生體，所以實體經濟是一切經濟的基礎，我完全同意。」

程建業又道：「既然如此，你要創業就好好創業，先從實體創業開始也好，搞個淘寶算什麼？開淘寶店也算創業？」

見兩人有繼續爭論下去的趨勢，孔浩給莫小寶使了個眼神，鼓勵他和自己一起上去說兩句，否則辯論沒完沒了，最後吃虧的還是鄭乾。畢竟這是人家的地盤，他又還是程心的父親，不管怎麼說，鄭乾都應該給人家足夠的尊敬。

但是莫小寶卻不夠義氣地搖了搖頭，不去。

孔浩真想跳起來給他一個巴掌，狠狠瞪了胖子一眼後，臉上換上一副笑容，湊上前去說道：「要我說啊，這實體經濟和電商各有優劣，所以鄭乾你也別和程叔爭論了，你們說的都對，也都有各自的理由，兩人的觀點我都是贊同的。」

然而程建業似乎沒有在意他說了什麼，而是轉過頭好奇道：「你就是報警那小子？」

第一百章

小氣的有錢人

「啊？報警？」孔浩愣了愣，傻笑道，「程叔您記錯了吧？我們什麼時候報警了？」

但是他這副求饒專用的笑容，明顯已經出賣了自己，剛才聽到鄭乾叫他孔浩，再加上這表現，程建業已經可以確定，報警的就是這個小子。不過這倒也不是什麼大事，更何況他剛才那番話是故意給自己臺階下。

「我又沒老糊塗，不是你報警還有誰？」程建業拍拍孔浩肩膀，「模樣倒是不錯，年輕人得好好努力，不能將青春交給一個淘寶店啊。」

說完這句話，程建業便離開了這裡。

這是什麼意思？是讓自己不要跟著鄭乾創業？孔浩看了鄭乾一眼，只見他無所謂的聳聳肩。

※

雖然是自己提出作為人質來到程家，但面對人家真把自己當人質對待，鄭乾也只好認了，守在自己的小天地裡劈劈啪啪敲打著電腦，進行著淘寶業務的拓展和開發。

不過程建業安排的這幾位黑衣墨鏡男真是不錯，有時候市內訂單一下，自己騰不出手又不能離開這裡，便是讓他們幫忙送貨，讓很多客戶都在店鋪下面評論「您家淘寶店真是專業，竟然有專門的黑衣墨鏡男送貨。」

而為了方便，鄭乾還在前幾天跟程建業要求，裝了一台市內電話，這樣接淘寶客戶的諮詢就比手機方便多了，一邊填寫訂單還可以一邊講話，話筒夾在腦袋和肩膀之間，方便極了。

「叮鈴鈴……」又一陣電話鈴聲響起，鄭乾拿起電話，「喂，您好！請問您是哪位？」

「我是送貨的啊，你家就是這棟房子對吧？我剛才看見你爸出去了，他讓我別進去，在外面等你。」

一口標準的當地方言送進鄭乾耳朵，他不由愣了愣，「您說什麼？」

「聽不懂？」

「不是，我說您剛才說我爸出去了？誰是我爸？」

送貨員在那邊嘖嘖讚嘆道：「就是那個老頭子啊，光看著就讓人害怕，旁邊還跟著幾個保鏢，你家這麼有錢，怎麼還跟我買幾十塊的便宜貨？」

呃……鄭乾摸了摸額頭，說道：「那不是我爸，我家也沒有錢。」

「沒錢還住別墅啊？我看到你爸的座駕可是最近新產的賓士……」

你妹啊！「跟你說那不是我爸，好了，你在外面等一下，我現在就出去拿。」

鄭乾掛掉電話，往旁邊招了招手，兩名黑衣墨鏡男就跟著他走了出去，別看他們一副黑社會大哥的架勢，當目光轉動，往下看的時候，卻看到這些傢伙穿著拖鞋、捲著褲管……別忘了，現在是秋天。

來到門外，果然看到一個騎三輪車的人，正仰著頭極盡讚嘆、打量著整幢別墅，看他喉嚨蠕動的模樣，想要一口吃了不成？鄭乾翻個白眼，遞過去一瓶礦泉水，說道：「大哥啊，能不能便宜一些？你給我打個折什麼的，你看我都從你這拿了好幾次貨了。」

送貨員原本羨慕的眼神瞬間轉為鄙視，看著鄭乾說道：「你家這麼有錢，還讓我一個騎三輪送貨的給你打折，有沒有搞錯啊？你看看你，連出門拿貨都要帶兩個保鏢，有錢人真是夠了。」

這大哥嫉世憤俗啊！跟他說兩遍了這不是我家，結果人家當作沒聽到，沒聽到就算了，懶得解釋。鄭乾開始指揮著兩名黑衣墨鏡男，搬運一包包裝好的衣物，自己卻往褲裡掏錢，沾了沾口水數起鈔票，遞給小販道：「數好啊，補給我十二塊，當面點清，離開一概不負責。」

送貨大哥看著自己搬了三四趟的衣服，被兩大漢手提肩扛一趟拿完，心裡有些不平衡，踩著三輪離開的時候嘴裡還念念有詞：「有錢人真小氣！多給十二塊都不行。」

鄭乾在後面聽到，翻個白眼喊道：「你妹啊，我沒有錢！」

「誰信啊！」送貨大哥竟然聽到了。

「誰愛信誰信！」鄭乾鄙視道，然後轉身提起一包掉在地上的衣服追向兩大漢。

同鄭乾在程建業家裡遇到的許多尷尬狀況一樣，程心在鄭晟家中也是如此。

不過這邊情況稍有不同，隨著兩三天過去，程心儼然已經成為家裡的小主人，大事她不管，小事她懶得管，所以專是一些她見不得的事情常常被她掛在嘴上碎念。

比如鄭晟的不良飲食習慣。鄭晟愛吃辣椒，吃飯還快速無比，常常你才坐下，他已經放下飯碗摸了摸肚子，程心鄙視地跟他說，飯要慢慢吃，不然對消化不好，但是鄭晟卻不聽，依舊我行我素，要不是蔣潔攔著，她恐怕要搶了人家手裡的碗筷。而鄭晟對程心呢，完全就是一個長輩看孩子的態度，因為關係不好的緣故，鄭晟也想著該如何與程心建立好關係，所以就經常關懷程心，在生活上噓寒問暖，然而程心顯然不習慣長輩的嘮叨，常常不耐煩地擺擺手，說一句沒事便打發了。

蔣潔則夾在中間成為了雙方關係和平友好的聯絡人，程心生氣了她要哄，鄭晟不高興了她也要哄，雖然看似辛苦，但在蔣潔眼裡，這才是她想要的生活，一家人在一起吵吵鬧鬧，才有家的樣子。更何況他清楚鄭晟和程心的脾氣，知道兩個人都是刀子嘴豆腐心，雖然常常針鋒相對，可一旦說到心坎裡去，都知道對方對自己的好。

而且程心對鄭晟的不友好態度與自己多少也有關係，蔣潔便認為她有義務幫助這對……父女重新建立友好關係。目前看來，友好關係的建立僅依靠這幾天相處，幾乎不可能，現在最主要的問題還是怎樣讓程心回到程建業身邊，然後將鄭乾換回來，鄭乾這孩子也真是，到了那邊這麼多天了，竟然也不知道打個電話回來，白讓程心為他擔心。

又過去了幾天，程心和蔣潔坐在沙發上看電視，轉到《熊出沒》[8]，端著個飯碗，看得津津有味。

「我才不擔心呢。」面對蔣潔又一次的勸說，程心絲毫不為所動。

蔣潔說道：「可是你鄭叔擔心啊。」

程心扒了一口飯，目不轉睛說道：「他擔心關我什麼事？」

「你這孩子……怎麼這樣呢？」蔣潔見好好說也不起作用，乾脆使用反方法，「你要不去啊，那就一直留在這裡吧，讓鄭乾乾脆也一直留你爸那邊好了。」

「媽——」程心撒嬌道，「你要趕我走是不是？」

8 深圳華強方特動漫公司製作的系列動畫片。

蔣潔伸手點了點程心的額頭，「你是媽的心頭肉，疼你還來不及，怎麼會想趕你走？但是你要想啊，你都二十幾歲了，還一天到晚跟我們生活在一起，不覺得害臊嗎？」

程心滿不在乎道：「你們都不害臊，我害臊什麼？您不用再說了，我不會走的，就算鄭乾被我爸囚禁了，我也不會走。」

第一百零一章
溫和變火爆

蔣潔責怪地看了一眼程心，最後無奈道：「好好好，既然不想走的話，那就留在這裡陪我吧，要不是你爸在催，媽也不捨得你走。」

程心臉上立刻出現笑容，放下碗筷，挽著蔣潔手臂，一臉幸福道：「媽，你說我和鄭乾什麼時候結婚好啊？」

「這個啊，就要看人家鄭乾了。」蔣潔說，「既然你喜歡，覺得他能給你幸福，媽就支持你。」

「可是我爸他……」程心嘟嘴道，「他一天到晚就撮合我和楚雲飛在一起，楚雲飛和我只是普通朋友，怎麼可能成為戀人嘛！」

「你爸考慮的也對，畢竟鄭乾還在創業階段，他也是擔心你結婚後跟著他會受苦。」蔣潔嘆了口氣，說道，「其實你鄭叔叔和我是一樣的看法，他支持鄭乾創業成功後再結婚，只有這樣，你們雙方才會平等，日後生活才不會產生嚴重的分歧與矛盾。」

「可是我什麼都有啊，我不在意他什麼都沒有，真的！」程心激動道，「媽，要不……要不你也和我爸說說，讓他答應我和鄭乾在一起吧？」

蔣潔沉默片刻，拍拍程心的肩膀道：「媽會儘量幫你的。」

便在這時，鄭晟從外面回來，手上提著不少新鮮蔬菜，一看，都是程心平常喜歡吃的東西。

蔣潔臉上浮現一抹笑意，前幾天兩人睡覺前就在商量，怎樣讓程心和他的關係稍微緩和緩和，結果一致決定，讓鄭晟買菜、做飯等等，在生活中向著程心，談話的時候也儘量心平氣和。

於是就出現了這一幕，鄭晟每天早起，到菜市場買菜，買完回來之後，第一件事就是做飯，吃完飯後，默默收拾碗筷洗碗，洗碗過後，坐在沙發上陪著程心一起看《熊出沒》……蔣潔讓他多說說話，可是心平氣和這一條，就阻礙了鄭晟言語上的能力發揮。

每次一開口，必然是氣血昂揚並帶有髒字，鄭晟認為自己和程心最好不要說話，不然他會忍不住放大音量，到時候又引起程心反感……

但是這樣的相處方式反而使得程心不適應，在她看來，鄭晟應該是熱血激動的，有時候和他爭論起一個話題，那唇槍舌劍的感覺特別帶勁，然而現在一句話沒說完，鄭晟就已經在點頭奉承她了，這反倒讓程心有些不知所措。

現在看到鄭晟回來，看樣子今天又要開啟和前幾天一樣的生活節奏……這可不行，自己得要讓他回歸本性，那樣才是真正的鄭乾他爸嘛！

眼珠一轉，程心湊上前去，幫鄭晟提東西，左手一袋右手又一袋，笑嘻嘻道：「這些菜都是我愛吃的啊，你們也喜歡吃嗎？」程心故意眨巴著一雙大眼睛問。

鄭晟秉著不輕易說話的原則，嚴肅著一張臉點點頭，表示你說得對。而蔣潔則是為鄭晟差勁的表演感到尷尬。

但是程心顯然料到了會出現這樣的局面，突然說道：「鄭叔，你不是喜歡吃辛辣一點的嗎？怎麼，這種帶甜性的溫和食品也喜歡？」

鄭晟臉色不變說道：「喜歡喜歡。」

「真的喜歡？」程心臉一垮，說道，「可是也不能總是吃這些東西啊。您吃飯吃得快，所以少吃辛辣是對的，但是……我突然想吃辛辣的了，雖然這些東西我都喜歡，可是一天到晚就吃這個……肚子都不舒服了。」說著還揉了揉。

鄭晟一聽這話，覺得也對，趕忙點點頭，轉身就走，「那我重新買去。」

看到鄭晟真要走，程心連忙一把將他拉住，笑嘻嘻道：「鄭叔，別去了，今天我來掌勺吧，讓您看看這些沉默的食物如何變成火爆級別。」

鄭晟心底一顫，這話說得意有所指，他深知這孩子和他說的每一句話都有可能是陷阱，這些天自己主動讓賢，打算將話筒讓給程心，雖然不適應甚至憋屈，可是為了一家和睦，也豁出去了。沒想到現在……她竟然主動挑釁。

哼哼，我忍。鄭晟心裡想道，便順著程心的話說：「好好，那我就不去了。這些都是你愛吃的東西，你想怎樣做就怎樣做吧。」

一句話說得天衣無縫，程心突然之間不知道該怎麼回答了，這老頭子，我給你臺階下你竟然還槓上了，好啊！「鄭叔，那個……其實我不會做菜啊，所以你做什麼我吃什麼吧，就算做成狗糧也吃！」

「你說我做的菜是狗糧？我跟你說，當初老子專門到新東方學過！」

來了！程心十分喜歡這種熟悉的感覺，呵呵笑道：「鄭叔果然厲害，我就喜歡您這凌厲的風格，以後別又變成啞巴了哈。」

蔣潔似乎看出了程心的心思，但嘴上仍舊責怪道：「程心，怎麼能這樣和鄭叔說話呢。」

「嘻嘻，我覺得我們都有自己的個性，一家人在一起的時候，正是因為有個性的碰撞，也才顯得更有意義，不是嗎？」程心一副早就看透你們的表情，說道，「我呀，知道老媽你是想讓鄭叔和我的關係變好，可是我呢，又不樂意，所以你們就想到了這個方法，對不對？」

蔣潔被女兒猜透了心思，也不尷尬，反而欣慰道：「現在知道你鄭叔用心良苦了？」

程心卻撇撇嘴，說道：「難道您就沒有用心良苦？我剛才不也用心良苦了。」

鄭晟哈哈大笑，說道：「都用心良苦，都用心良苦，程心啊，看不出來你這麼聰明。」

「那是。」程心對於鄭晟的誇讚欣然接受，正要說話，卻聽到蔣潔的手機響了，處於女兒對老媽的好奇心，湊過去一看，結果……「怎麼會是我爸？」

上面寫著程建業三個字，蔣潔想了想，還是按了接聽鍵。

「程心還在吧？」程建業渾厚的嗓音從電話裡傳來。

「在。」蔣潔撇頭看到鄭晟似乎有些擔憂的面容，開口問道，「鄭乾在那邊過得還習慣吧？」

「習慣？」程建業想到每天都有一波又一波的人在別墅外頭大聲喊：「鄭乾拿貨！」，然後那傢伙就嚷嚷著「來了來了」的場面，就覺得心底憋著一股氣，便說道，「他過得倒是習慣。」

「啊？怎麼了？」蔣潔問道，聽程建業的語氣，似乎有些不高興啊……她轉頭看了眼鄭晟，怕他擔心，卻看到老傢伙臉上露出一抹意味深長的笑容。

程建業在電話那頭劈哩啪拉將事情前因後果說了出來，甚至就連被送貨小哥認為是鄭乾他爸這件事也沒忘了講，於是就連一向平和的蔣潔也忍不住撲哧一笑，轉頭看去，只見鄭晟正咧著嘴哈哈大笑，直說這才是我兒子，而旁邊的程心也翻了個白眼，說道：「活該，誰叫你把他綁走的？」

程建業訴苦完畢，蔣潔才說道：「你再多擔待一會兒，我這邊會再勸勸程心。」

第一百零二章
淪陷

程建業一聽，臉色一黑，說道：「你跟她說，我給她一天時間，如果她還不回家，我就把她的卡給停了，看她怎麼辦。」

說完，不等蔣潔回話，他便掛了電話。

而此時鄭乾卻看著他說道：「你還真停啊？」

程建業冷哼一聲，「難不成我還假停？」

「好吧，」鄭乾說，「你真的不瞭解程心，她就是個硬脾氣，吃軟不吃硬，你只要跟她說好話，她也許脾氣鬧一鬧之後，也就乖乖回家了。但是你這麼一弄我相信她一定會跟你抗爭到底，你把她的卡停了，百分之百她更不會回來。」

程建業發現鄭乾說得很有道理，但是既然已經做出了決定，絕對不能更改，否則面子問題往哪擺？「我已經決定了，不回來就不回來，我看她能在外面熬多久。」說罷，轉身便走。

鄭乾搖搖頭：「真是個倔強的老頭子……」突然想起自己還沒獲得自由，慌忙追上前去，攔住程建業，露出一副傻笑模樣，「既然您已經決定停程心的卡，那麼我……」鄭乾指了指自己，意思很明確。

但是程建業還在氣頭上，沒有看懂鄭乾的意思。便說：「我不停你的。」

「呃……不是啊，我是說，我可不可以離開這裡了？」鄭乾嘿嘿笑道。

「離開這裡？」程建業問，「在這裡住的不好，吃的不好，睡的不好？」

連續三個疑問讓鄭乾不好回答，連忙擺手道：「不是這個意思，我是說，畢竟住在您這兒，給您添了不少麻煩，我……」

「我決定了，你繼續留在這裡吧。」程建業徑直往前走去。

鄭乾又追上去，不好意思道：「可是我吃您的，用您的，還麻煩您派人監視我，這實在是……」

「你是不是男人？」程建業突然直視鄭乾。

廢話，你看不出來男人女人？鄭乾一拍胸脯，「難道是假的？」

程建業轉過頭：「那就別這麼囉嗦。」

「我……」鄭乾目送程建業離開，一時半會不知道該說什麼好了。

※

這幾天孔浩搬回了莫小寶住的地方，順便也將搬家的消息告訴了姚佳仁。但是她好像並不怎麼在意，每次發訊息不回，只有打電話過去的時候才說一句正在和投資人討論劇本。

討論劇本？這種話誰都不會信。孔浩正在自我感傷，莫小寶則做出一個大膽推斷，姚佳仁會不會已經……

結果後面的話還沒有說出來，就被孔浩一巴掌甩了過去，封住他的臭嘴，自己最瞭解姚佳仁，知道她不是那麼隨便的女孩，莫小寶這死胖子就是吃不著葡萄說葡萄酸！

然而莫小寶卻捂著嘴，一臉委屈地說：「我是想告訴你，姚佳仁是不是真的要當上演員了。你……

你這麼激動幹嘛啊？」

你妹的，你早說啊！

孔浩煩悶的心情一下子敞開了不少，趕緊伸手幫莫小寶揉揉發紅的肥肉，說道：「我不是故意的啊，你看看，我打得也不重啊！當然希望借你吉言。」

莫小寶哼了一聲，對孔浩獻殷勤的手法並不感冒。「其實我是想告訴你，姚佳仁會不會跟投資人那個了……」

「呃……」孔浩的手剛好放在胖子臉上，聽到這句話，使出渾身力氣，將他臉上的肥肉扭轉了一圈。

「你跟我在一起，總比跟一個無所事事的混混強吧？」

在同處G市的某個地方，投資人一臉笑意看著姚佳仁，眼神鐳射一般在姚佳仁身上掃射。

「林總，他畢竟是我男朋友，不管怎麼說……」

「佳仁，你看人家林總送了你這麼多東西，你就不感激人家嗎？再說你不都和林總……」虎妞在旁邊插了一句，尤其是後面省略的部分，更是讓姚佳仁臉色變得難看起來。

「虎妞，你別說話了。」投資人林總責怪地說，可誰都看得出來他不但沒有責怪之意，反而還讚賞虎妞的做法。

像姚佳仁這樣的窮學生，他接觸過不少，知道應該用怎樣的技巧將她們拿下，經過這麼長時間的接觸，他已經可以確定，過不了多久，姚佳仁就會與她的男朋友分開，然後投向自己的懷抱。

投資人繼續說道：「我聽說你現在是和別人合租，如果不介意的話，可以搬到我幫你租的地方，那也是一套別墅，但是環境卻比你現在住的地方好得太多，我相信你會喜歡的。」

「對了，我今天幫你看了一個包，愛馬仕，和你很配。」投資人朝虎妞遞了一個眼神，虎妞會意，將手邊一個手提包放在姚佳仁面前，羨慕地說：「佳仁，我可從來都沒有收到過這樣的禮物呢，你真幸福。」

這些天以來，投資人不但幫她搞定了劇本的事情，而且還想方設法從虎妞那得知她的愛好，買了不少奢侈品來討好她，甚至就連她喜歡吃什麼玩什麼，他都已經了然於胸。

從某種程度上來說，這就是一個好男人的標準，更何況……姚佳仁抬頭看了眼林總，長得也不算差，渾身上下透露出一股成熟男人的氣質，年輕時候應該也是一枚帥哥，不過帥又不能當飯吃，就像孔浩一樣……姚佳仁搖了搖頭，不再去想那些。

見姚佳仁心思意動，投資人繼續道：「跟你說實話吧，只要你答應我，我不但給你角色，而且還每個月給你幾萬塊零用錢，隨便你用，你好好考慮一下。」

「還考慮什麼呀，要是我就直接答應了！」虎妞在一旁笑著蠱惑。

「不……我再想想。」姚佳仁低著頭，聲音很小。

虎妞對她相當瞭解，只要她做出這樣的動作，同時聲音變小的話，就說明她將要答應了，便笑著說道：「如果真這樣的話，佳仁，我們班畢業出去的，就屬你最有錢了。」

如果說前面姚佳仁還在猶豫，那麼最後一句話讓她沒有了任何多餘的想法。

是的，錢。

只要有了錢，就代表可以擁有一切。而爸媽也可以不用像以前那麼勞累了，有了錢，她就可以撐起整個家，讓當初所有看不起姚家的人都感到後悔……

姚佳仁著魔般冒出了這些想法，於是她抬起頭，看著投資人說道：「我答應你。」

第一百零三章

名動天下霸龍花

投資人臉上佈滿笑容，「那明天你就搬過來住吧。你可以和你男朋友分手，也可以不分，這個你自己看著辦就行。」

姚佳仁點了點頭，既然已經做出了決定，那麼分手……是遲早的事情吧？

可是心怎麼會有點痛？是捨不得嗎？姚佳仁忽然覺得答應得太過草率了些，可是一想到和鄭乾在一起三年，他帶給自己的一切還沒有投資人這幾天給予的多，心裡產生的那絲傷痛很快就煙消雲散。

※

自打程建業狠心將卡停掉之後，程心整個人都變得不好了。出去買個禮物送給老媽，豪氣干雲的刷卡，結果就連一張普通卡都刷不過，這種日子從小到大她可是還未曾經歷過的。從小程心便是在金窩銀窩裡長大，現在一旦離開了就像折了翅膀的鳥兒，飛不起來了。

這可不是她想要的生活，怎麼辦？想起程建業的話：「想要開卡，只有一個辦法，和鄭乾分手，然後乖乖回家。」

但是……開玩笑，這可能嗎？程心覺得程建業真是腦袋壞了，簡直無藥可救，連自己女兒什麼脾氣都不知道，這父親做的是失敗得不可原諒。

思考再三，程心還是決定去找一份工作，不能就這麼荒廢青春，沒有錢可以，但是沒有錢卻還混吃等死就是罪過了。

她雖是法律系畢業，但是在楚雲飛的公司已經受夠了一天到晚坐在一個地方翻檔的日子，那不是她喜歡的工作。要找一份既喜歡又能賺錢的工作不容易，可也不是沒有辦法，莫小寶不是也什麼都不喜歡做嗎？人家還不是照樣能夠賺錢。

對了，就去找莫小寶，聽聽他的意見。

想到就要做，程心連飯都沒吃，便跟蔣潔和鄭晟告別，坐上十一路公車，往莫小寶的別墅奔去。

莫小寶看到程心，大吃一驚，「你……你不是……」

程心看他結結巴巴的樣子，立刻打斷道：「我現在來找你是有問題要問。」

問題？莫小寶結巴片刻，終於說道：「那個……鄭乾呢？鄭乾還沒有從你家出來？」

「他會出來的，但現在我想問你的是，我要怎麼樣才能養活自己？」程心看到莫小寶懵懂的樣子，又解釋說，「我爸把我的卡停了，要逼我和鄭乾分手，我不想分，也不想回去，所以就來問問你，你一天到晚閒著，是怎麼賺錢的？」

這話說的……莫小寶擦了擦冷汗，就像是我沒有努力過一樣，她一定沒有看過我在自己的兩家海鮮店忙出忙進的身影。

「我就是想問，你能不能幫我找個工作？我能夠做的，而且money還不少的那種。」程心笑瞇瞇向莫小寶請教。

莫小寶摸了摸肚子，說道：「那你都會些什麼呢？」

「我法律系畢業的，但是我不想做文書工作。」程心瞥了莫小寶一眼，提示道。
「還有沒有別的？」
程心剛想說沒有，轉頭卻看到莫小寶身後的遊戲機，挑眉一笑，「我會這個啊。」
「遊戲？」莫小寶明顯不相信程心，鄙夷道，「你打遊戲能打過那些男生？」
程心不樂意了，昂頭道：「來兩場？」
「你真會？」
程心白他一眼，「廢話，我當初可是全校僅存的能與男生在遊戲上一爭高下的女生。霸龍花聽說過沒？那就是我啦。」
「我靠！」
莫小寶像聽到了什麼不可思議的事情一樣，嘴巴張得能塞下一個鴨蛋，「你是霸龍花？」
「是啊，那是我的遊戲 ID，幾乎所有 ID 我都用這個名字。有問題嗎？」
莫小寶晃了晃腦袋，臉上的肥肉跟著一抖，「我沒有聽錯吧？霸龍花是你！」
程心不想跟他廢話，拿起遊戲手把，輸入帳號密碼，然後登陸，不顧莫小寶震驚的模樣，飛速打完一局，全勝。
「這樣你信了嗎？」
「信……信了。」莫小寶機械般地點點頭，似乎剛才的一幕已經顛覆了他所有認知。
因為在學校男生建立起來的所有戰隊當中，沒有人不知道鼎鼎大名的霸龍花。
曾經還有一段時間，有人在猜測這個霸龍花是男是女，如果是男的，取這個名字他也太娘炮了吧？

如果是女的，她會不會很漂亮，或者會不會像她的名字一樣，是一朵……霸龍花？霸龍嘛，不由自主就讓人想起了恐龍，能取這名字的一定不會是美女。

但是誰能想到，有名的霸龍花竟然就是程心！

不但美，而且富，典型的白富美！

一群人和她相處了那麼長時間，竟然到現在說出她是霸龍花！

「真是沒有想到，真是沒有想到。」莫小寶對程心的態度立刻改變，就像看到只存在於傳說中的偶像一樣，激動得無與倫比。

程心卻沒心思欣賞他一臉豬哥樣，乾淨俐落道：「我只會打遊戲，你告訴我能不能替我找個工作？工資要高的啊。」

「你讓我想想。」莫小寶皺眉思考了一會兒，突然眼睛一亮，說道，「有了！」

「什麼？」程心也眼睛一亮。

「你跟我來。」莫小寶哈哈一笑，走到另一個房間，拿出筆記型電腦啪啪敲出幾行字，很快，上面便出現了一系列招聘資訊。

「遊戲解說員？」

「對，遊戲解說員。」莫小寶嘿嘿一笑，「霸龍花啊，光憑藉這個名頭，你就能勝任這個工作。」

「這麼說，我可以靠自己養活自己了？」程心激動地說。

「那是……看過遊戲解說沒？就是上面那些教你怎麼打遊戲的。」莫小寶也高興，說不定以後他還能聽到程心的解說。

「當然看過，但是……」程心眼睛盯著一串數字，皺了皺眉頭，「這也太少了吧？」

「少？」莫小寶伸出指頭數了數，「一、二、三、四……四位數，就是五千塊錢人民幣，試用期一個月五千還嫌少？你看這裡，轉正之後是多少？」

程心撇撇嘴：「轉正也才八千，還沒有抽佣制度。」

呃……真不愧是霸龍花，連說話也是這麼霸氣。莫小寶苦笑道：「那你要多少工資？」

程心伸出一個指頭來，「人民幣一萬，至少一萬，否則一個月就那五千塊錢，還不夠我買化妝品呢。」

莫小寶懵了，白富美的世界他真的不懂。

一個月五千塊錢，還不夠買化妝品？蒼天啊，那他現在一個月三千塊人民幣的生活費，豈不是要餓死？

第一百零四章
回歸

「五千塊人民幣還不夠你買化妝品？我說大小姐，你說這話的時候能不能別讓我們這些窮屌絲聽見？」

一道充滿抱怨的聲音從樓梯口傳來，程心轉頭看去，只見孔浩穿了件寬鬆短褲，頂著雞窩頭，一邊打著呵欠一邊搖搖晃晃走了過來。

「孔浩？對哦，你辭職了。」程心不好意思的笑道：「現在我也和你們一樣了，屬於無業遊民。」

「你和我們可不同。」孔浩唉聲嘆氣道，「現在我爸媽不管我，就連佳仁也……」

「佳仁怎麼了？」程心問，她是有一段時間沒有見到姚佳仁了，此時孔浩說起，才想起問問。

「你不知道？」孔浩驚訝地問。

「我知道什麼？」

「她沒告訴你，她現在在和一個投資人談什麼劇本？」孔浩有些驚訝的說，「你們不是閨蜜嗎？我發了那麼多訊息給她，一條回復都沒有收到，打電話一問才知道和什麼投資人在一起。我以為這些事情她會和你聊聊，沒想到你也不知道。」

程心問道：「那就是說，她真要做演員了？」

孔浩手插褲腰帶，唉聲嘆氣道：「我也希望真的是這樣。」

從大三交往以來，不論發生什麼事情，頂多玩個不算失蹤的失蹤就是頂天了，可是現在……姚佳仁卻變得對他不理不睬，他在電話裡跟她說，他辭職了，得到的回應只是一句簡單的「嗯」，雖然嘴上不說，可他也知道兩個人的感情不似以前那般堅固了。說不定在未來的某天，姚佳仁就會跟她說出分手兩個字。

程心察覺到孔浩的異常，剛想詢問，卻見莫小寶在一旁搖了搖頭，悄聲道：「他是擔心姚佳仁背叛了他……」

三人就在一間屋子裡，再小的聲音也能鑽到孔浩耳朵裡。聽到莫小寶的話，他心裡更加不是滋味。如果姚佳仁真的那樣做了，他又該怎麼選擇？

程心聽到也猛地一愣，姚佳仁不會這樣吧？看來有時間得要找她聊聊了。

「沒事啦，佳仁不是那種人。」程心安慰道，「我和她這麼多年閨蜜，還不清楚她？」但願不是吧。孔浩突然想到一個辦法，「程心，能不能請你幫我打探一下？我真的……」

「放心吧，就算你不說我也要去看看的，也好讓你放心。」

※

「您放心好了，就算您不說我也會照看好程心的。」鄭乾送給程建業一個大大的微笑，「程叔叔，再見啦。哦，對了……」

「還有什麼事？」

這些天，程建業對於鄭乾做淘寶的事情可謂是深惡痛覺，原先那些人每天來一兩趟，順便偶爾將他認成是鄭乾的父親，他都不覺得什麼，可是最近這小子的生意好像越來越好了，馬上臨近冬天，他進了一批看上去挺新潮的冬服，結果賣得是熱火朝天。每天那些快遞什麼的，一天來個好幾趟，真是打擾得整個別墅不得安寧，如果再這樣下去，說不定以後這裡就要成為一個快遞聚集場所了。

「沒什麼事，肯定不是叫快遞，嘿嘿，您放心好了。」鄭乾說著，伸手往大袋子裡一掏，順手就拿了兩個包裝袋出來，然後放到程建業面前，「程叔，這個是送您的。」鄭乾頗有誠意地說：「我在您這生活了這麼多天，吃的喝的住的用的，全都由您提供，我感激不盡，但是又沒辦法用錢表示我的謝意，只能送您兩件我自己賣的衣服。」

程建業皺了皺眉，鄭乾趕緊說道：「保證正版，而且品質真的不錯，我專門從商家為您挑了兩款最新款式的，冬天來了，得要注意保暖才是。」

程建業連袋子也沒有打開，便說道：「你帶走吧，小本小利的，何況我又不是買不起。」

「您買的是您買的，我送的是我送的，這是不同的概念啊，您就收下吧。我走啦。」鄭乾樂呵呵扛起一大包賣剩的衣服，轉身就走，到了門口，還不忘回過身向自己的幾位「保鏢」告別，拍了拍背上的袋子說道，「哥幾個如果冬天冷了，記得找我買衣服啊！最少八折！」

雖然離開的時候笑呵呵的，但鄭乾心裡竟然還有些不捨。

通過這些天的相處，他多少已經瞭解了程建業是一個怎樣的人。

從初次見面的尷尬，到如今兩人的相熟，其間經歷了不少事情，不過總的來說，事情都在往好的方面走。就拿程建業的態度來說，如今至少不會像以前那樣對鄭乾抱有很大的偏見了。

事實上，就在前幾天，程建業仍舊認為鄭乾做淘寶是在不務正業，不過經過幾天的觀察和調查，他與鄭乾關於實體和電商之間的爭論也有了結果，他接受電商導致企業文化的改變和經濟形勢的轉型，當然也不否認實體經濟依然是基礎經濟的論斷。所以對於鄭乾，程建業也終於有了之前所不曾具備的認同感。

再加上鄭乾是一個十分有能力的人，這種情感就越發彰顯得彌足珍貴。

離開程建業家之後，鄭乾首先便回到了家，跟鄭晟和蔣潔報個平安。

鄭晟嚴肅著臉說道：「他沒為難你吧？」

鄭乾笑著擺擺手，老爸和程建業之間那點事，他還不知道？「我跟程叔叔相處得很好，您不用擔心。」

「唷，程叔叔都叫上了，看來我真不用擔心了，是吧？」

「呃……爸，你怎麼還吃醋了？我只是說實話嘛。」鄭乾裝作委屈的樣子，卻被鄭晟笑罵了幾句。

蔣潔也笑道：「回來就好。」

「程心呢？」

鄭乾四處看，臥室門開著，東西也在，卻不見程心的影子。

「一大早就出去了。」蔣潔說，「自從她爸將她的卡停了之後，這孩子一整天就坐不住。你爸說我們給她生活費，結果還不高興，說多大的人了，不能拿我們的錢。」

鄭乾對程心的脾氣無比清楚，如果她能伸手接過老爸遞過去的錢，那才怪。

「聽她說，好像要去找一份工作。」蔣潔說，「你前段時間不是住在莫小寶家嗎？她也許就去那找人幫忙出主意。先休息一下，要去的話待會再過去。」

「好，爸、阿姨，你們先忙，我先問問程心現在在哪。」

撥通電話之後，程心果然是在莫小寶別墅裡面，不過當問到在做什麼的時候，程心卻說是在搬家。

鄭乾詫異道：「你也打算搬到那兒去住？」

「沒有啦，我們是在幫佳仁搬家。」

這就更亂了，如果他沒記錯，孔浩已經辭職很多天，單位分配的房子應該也已經退了才對，既然早已經退了，不是應該早就搬了嗎？怎麼現在才開始動手？

鄭乾發現這些天被軟禁在程建業家，自己彷彿變得什麼都不知道。他收起疑惑，向程心詢問。

程心恍然：「你不知道正常，她不是從孔浩的單位搬來這裡，而是從莫小寶家搬出去。」

「啥？」鄭乾更亂了，程心一直在用「她」，而不是「他們」，這是什麼意思？

「我悄悄跟你說，你可要做好心理準備。」程心突然在電話那頭神秘兮兮道，「佳仁可能要和孔浩分手了。」

第一百零五章
搬家

「什麼？」

「現在佳仁要搬出去單獨住，不再和孔浩同居。反正這事說起來挺麻煩的，你自由了嗎？如果逃脫成功的話就趕快過來這裡找我，路上我再慢慢和你細說。」

「好好，我馬上就過去，等我啊。」

啪一聲掛掉電話，鄭乾放下東西馬不停蹄趕往莫小寶家。

一路上，程心就這次搬家事件的前因後果和鄭乾清楚明白說了一遍，雖然裡面省略了不少具體事件，但是就鄭乾對孔浩的瞭解來說，出現這種情況，還真有可能是因為姚佳仁想要和他分手了。

孔浩那麼愛姚家仁，甚至說過可以為了姚佳仁去死這樣的胡話，如果他們兩個真的分手，孔浩這小子怎麼受得了？不行，這件事情還是得要找姚佳仁問問原因，如果是孔浩的錯……想到這裡，鄭乾的思維突然停頓，對了，孔浩考上公務員並且被分配到城管部門，眼看兩人就要結婚，但是這時候不但孔浩他媽媽反對，現在連工作也沒了，再加上聽說姚佳仁和一個投資人走的很近，女孩子嘛，尤其像姚佳仁這樣的，在面對誘惑時，最終忍不住也算正常，所以這一切都是真的囉？

鄭乾一面想著，不知不覺就到了莫小寶別墅。

剛到門前，果然看到著名的「螞蟻搬家公司」的車輛停在別墅門口，工作人員像螞蟻搬運連成一條線傳遞貨物，其實那也不是貨物，只是姚佳仁平常的生活用品和家當而已。

莫小寶守在一旁，看到鄭乾來了，先哈哈二聲打了個招呼，然後又看了眼周圍，將鄭乾拉到一個沒有人的角落，神秘兮兮道：「今天姚佳仁搬出去，我看有鬼。」

什麼鬼不鬼的，鄭乾已經確定這裡面一定有問題了。總之他知道孔浩不會變心，更何況孔浩現在正打算和自己創業，如果沒有猜錯，他之所以兵行險招，正是想要賭一把，賭創業成功，這樣他就能給姚佳仁想要的物質生活，這樣姚佳仁才不會離開他。

所以，鄭乾斷定，出現問題的不是孔浩，而是姚佳仁。

或許人家早就變心了，只不過為了不傷害孔浩，拖到現在才慢慢將問題展露出來，或許是想要孔浩循序漸進的接受吧。

即便如此，這種事情聽起來也挺殘酷的。一個女人看到你的才華和外表時迷上了你，但是等到她把你的外表看膩，等到你的才華不足以支起她的慾望，她就像從未出現過的丁香女孩，撐著一把油紙傘，就這樣離開了你，只留給你苦苦的回憶和悔之不及的悲情。[9]

鄭乾撇開莫小寶，到別墅裡找到程心，兩人來不及敘述多日未見的相思之苦，便湊到一起耳語起來。

9 出自中國近代詩人戴望舒寫於一九二七年的成名作「雨巷」當中，丁香姣好，卻又容易凋謝，像丁香一樣的女孩若有似無著，最終仍只留下詩人獨自徬徨在悠長的雨巷。

鄭乾問道：「你和姚佳仁談過沒有？」
程心說道：「還沒，我打算幫她搬完家之後再去問問。」
鄭乾點點頭，又問：「孔浩呢？我一進來就沒看到他。」
程心指了指樓上，「在幫姚佳仁收拾東西呢，本來今天佳仁過來的時候他還非常高興，但是在聽說佳仁要搬家離開之後，他整個人都變得不好了。」
「不會有什麼事吧？」鄭乾最擔心的就是這臭小子做什麼傻事，按照他的脾氣，還真有可能。
「被你猜對了，剛聽到姚佳仁要搬家，並且是搬去另一棟比莫小寶這裡更好的別墅時，他就問姚佳仁那個人是誰。其實我們都知道『誰』指的就是讓佳仁搬家的人，但是姚佳仁沒有告訴他。」程心有些擔憂道，「也是擔心他做出什麼傻事。」
這點倒處理得不錯，但是這樣下去也不是辦法，得要想個法子解決才行。
「這樣吧，我找孔浩，你找姚佳仁。」鄭乾說道，「行動。」
程心點頭，扔下手上的東西，兩人各分一路找人。
程心最先看到姚佳仁，便隨意找了個話題和姚佳仁聊了起來，問她最近演員的事情怎麼樣了，姚佳仁回答得扭扭捏捏，完全不像她平日裡的樣子。終於過了一會兒，話題扯到了搬家上面。
程心問道：「你從這裡搬出去，是不是打算和孔浩那個了……」
那個當然指的就是分手，閨蜜間嘛，八卦這種問題實在正常不過，程心的疑問也沒有讓姚佳仁起疑，她默默地點了點頭，說道：「但是我還沒有和他說。」
果然……是要分手了。程心的心不知為何突然顫了顫，也許是想到了鄭乾吧……她又問：「是不是投資人？」

自從姚佳仁打算做演員之後，「投資人」這三個字便時常在她們耳邊回蕩，很多事情包括角色安排、劇本提供等等都是這個人幫助姚佳仁完成的，而且一段時間以來，佳仁與這位投資人確實走得挺近，要說兩者之間沒有關係，誰也不會相信。

但程心依然希望姚佳仁搖頭否認，至少這樣，她不會背上依附金錢、貪圖享受、情感不一的壞名聲……

然而沒有，姚佳仁堅定地點頭道：「是的，是投資人。他姓林，是個很好的人。」

「佳仁，你……」程心一時之間不知該說什麼才好，秀眉一挑說道，「這些人很有可能是騙色的，你要不要這麼傻？那些人在娛樂圈打滾多年，早就已經是老油條了，你在人家手裡，只有被玩弄的份！」

程心的話說得有些重，她是真急了，你就算是選擇一個普普通通的打工仔都行，只要有手有腳，相信就算是孔浩，在傷心過後他也會選擇支持和理解你，但是你竟然和一個快跟你爸同歲數的人搞上了，這不是在開玩笑嗎？

但是姚佳仁顯然沒有考慮到這些，她突然笑了笑，說道：「程心，你應該知道，我家裡窮，我爸媽辛苦一輩子，就是為了能夠讓我大學畢業以後過上幸福的生活，他們希望我不要再像他們一樣勞苦勞累，辛苦一生，除了落得一身病，其他什麼都沒剩下……現在我長大了，我希望能夠憑藉自己的雙手，讓他們都過上好日子，哪怕是幾天……也行。」

說著說著，姚佳仁的眼眶便紅了起來，很快，裡面便充斥著淚水和悲傷。

程心原本生氣的心情在聽到這些話以後，也沉靜了下來，不知道該如何安慰和勸說姚佳仁。

姚佳仁繼續說道：「我愛孔浩，當初的我也希望能夠和他結婚，就這樣簡簡單單過一輩子，我相信跟著他，至少不會挨餓受凍。但是你知道嗎？我跟著孔浩去到他家裡的時候，他媽媽對我沒有一絲好臉色……算了，不說這個。因為他爸媽的反對，我們原本打算結婚的計畫也因此擱置，直到孔浩辭職，我才發現，自己的人生不能太過依靠他人，想要幸福，我就必須憑藉自己的雙手去爭取。所以我要做演員，我要利用我的天賦，在我選擇的道路上一直走下去。」

第一百零六章
兩雙眼的距離

「那你有考慮過孔浩的感受嗎？」程心說，「畢竟你們在一起快三年了，而且我看得出來他對你付出了真心，你真的捨得放棄這段感情，看他傷心難過嗎？」

如果不是遭遇變故，誰又願意放棄一段本以為可以天長地久的愛情？誰又願意看到自己愛的和愛自己的人傷心難過？

這是一個既簡單又複雜的問題。

所以姚佳仁才決定先不和孔浩說出分手兩個字，她擔心他一時半會難以接受。

程心說道：「既然這樣，就說明你以後都和投資人在一起了，對嗎？」

姚佳仁沉默地點點頭，除了和投資人在一起，她沒有更好的辦法。

「好吧，我知道不管說什麼你都不會改變主意了。」程心說道，「你要小心，不要到最後什麼都沒有得到。」

「程心，我能不能求你一件事？」姚佳仁楚楚可憐道。

程心嘆了口氣，看著曾經的好姐妹變成這樣，她心裡也不大好受，沒有思索便點頭道：「說吧，只要我能做到。」

姚佳仁低了低頭，說道：「能不能先不要把這件事告訴孔浩？我想讓他慢慢忘記我……」

「好吧，你們兩個之間的事情我不插手，但是，佳仁，我還是擔心你被騙……」程心臉上浮現一抹愁容，「我怕那個什麼投資人就是為了騙你的感情，騙你的人。如果真是這樣，你到時候該怎麼辦？」

姚佳仁搖了搖頭，咬唇道：「不會的，他是個很好的人。對我很好，而且很有魅力，很成功。」

與姚佳仁的談話結束之後，程心便帶著鬱悶的心情下了樓，雖說分手的不是她，可是姚佳仁涉世太淺，一不小心可能就上了人家的當。

如今社會上人渣甚多，像姚佳仁這樣追求物質的人也多，所以兩相結合，最後被騙的還是單純的女孩。

程心是真的不希望出現這樣的情況，但是和姚佳仁談了那麼多，卻沒看到她有絲毫的改變。

轉過頭去，剛好看到鄭乾走了過來。看樣子，他應該也和孔浩談過了，不知道都說了些什麼。

「怎麼樣？」鄭乾率先問。

程心琢磨片刻，終於還是說道：「被我們猜對了。」

「分手？」鄭乾問。

「是的，她想要和孔浩分手，但是……」程心想了想，說道，「但是她現在不想告訴孔浩，她怕他傷心難受，她想讓著一切慢慢淡化，讓孔浩慢慢地將她忘記。」

「讓孔浩將她忘記？就連她自己也不會相信吧？」鄭乾苦笑搖頭，「我剛才找孔浩談了一會兒，其實他也做好了分手的準備，但是他告訴我，心裡面還是難以忘懷。他責怪自己不爭氣，沒有帶給姚佳仁想要的生活……」

「這不是他的錯。要怪……就怪每個人都有不同的追求吧。」程心突然轉過頭看著鄭乾，「如果有一天我們也這樣的話……」

「亂說。」鄭乾輕輕捂住程心的嘴巴，然後抱著她安慰道：「不會的，相信我。」

程心笑了笑，將頭搭上鄭乾的肩膀，一臉幸福。

搬家公司已將將東西收拾得差不多，莫小寶的別墅裡頓時變得安靜起來。

而姚佳仁走出房間的時候，正好就看到了這一幕，與此同時，剛和鄭乾談過心的孔浩也走出了房間，打算送一送姚佳仁，於是看到了這樣一幕。

兩個人的目光都注意到了相互擁抱在一起的鄭乾和程心，微微張嘴，心裡忽地充滿苦澀。

孔浩轉過頭，餘光卻瞥到了一抹熟悉的身影。

姚佳仁。

而姚佳仁也掠過眼前幸福擁抱的一對，將目光投向了孔浩。

四目相對，兩人中間隔著一對相愛時間比他們更久的恩愛情侶。

這其中的種種，或許只有姚佳仁懂點什麼，或許只有孔浩嘗出了味道。

擁抱中的兩人緩緩分開，兩束相互對望的目光也因此被隔離。

姚佳仁回過了頭，當做什麼也沒有發生，從那邊的樓梯走了下去，孔浩卻沒有轉身，而是盯著那道熟悉的身影，直到她消失在樓梯口。

※

姚佳仁搬走了，原本空曠的屋子變得更加空曠。

莫小寶坐在沙發，沒打遊戲，只是百無聊賴胡亂按著遊戲手把，鄭乾和程心坐在一起，兩人陷入思考，時不時對望一眼，皆從對方眼中看到了無奈。

就在剛剛，姚佳仁離開的時候，孔浩突然下樓去，追著姚佳仁離開了這裡，鄭乾跑出去看的時候，已經找不到了人。

「你們說，孔浩是不是很傷心？」莫小寶胖呼呼的手指在遊戲手把上亂按著，劈劈啪啪的，給安靜的別墅帶來了唯一一絲聲響。

「何止傷心啊，簡直是傷感情、傷肝和傷肺。」鄭乾無奈道，「也不知道孔浩會不會腦子一熱，追上門將那個投資人打一頓。」

「說不好。」程心蹙了蹙的眉頭，「我們要不要跟過去看看？萬一真出了什麼事，到時候也好辦。」

莫小寶搖了搖頭：「可是我們都不知道姚佳仁要搬去哪裡……啊，我曾今的夢中女神啊！現實要不要這麼殘酷。」

鄭乾也點頭道：「我們確實不知道佳仁要搬去哪裡……至於孔浩，希望他能夠聽進去我和他說的話，不要那麼衝動。」

「你跟他說了些什麼？」程心問道。

鄭乾想了想說道：「其實也沒什麼，我告訴他，就算姚佳仁想要分手，你也不要太難過，跟著我一起創業，我們兩一起走上發家致富迎娶白富美的道路！到時候你獲得了成功，也許佳仁她自己就會回來了呢？」

這句話原本沒有問題，可是程心聽了之後怎麼都覺得奇怪，忍不住問道：「你說跟著你發家致富然後做什麼？」

鄭乾回答道：「發家致富迎娶白富美啊。」看到程心臉色一變，突然想起沒有解釋得太清楚，鄭乾打個哈哈繼續說道：「迎取白富美，你不就是白富美嗎？」

「這還差不多。」程心哼了一聲。

莫小寶卻看不下去這一對在眼前打情罵俏，乾咳兩聲，表明旁邊還有一隻單身狗在拿著冰冷的狗糧往嘴裡胡亂的塞。

「你哪來的狗糧？」鄭乾詫異地看著莫小寶手中突然出現寫著「狗糧」兩個大字的食品袋。

「狗糧，專為單身狗準備。」莫小寶指了指上面的商標，「看到沒？單身狗專用狗糧，我可以吃，但是你們不可以。」

程心在一旁抿嘴笑，抬頭看了一眼鄭乾，兩個人不約而同笑了起來。

就在這時，門口出現了一道影子，抬眼望去，是剛才追逐姚佳仁的孔浩回來了。

怎麼這麼快？應該是沒有追上吧，莫小寶放下手裡的狗糧袋，一個閃身跑了出去，拉著孔浩前後左右、和上上下下都看了個遍，發現沒有什麼問題，才松了口氣。

鄭乾和程心也擔心地問道：「沒出什麼事吧？」

孔浩依然還是離開之時的模樣，一樣的表情，一樣的雙目無神，「沒事，你們不用擔心我。」

他突然轉頭看向程心，說道：「佳仁是不是和你說了些什麼？剛才鄭乾過來找我，我出門的時候看到你和他抱在一起，而佳仁也在旁邊，我想……程心你一定也是去找過佳仁了吧？」

程心眨了眨眼睛，看了眼鄭乾，又看向孔浩說道：「佳仁和我說，她只是想離開一段時間，出去散散心……而且她參演的電影不是要開拍了嗎？興許是為了做準備工作去的。」

這樣的話，漏洞太多了。程心只是說到一半，孔浩便知道不是真的。

所以他又懇求道：「程心，你就告訴我吧。我想像過分手的場景，所以你們不用擔心我接受不了。」

第一百零七章
承諾與現實

雖然孔浩已經把話說到了這個份上，但是程心卻仍舊還在猶豫，要不要把姚佳仁和她的談話內容全盤說出。

說出之後孔浩能不能接受？他會不會做什麼傻事？

其實這也是鄭乾擔心的問題，所以之前他們都一致商量先不讓孔浩瞭解事情真相，能拖多久算多久，趁著實情尚未透露的這段時間，也能再想想辦法挽救這件事情。

但是孔浩顯然沒有耐心等待他們的回答，他回頭看向莫小寶，問道：「小寶，你告訴我，佳仁是不是和我分手了？」

莫小寶愣了愣，將捧在手裡的狗糧又放了回去，搖搖頭道：「沒有啊，她只是搬出去住而已，搬出去住不等於和你分手嘛。」

「那為什麼程心不肯告訴我佳仁和她都說了些什麼？」孔浩聲音變大，彷彿撕裂一般，「告訴我，為什麼？」

「孔浩你不要這樣，佳仁只不過是……是……是搬出去而已。」程心見到孔浩的狀態變化如此之快，一時間不知道該說些什麼。

鄭乾走上前來，在他肩膀上拍了幾下，說道：「你們之間能出什麼事？不要想太多了，對了，你答應和我一起做淘寶創業的，現在我回來了，那我們是不是應該開始了？」

說著，鄭乾臉上強行添上了一抹笑意，想要緩和現在的緊張氣氛，試著轉移孔浩的注意力。

然而此時的孔浩不僅沒有心情談創業的事，就連鄭乾安慰他的話一句也沒有聽進去。

從程心的猶豫和鄭乾及莫小寶的表現當中，他已經看出了不少東西，很有可能，佳仁已經和程心說過，將要和自己分手。

她一定是怕我難受吧？所以才沒有直接面對面說出口。

但是你以為這樣就可以讓我忘記你嗎？佳仁啊佳仁，你還真是像以前一樣天真。

孔浩苦笑著，看著鄭乾三人說道：「我想我已經知道答案了，佳仁是擔心我難以接受，所以才沒有將分手的事情和我攤牌，而是趁著程心找她商談的時候將內心的壓抑說了出來。她是一個好強的女孩子，也是一個柔弱的女孩子，更是一個善良的女孩子……她怕我傷心，可能也擔心我做出什麼傻事，所以想慢慢來，讓我忘了她。是這樣吧？」

孔浩突然笑了，他轉身往外頭走去，壓抑的嗓音從他口中發出：「我去找佳仁一趟，你們不要跟著，我會控制住自己。」

「孔浩……」鄭乾就要追著上去。

「不要跟著！」孔浩一聲厲喝。

「孔浩，你……」

「不要跟著我，算我求你們了！」孔浩說完這句話，人已經走出了別墅大門，離開得十分果決，沒有絲毫猶豫。

鄭乾三人呆呆站在原地，他們想去攔住孔浩，可是每個人都知道他的脾氣，一旦決定了，就算孔爸孔媽來都沒有用，否則他當初也不會逆著家裡的想法，堅持要和姚佳仁結婚了。

鄭乾忽然有些煩躁，孔浩是自己的兄弟，看著他這麼難受而自己卻無能為力，心裡多少有些過意不去，他看了身邊的程心一眼，想像到以後自己和她會不會也是同樣的局面……不，不會的！

鄭乾咬了咬牙，就算再苦再累，他也一定要堅持創業，創業成功，有了資本，他就能和程心結婚，這樣他們就永遠都不會分開了。

這樣想著，鄭乾緩緩捏起了拳頭，心裡對創業的想法更加堅定了起來。

※

離開了莫小寶的別墅，孔浩按照從姚佳仁那要來的地址前往。

一路上，他的心裡七上八下，如果姚佳仁真的打算分手，當她跟自己說出這兩個字的時候，自己應該怎麼辦？這一段時間以來，這個問題一直在孔浩腦海當中盤旋不落，因為他找不到答案，從三年前在一起，他就沒有想到會有分手的一天。

如今分手的時刻恐怕已經來臨，但是他還沒有做好準備。

想起三年前。

那年孔浩向姚佳仁表白。

沒錯，就是在學校那片小樹林，沒有人見證，也沒有人祝福。孔浩向姚佳仁鄭重地說出了三個字：

「我愛你」。

姚佳仁被感動，回憶起表白之前孔浩對她無微不至的關心，以及帶給她從小都沒有得到過的安全感，姚佳仁點了點頭，答應了。

為了讓姚佳仁放心，孔浩緊緊擁抱著她，對她說：「我爸是局長，我家有錢，以後我會娶你回家。」

說是局長，可不過是一個……因傷而被辭退的局長罷了。孔爸翹起的二郎腿上，就是當年受的傷吧？可那都沒有關係，那個時候，姚佳仁在乎的根本不是錢，或許大三時的她，已經開始嚮往著擁有一個屬於自己的溫馨浪漫的家……她從小生活在那樣的家庭環境中，幾乎沒有一天內心是真正快樂的，從小沒有得到過家庭關護的她，渴望擁有一個美麗的家，有什麼不對？

三年前，孔浩承諾畢業就和她結婚，可是再堅定的誓言也抵擋不住殘酷的現實。畢業之後他們為了生計，雖然沒有各奔東西，卻因為種種無形的壓力而對彼此逐漸的失去信心。但是即便如此，姚佳仁依然希望自己能夠一輩子和孔浩在一起，因為她深深地知道，那些追求自己的有錢人，看重的都是自己的美貌而已，他們當自己是玩物，玩膩了也就扔了。但是孔浩不同，她感受得到孔浩是出於真心在愛著她。

在學校裡面，有不少白富美曾經玩起「女追男」，俗話說「男追女隔重山，女追男隔層紗」，縱然那些女孩再白再富再美，孔浩也都沒有答應，更沒有在拒絕她們之後像其他人那樣玩起曖昧的友好關係。

姚佳仁認為這是對她的尊重，從孔浩的言行舉止來看，她都能感受到他對自己的愛。這份愛是沉重的，更是溫馨的，所以它促使著她將自己的真心全部付出，以至於想要反悔都會覺得心痛。

不久前，她仍不想和孔浩分開，所以便與孔浩一起回到他家，希望能夠得到孔媽允許，允許他們結婚。然而，現實終究是如此殘酷，孔媽的嘴臉是那樣刁鑽，不但絲毫不顧她的臉面，而且還咄咄逼人，逼迫自己離開孔浩……原本就已經開始破碎的心，徹底裂開了一條深深的縫。

而真正的導火線，或許就連姚佳仁也不願意承認——她的虛榮心。

是的，說什麼想讓父母過上好日子，說什麼想要一個安定溫暖的家，其實都是藉口，她真正想要的只不過華麗的外表和別人羨慕的眼光。

有句話說得好：寧願在寶馬裡哭，也不願意在單車上笑。

這句話用在姚佳仁身上，再適合不過了。

所以在聽到門外那個聲音的時候，她愣了愣，隨後眼淚便止不住地流了出來。

她哭了。她以為自己已經做好了心理準備，即便是孔浩親自來到她的面前，也不會太過傷心。

可是現在，只是聽到門外熟悉的聲音，她的眼眶裡，就已經盈滿了淚水。

第一百零八章
門裡及鬧外

孔浩下車之後便找到了姚佳仁所住的地方，別墅門前，他連一刻的猶豫都沒有，使勁敲門，沒有人應答，他便開始大聲地喊。

他知道自己已經失去了理智，但是強烈的知覺告訴他，姚佳仁確實想要和他分手了。

如果現在挽救，還有沒有機會？孔浩不停地在腦海中詢問自己這個問題，但是他發現……挽回的可能性幾乎是零。

然而即便如此，他心裡也仍舊抱有一絲希望，他想通過自己的誠心打動姚佳仁，讓她回心轉意，回到自己身邊。

孔浩堅定地抬頭看著別墅的二樓，發出了這輩子除告白以外最真情實意的聲音。

「佳仁！我知道你在這！」

「我不相信你會和我分手，你告訴我，你不會，對不對？！」

「如果你聽到的話，就回答我！」

「即便是分手，我也要聽你親口對我說！」

「佳仁！我不想和你分手……不想和你分手！」

「佳仁，我愛你！」

※

他撕心裂肺般的聲音回蕩在別墅門前，震落片片枯葉。

然而除了回音，周圍一片安靜。

孔浩呆了呆，迷蒙著淚眼，抬頭看了一遍地址，沒錯，就是這裡。

門牌號七〇三，就連外觀也和佳仁的描述一樣，所以沒有來錯。

可是為什麼沒有人應答？佳仁明明和搬家公司來到了這裡，而他過來的路上，也才看到搬家公司離開。

所以，佳仁沒有理由不在這裡，那她為什麼躲避自己，不肯露面？

孔浩腦海中的疑問越來越多，到了最後，他明白了。

但放棄永遠不是孔浩的選擇！

從初中到高中，從高中到大學，哪一次的關鍵考試他低頭放棄過？

從來沒有，所以，為什麼要產生那些消極的情緒，為什麼不敢面對自己的失敗和錯誤，再努力追求姚佳仁一次？

「為什麼不——」孔浩緩緩捏緊了拳頭，他的疑問不停敲擊著自己心口，逼迫著他做出一些特別的事情來。

「佳仁，我知道你就在這裡，你不敢親口對我說『我們分手吧』，所以才故意躲著我……但是現在，我們都拋棄以往的感情，回到當年大三的時候，我們還是認識兩年多的少男少女，我們沒有什麼牽牽掛掛。我向你表白——」

孔浩鄭重道：「我——愛——你！」

「我——愛——你！」

我愛你……

愛你……

你……

……

三個字的回音傳了一遍又一遍，回音停止，孔浩又使出渾身力氣，再次喊了一遍。

可是，熟悉的身影再沒有出現在他面前，對他說：「我知道。」

當初正是「我知道」三個字，回應了孔浩的「我愛你」，所以他們成為了戀人，一起走過了將近三年的歲月。

然而世事無常，當年歡樂的時候，誰會想到此時的痛？

孔浩徹底失望了。

他渾身上下彷彿沒有了力氣，雙目空洞的看著遠方。

看著眼前的別墅，彷彿看著姚佳仁逐漸與他遠離。

遠離到一個他再也接觸不到的世界。

兩行淚順著流下，孔浩似乎沒有察覺，他的雙腿一軟，整個人便跪了下去。

抱頭，痛哭。

卻沒有聲音發出。

他的聲音已經嘶啞，只流著淚，人便已經承受不住。

還有另外兩行眼淚出現在門的另外一邊。

姚佳仁已經哭成了淚人兒，蹲在門後，哭著，同樣沒有哭出聲，她怕。

怕孔浩聽見會不顧一切地衝進來，那樣受傷的只會是他。

一個身穿浴袍的男人出現在她眼前。

「起來，上樓。」

他只說了一句話，便伸手粗魯地將姚佳仁從地上拽起，不顧她的哀求和哭喊，拽著她往樓上走去。

「求求你，讓我見他一面好不好？就一面，好不好？」

投資人抬起她的下巴，冷笑道：「你是在和我開玩笑嗎？不要忘了，你現在是我的人。」投資人一把拉住姚佳仁的頭髮，「我們已經圓房，更何況，你已經懷上了我的孩子。」

「你……你混蛋！」

「你以為我送你那些東西都是白送的嗎？你以為我有錢沒地方花，一個月給你幾萬還能任由你和外面那人來往？」投資人猙獰的笑，「你不是要錢嗎？我給你啊，所以，你也要給我想要的東西……」

哭喊聲中，撕裂衣服的聲音在樓梯上出現。

與此同時，投資人拿起對講機，說道：「將外面那個人給我趕走，不走……就給我打，打到他走為止！」

「不要……我求求你不要！我什麼都答應你，求求你不要打他，不要打他！」姚佳仁聲淚俱下，不顧被撕扯開的衣服，就這樣跪了下去，抱著投資人的腳哀求。

「怎麼？捨不得了？」投資人臉上浮現猖狂的笑容，「我能給你錢，能給你很好的生活，他能給你什麼？你要愛的人是我，不是他！」說完，投資人再次朝對講機說道：「打一頓再趕走。」

「不，不要！」

※

已經渾身無力的孔浩突然間聽到了姚佳仁的聲音，沒錯，和姚佳仁在一起三年了，他不可能連姚佳仁的聲音都會認錯。

他猛地爬起身來，抬頭看向別墅的二樓，但是那裡什麼也沒有，窗子依然緊緊關閉，窗簾是打開的，窗戶邊和陽臺上沒有人。

聽錯了嗎？孔浩自嘲一笑，自己已經傷心到出現幻覺了？

然而便在這時，在孔浩自嘲著低下頭的時候，姚佳仁突然掙脫跑到了窗前，朝下面大喊：「孔浩，你就是個什麼都沒有的垃圾，你滾！」

佳仁！孔浩再一次抬頭，最後看到的一幕，姚佳仁被後面的一隻手拖了回去，然後窗簾被拉上，窗子被關上，樓上樓下徹底安靜。

「佳仁！」孔浩此時已經沒有顧及到姚佳仁和他說了什麼，他整個人已經喪失了理智，瘋狂地衝向門前，手推腳踹，試圖踢開這道阻礙著愛情的大門。

但是不管他使出多大的力氣，也仍然沒有辦法撼動半分。

就在這時，幾個黑衣墨鏡男突然出現在孔浩身後，一上來什麼也沒說，便對著他拳打腳踢。

孔浩的鼻子上被打了一拳，頓時，疼痛傳遍全身，鼻血直流……但是沒有結束，他的背上、頭上、手上、腳上，都被一股股重力擊打，打到他意識逐漸模糊，全身上下沒有一處完好的地方。

終於，黑衣人覺得已經夠了的時候，便抬著手和腳，將他扔在了離別墅很遠的路邊。

第一百零九章

酒吧和傷口

「我們要不要去看看？」程心有些擔心地問。

孔浩已經出去了將近兩個小時，按理來說兩個小時做什麼都足夠了，可是現在已經接近飯點，按照孔浩平時的習慣，也該回來了，但是現在……

鄭乾皺了皺眉頭，說道：「關鍵是不知道姚佳仁搬去了哪裡，要不你問一下？」

程心想了想，說道：「也好，我問問她在哪，看看有沒有和孔浩在一起。」

說著，程心便撥通了電話，電話裡傳來熟悉的鈴聲，但是直到鈴聲響停了，那邊也沒有人接通。

程心看了眼鄭乾，「沒人接。」

「再打。」鄭乾說。

孔浩明顯就是去找姚佳仁了，現在不但孔浩電話打不通，就連姚家仁的電話也無法接通，他們在那邊究竟發生了什麼？正常情況下，不可能兩支手機都沒人照顧吧？

程心又撥了一次電話，但是同樣的，依然沒有人接聽。

這次，鄭乾沒有辦法了。

莫小寶摸了摸肥胖的肚子，說道：「會不會是……」

「是什麼？」

「會不會是人家現在已經和好了，在甜言蜜語沒空理我們呢。」莫小寶一臉猥瑣的笑容，能在這個時候將事情往樂觀的方面去想，他也真是一個天才。

程心懶得鄙視，直接說道：「佳仁的性格這方面和我一樣，決定的事情就不會改變，何況分手這種事情，是日積月累而來的矛盾一朝爆發，所以即便孔浩找到了她，頂多也只能聽佳仁親口跟他說分手兩個字，你想像的和好畫面，是不可能出現的。」

「那這麼說來，一定是出了什麼事情。」鄭乾下定了結論。

就在擔憂的心情開始侵襲三人的時候，鄭乾手機卻接到了一條訊息。

「孔浩的！」

程心和莫小寶湊過來一看，訊息只有一句話：我在酒吧，你們不用擔心。

酒吧？幾人相互對視一眼，紛紛知道了緣由。

「看來，佳仁已經正式跟他說出分手了。」程心說，心裡一股沒來由的奇怪滋味彌漫開來。

她又偏頭看了眼鄭乾，鄭乾卻在沉思，沒有注意到程心的眼神。

所謂借酒消愁，孔浩大概是受不了刺激，所以才跑到酒吧想要以酒麻痹刺痛的神經，但是失戀這種事情又不是什麼天大的事情，女朋友沒有了可以再找，人沒了才讓人傷痛。

「我們去找一下他。」鄭乾說，「不能讓孔浩這麼喝下去，不然在酒吧那種地方，會喝出問題來的。」

「小寶，你和孔浩不是經常去酒吧嗎？走，帶路。」

莫小寶嚴肅強調道：「我們去酒吧可是幹正事的，沒你們想得那麼齷齪。」

這沒頭沒尾的一句話讓鄭乾感到無語，「我又沒說你們去那裡不幹正事。」

程心也幫腔道：「就是。」

莫小寶喪著臉看了眼鄭乾和程心，拿起狗糧就抓了一把往嘴裡胡亂的塞。

※

在莫小寶的帶領下，三人僅用了十多分鐘就衝到了一家看起來樣式不錯的酒吧。

「就在這裡？你確定嗎？我可以進去？」程心問，這裡的酒吧燈紅酒綠，門口還站著幾個身段妖嬈的女人……怎麼看都不由得讓人浮想聯翩。

鄭乾也怕，莫小寶無奈道：「大哥大姐，我跟你們說我莫小寶來這裡是幹正事，請當初海鮮店的合作商喝喝小酒聊聊天的，沒你們想的那麼……走吧，男的女的都能進。」

跟在莫小寶後面，一路暢通無阻，一些姿色不錯的服務生看到莫小寶都莫少莫少的叫，甜蜜蜜的，彷彿要黏到人身上來。

莫小寶在前面笑意盈盈，也和她們打招呼。

「熟客啊。」鄭乾恰到好處來上一句。

「還莫少？」程心在後頭翻了個白眼，這年頭當真是有錢就是少爺。

莫小寶嘿嘿一笑：「掙錢的，你跟著我來這裡玩上兩次，我保證她們都能把你記住，到時候再來的話，人家還不是鄭少鄭少的叫，很有面子。怎麼樣，考慮一下？」

然而在程心面前和鄭乾談論這種話題簡直就是找死，程心二話不說，一腳踢在莫小寶屁股上，冷冷道：「帶路，找孔浩。」

莫小寶委屈地看了一眼鄭乾，鄭乾感受到背後一股寒氣襲來，一本正經道：「小寶啊，這就是你的不對了，我們現在是要來找孔浩，帶他回去，你……你跟我說這些幹什麼？我又不會來。」

「你……掙錢的，」莫小寶氣得七竅生煙，咬牙切齒道，「你夠義氣哈。」

鄭乾攤了攤手，笑道：「我一直都很義氣的，只是表現得不明顯。」

莫小寶鬱悶地拍了拍屁股，指著前面一間包廂說道：「走吧，包準在裡面。」

「你怎麼知道？問都沒有問過……」

「我們上次沒喝完的酒還寄存在這裡，這間包廂位置好，當初可是我掏錢包下的，現在還沒到期呢。」莫小寶不等程心說完，便鄙視道，「程大小姐，不懂了吧？」

程心被反問得說不出話來，登時倍感沒面子，眉頭一豎，右腳一抬，標準的跆拳道起腳式，穩穩地落在了莫小寶屁股上。

「進去！要是沒在，看我怎麼收拾你。」

莫小寶欲哭無淚，看著鄭乾，那樣子就是在說：哥們，我真佩服你，這樣的女漢子，你是怎麼駕馭的？

鄭乾卻裝作沒看到，相處了一千多個日日夜夜，他也沒少挨程心的虐待，但是每次虐待完，她都會笑嘻嘻給你賠罪，讓你就算挨了打也沒氣可撒。鄭乾和她商量，以後不如意的時候能不能不要動拳腳？程心卻說，練了跆拳道之後，總是忍不住動動手腳，要鄭乾忍忍也就過去了。

果真如她所說的那樣，忍著忍著便已經成為習慣，到了現在，那些美好的記憶都已經存檔了。

甚至有時候他還有些懷念，莫不是習慣成自然？鄭乾被自己的念頭嚇了一跳，我可沒有自虐傾向……

「嘿，果然在這兒吧？」

正回想往前的日子，莫小寶忽然驚喜地叫出聲來，鄭乾和程心湊過去一看，發現孔浩果真躺在裡面。

沒錯，看樣子已經喝醉了，正趴在裡面的凳子上呼呼大睡呢。再進去一看，才發現孔浩手裡還提著一瓶白酒，純正二鍋頭，五十三度。

「我的媽呀，這傢伙是喝了多少？」莫小寶翻翻眼皮，還活著，「怎麼喝得鼻青臉腫的，失戀就失戀，至於嗎？」

鼻青臉腫？鄭乾一進來就看到孔浩手臂上有淤青，還以為是燈光造成的效果，就沒在意，此時聽到莫小寶的話，走過去一看，竟然發現孔浩的兩隻眼睛都變成了大熊貓，鼻子上流出的血好像還沒有乾涸，而且臉上青一塊紫一塊，這哪裡是喝酒喝腫的，明明是被人打了！

鄭乾一把推開在一旁數酒瓶的莫小寶，掀開孔浩衣服一看，背上也有。

「混蛋！」鄭乾急紅了眼，「究竟是誰幹的！」

第一百一十章
我相信他

在程心的印象中，鄭乾好像從來沒有發過這麼大的火，正疑惑間，走過來一看，才看到滿身都是傷的孔浩。

莫小寶數完了酒瓶，轉過頭來也意識到氣氛不對，然後低頭看到孔浩背部紅腫的地方，忍不住爆出一句粗口：「幹！這是怎麼回事？」

鄭乾說道：「一定是被人打了。」

「會是誰……」程心顯然已經想到了答案，抬頭看向鄭乾和莫小寶，都紛紛從他們臉上看到了怒意。

「除了姚佳仁，還會有誰？」

「姚佳仁下不去手，也打不了那麼重。一定是孔浩去找姚佳仁的時候，那個姓林的投資人讓人幹的。」鄭乾揉了揉腦門，「我們先把孔浩送去醫院，如果只是皮外傷，等他醒來再說，如果傷到要害，我們就報警！」

「報警？鄭乾，如果我們報警的話，姚佳仁也會受牽連啊。」

「難道你願意看著孔浩白白被打一頓？」鄭乾衝著莫小寶咆哮道，鄭乾是他最好的兄弟，但是僅僅因為失戀了去要個說法，就被打成這樣，換做誰也不答應！

莫小寶知道自己的話說得有些不妥，低頭嘆了口氣，說道：「那就聽你的，先帶孔浩去看醫生，如果沒問題我們就等他醒來，問問他想怎麼辦，反正大不了我陪他去把那什麼投資人揍一頓。」

程心也怒了，憤憤道：「真想不到佳仁竟然看得下去。」

「姚佳仁心變了，對待自己的前男友，還有什麼看不下去的……」鄭乾蹲下，「把孔浩抬來我背上，我們先去醫院。」

「還是我來背吧，就你那身板……」莫小寶撇撇嘴，「背程心還差不多。」

「別廢話，快點。」

「好好好，不跟你開玩笑了。」

程心和莫小寶都看得出來，鄭乾這次是真的急了，也不知道這傢伙回去會不會像孔浩一樣，做出什麼傻事來。

程心擔憂地看了一眼鄭乾，他人就是老實，也夠義氣，但就是有時候腦子太直太死板……不過話說回來，如果不是這樣，自己還會喜歡他嗎？搖了搖頭，程心覺得，這才是真正的鄭乾，是他所喜歡的那個鄭乾。

※

三人坐著程心的車一路去到醫院，將孔浩交給醫生，然後便跟著一個地方一個地方的檢查，從頭到腳，沒一個地方落下。

結果令人欣喜，那些傷都只是表皮，沒有傷到骨頭，更沒有傷到腦袋；不過危險的是，孔浩飲酒過量造成酒精中毒，還好送醫及時，洗洗胃就沒大礙了，否則說不定就得動手術，到時候麻煩就大了。

一切處理完畢之後，鄭乾松了口氣，原先心頭那股怒氣也緩緩平息下來。現在只要把孔浩帶回去休息幾天就沒什麼事了，至於身上那些傷，擦些外傷用藥傷口會自己慢慢癒合，倒也不用太過擔心。

然而孔浩被打這件事卻彷彿一個梗，堵在鄭乾三人的心裡，遲遲沒有消散。

誰能想到，前一天還是孔浩女朋友的姚佳仁，會忍心看著自己的男朋友被打成這個樣子呢？

回到莫小寶的別墅之後，幾個人將沉睡的孔浩放回自己的房間，才騰出時間來休息一下。

今天幫姚佳仁搬了一天家，後來又發生這件事，忙了一天，終於能坐下來喘口氣。

鄭乾和程心坐在一起，莫小寶捧了一袋狗糧，三人在談論關於孔浩被打的事情。

程心說道：「會不會是佳仁也不知道孔浩被打了？」

「就算不知道，這件事的起因也是因為她。」鄭乾說道，「如果不是姚佳仁拜金主義，依附特別有錢的人，孔浩會變成現在這個樣子？」

「說的也對。」程心雙手撐著臉頰，對於自己的閨蜜變成現在這個樣子，她也十分無奈。

莫小寶塞了一把狗糧在嘴裡，說道：「要我說啊，最該打的是那個投資人。你們想想，娛樂圈那些人有幾個是乾淨的？姚佳仁想做演員，然後他就出現了，這明擺著是來欺騙女生情感的嘛。」

「我擔心的也是這點。」程心說道，「如果佳仁付出全部真心，最後被騙了，那不是很慘嗎？」

「那叫活該！」鄭乾現在聽到姚佳仁這個名字，心裡頭無名火就轟轟的冒，你踏踏實實工作，用自己的勞動換取想要的生活，這不是很好？為什麼偏偏就想坐享其成呢？天上掉餡餅的好事不是沒有，但那也是落給有準備的人吃的，像姚佳仁這種守株待兔的類型，接到的將會是一個炸彈。

現在這個炸彈被一層蜂蜜裹著，但是說不定哪天，甜頭嘗完之後，就會碰一聲炸開，最後不但什麼都沒有撈到，反而還被炸的遍體鱗傷。

「算了算了，我們現在都先別討論這些，還是先想想怎麼安慰孔浩吧。」程心說，「雖然喝了酒，但是消不了愁啊，關鍵點還是得讓孔浩積極地接受他和姚佳仁分手的事實。」

「放心吧，我瞭解孔浩，他在這件事情上傷得那麼深，所以他不但不會頹廢，反而會變得堅強起來。」

「你確定？一個堅強的人可不會做喝酒消愁這種事……」莫小寶嘀咕道。

「我說的正是因為他選擇了喝酒消愁，所以事後才會變得非比尋常。」鄭乾篤信道，「我相信他。」

「好吧好吧，你們在一起時間最長，我不瞭解的你都瞭解，等他醒來後，我們應該跟他說些啥？」莫小寶問。

鄭乾想了想，說道：「實話實說吧，告訴他，他今晚做了些什麼，然後再讓他振作起來。」

「就這麼簡單？」程心也不禁懷疑，畢竟她之前可是親身感受過孔浩的瘋狂的，為了知道姚佳仁說過些什麼，簡直什麼都做得出來。

鄭乾依舊自信道：「就這麼簡單。不過我想，我們或許連這些都不用說。」

莫小寶剛想問為什麼，鄭乾卻已經起身走向自己專門的工作室，便走邊說道：「我先去看看我的淘寶，相信明天一早，孔浩就會和我一樣待在這個房間裡不出去了。小寶，明早輪到你做飯，買菜的錢我出，買些好吃的來……不要外賣！不要以為我分不清你做的飯和外賣送來的飯，你再怎麼更換包裝，我也吃得出那股味道。」

呃……

「好吧。」莫小寶腦袋一垂，肥胖的臉上一堆無奈，「怎麼又輪到我做飯了……」

第一百一十一章
激情的夢想

第二天一大早，孔浩如預料中從睡夢中醒來，迷糊間，全身上下傳來的疼痛卻將他殘留的一絲睡意徹底澆滅。

「啊——」一聲大叫。

猛地，孔浩雙手抱頭坐了起來。

因為酒精的殘留作用，腦袋依然處於一片疼痛之中，而與此相呼應的是身體上的每一寸肌膚，好像都受到了最極端的重創。

發生了什麼？

孔浩極力回憶，終於想起昨天發生的事情。

他的神情依然顯得悲傷，想著姚佳仁最後對他說的話，再沒有什麼比那一刻更加令人心碎了。

但是……人總得活下去，不就是失戀嗎？不見得失戀的人都尋死尋活吧，被甩之後發憤圖強最後回去打臉的人大有人在，那麼為什麼不能是自己呢？

孔浩坐在床上，抱著腦袋的雙手緩緩放下，毫無焦距的目光也緩緩變得清明。

他沒有理由頹廢，面對這樣的情況，更加應該付出比以往更大的努力才對，不是為打臉或者讓姚佳仁後悔，是想讓她在看到一切之後能夠回心轉意，重新回到他的身邊……

孔浩正是這樣的想法，也正如鄭乾昨天晚上說的一樣，他相信孔浩，相信孔浩能夠從迷茫當中掙脫出來，化悲憤為力量，與他一起並肩創業。

樓下，鄭乾和程心以及莫小寶三人坐在昨天晚上的位置上，卻什麼話也沒有說，只是偶爾抬頭看一下樓上，看看孔浩有沒有醒來。

沉默的氣氛有些沉悶，鄭乾安慰道：「放心吧，我瞭解他。」

莫小寶順著歎了口氣：「要是……要是他還是尋死覓活的，想要找人家報仇，我們……去嗎？」

昨晚在極其憤怒喪失理智的情況下，鄭乾破天荒罵出了一句髒話，也發誓一定要幫孔浩報仇，可是之後冷靜下來一想，他沒有為孔浩報仇的資本，也沒有為孔浩報仇的能力。現在的他是鄭晟唯一的兒子，鄭晟還需要他幹出一番事業享受天倫，程心還需要他幹出一番事業娶她回家，如果因為一時激憤而做出什麼事情來，到時候就後悔莫及了。

所以即便孔浩想去報仇，發動兄弟情義的時候，他也依然會選擇將他勸住，最好的辦法就是報警，讓警察來處理那位林性投資人的非法行為，而不是憑一時之意氣，以身試法。

所以鄭乾沒有猶豫便說道：「不去。」

「為什麼？」莫小寶問道。

「因為我不會去。」

一道深沉有些沙啞的聲音從樓上傳來，鄭乾、莫小寶和程心或偏頭或轉頭往那邊看去，只見孔浩已經穿戴整齊，出現在眾人眼前。

莫小寶驚喜道：「空號，龜兒子唷，你終於醒了！」

孔浩笑了笑，雖然臉上的淤青讓笑容看起來並不怎麼理想，但是鄭乾卻因此而鬆了一口氣，這說明……孔浩已經沒事了。

三人一起迎了上去，鄭乾與孔浩緊緊擁抱，勒得他齜牙咧嘴，於是鄭乾才想起他身上還有傷，也就笑罵著打了一拳在他胸前，表達兄弟間最真誠的情誼。

莫小寶在一旁傻樂，分手沒什麼大不了的，只要人好好地回來就行。

大家都是這樣的想法，程心也挺開心，幫忙端茶倒水，忙的不亦樂乎。

「怎麼樣，身體還有哪裡不舒服？」鄭乾將孔浩扶著坐下，問道。

孔浩笑道：「沒事，皮肉傷，幾天就好了。」

「頭還會不會暈？」莫小寶伸手比出四個手指，「你昨晚喝了四瓶白酒，你真是不要命啊！」

「對不起，我……我任性了。」孔浩真誠致歉，「是我，害大家擔心了。」

孔浩這樣一說，莫小寶就一樂，嘿嘿道：「沒事沒事，兄弟互相幫忙，應該的嘛！」

聽到兄弟兩個字，孔浩明顯一愣，然後笑了起來，「謝謝你們。」

「好了，不用說謝了。你……應該沒事了吧？」鄭乾說道，「其實，我覺得戀愛這種事情，需要雙方相互真誠地相信和對待對方才行，一旦哪邊沒有了信心和動力，一切就會開始變得不同了……所以，得要明白，失戀是每個人或多或少都會經歷的。」

說到這裡發現好像有些不恰當，抬頭看了一眼程心，只見她正用怒氣衝衝的眼神盯著自己，才意識到剛才那句話問題出在哪裡了，忍不住尷尬一笑，朝程心解釋道：「我不是那個意思……」

程心不理他。

孔浩卻哈哈笑道：「掙錢的，你連自己的都顧不好，還安慰我？放心吧，我沒事了，不就是失戀嗎，沒什麼大不了的。」

「真的？」莫小寶有些不敢相信，「你昨天晚上……」

「昨晚是昨晚，從現在起，我想通了，我要跟著鄭乾一起創業，並在創業道路上取得成功。只有這樣，我才能向別人證明，我孔浩不是一個廢人，我有自己的尊嚴，有自己的能力，我可以憑藉自己的雙手，創造屬於自己的財富！」

「好！」

鄭乾一掌拍在孔浩肩膀上，「我們兩一起創造屬於自己的輝煌！」

「現在就幹？」

「好啊，現在就幹！」

「哈哈哈……」

歡快的笑聲在莫小寶的別墅回蕩，充斥著青春和嚮往的氣息。

也許，在不久的將來，他們真的能夠創造自己的輝煌，迎接屬於自己的成功；但是也許，他們依然會在創業的道路上處處碰壁，最後不得不面對殘酷的現實……

這就是人生，處處充滿著不可能，又處處創造著無限的可能。

就像一間屋子，關上一扇門，就會有另一扇窗為你開啟，讓你繼續領略無窮無盡的美好世界。

※

孔浩就這樣徹底忘記昨日的悲痛，或者是將悲痛化作了力量，與鄭乾一起，開始由淘寶做起，展開創業大道。

工作了幾天之後，孔浩也逐漸熟悉了淘寶進貨以及賣貨等等的工作流程，他幹得就越發賣力起來，有時候甚至到淩晨兩三點才睡，第二天六點鐘就準時起床。

就連鄭乾當初在某些困苦時刻，也沒有像孔浩這麼拼命過，想勸他身體是革命的本錢，但是孔浩則會回一句此時不搏更待何時……好像說得都有道理，於是鄭乾也就不再說什麼了。

日子就這樣過去了好幾天，程心依然還在為被程建業停卡的事情發愁，莫小寶依舊在花費最後的錢財，一天到晚將遊戲打個沒完，經常被霸龍花打爆卻常常不服氣；鄭乾和孔浩依然在不停工作，希望能夠藉此一飛沖天……

日子還是那樣平常。

就像一杯酒，時而灼嘴時而甘甜，不同的時刻品嘗，總會有不同的味道。

而外頭，深秋很快進入初冬，一絲寒意悄悄向G市襲來。

第一百一十二章
初識林曼（上）

今天是孔浩與鄭乾合作創業的第十二天，連續好幾日都日夜顛倒忙碌的孔浩，被鄭乾安排檢查一下最近三天的發貨記錄，孔浩比了個OK的手勢，拿過筆記型電腦開始一頁一頁的流覽，看到其中某一天的紀錄時，突然發現有問題。

孔浩仔細看清楚之後，又通過帳號對比了一下，發現發貨位址與買家資訊不符合……

「鄭乾，我發錯貨了。」孔浩頗為自責地說。

「什麼？」鄭乾結果筆記型電腦一看，「昨天發出的……不用擔心，先打電話給買家說明一下情況，然後讓買家將貨送回給我們，郵費我們全包，我們將正確的寄過去就行。」

孔浩第一次遇到這樣的事情，剛才一時間不知道怎麼處理，經過鄭乾點撥，他才反應過來，懸在心上的石頭也落了下去。

「那我先打電話問一下。」

孔浩按照買家留下的資訊撥了電話，電話響了很久，沒有人接。過了幾分鐘，再撥，依然沒有人接。

「這……」孔浩為難地看向鄭乾，「這該怎麼辦？」

「都沒人接？」

「是啊，打了兩通，鈴聲響過之後還是沒人接。」孔浩皺眉道，「不會有什麼問題吧？」

「我看看是把什麼發錯了。」

鄭乾突然睜大了眼睛，一臉奇怪的表情看著孔浩，說道：「你……你不會是故意的吧？」

「啊？」孔浩被鄭乾說得莫名其妙，「什麼故意的？」

「我靠！你居然把這個發過去給人家了，我真是……」鄭乾有想要發瘋的衝動。

就連孔浩看到之後也張了張嘴巴，不知道該說什麼好。只見發錯的貨單上面寫著四個字：情趣內衣。

「我……我真不是故意的。可能是當時滑鼠不小心點錯了，我……」孔浩結結巴巴越想說明就越說不清楚。

「算了算了，你這幾天累成這樣，難保不失誤，當初我也做過一樣的事情，別自責了。」鄭乾說著，拿起電話又照著號碼撥了過去，但嘟嘟嘟的聲音響過之後，卻依然沒有人接通。

「這……這要怎麼辦？」

「好在是同城的，這樣，你先照顧著生意，我親自去一趟跟人說明原因。」

「你……」

「放心吧，相信我的口才。」鄭乾提醒孔浩不要忘了當初學校學生會的超級小能嘴，解釋也就是幾分鐘的事情而已。

按照時間來算，昨天下午發貨，又還是同城，那麼現在說不定買家已經收到了，要是其他物件還好，可是情趣內衣這種東西就太尷尬了……更何況鄭乾擔心的不是被買家誤會他要做什麼，而是擔心人家一個不高興，在評論裡刷差評，那他淘寶店的信譽和生意就會受到一定程度的影響，說不定影響持續擴大，他就混不下去了。

尤其是像他一樣將淘寶作為創業手段的人，顧客的任何一條評論都是值得注意的。在淘寶上買衣服的人，可能就會因為看到某些惡評，而順手點了右上角的叉，一個兩個沒多大影響，可要是這樣的人一多，就變成大問題了。

鄭乾急急忙忙的出門，想要在買家拆開之前將東西要回，並補還正確的物品。

騎著電動車一路衝到了離莫小寶別墅大概有十公里左右的地方，一處社區公寓門前，對比了一下位址，鄭乾點了點頭，自語道：「花月公寓三棟四一一，就是這了。」

跟保安說明情況，鄭乾騎著電動車開始尋找。但這裡的公寓好像在今年才剛剛建好，裡面大部分的環境設施都很不錯，但是有些角落裡，仍然還有一些路面不是很平整，鄭乾從沒來過這裡，更不知道三棟在哪，只能從側面的樓房號順著繞。

「二八……二四……十八……十……」鄭乾一路數著，就快數到五的時候，前面突然出現，一個九十度的轉彎。鄭乾連忙反應過來，一扭車頭，才在電動車將要撞上防護欄之前將其扭轉過來。

「唉唷我去！好端端的平路弄一個九十度彎出來，這不是害人嘛！」

還沒有抱怨完，新狀況再次出現，一隻小狗好巧不巧從旁邊的花園中跑了出來，試圖追上在牠前面跳躍的一顆網球。

網球滾得很快，小狗速度更快，一個飛躍就已經攔在了道路中間。

「我去！」

鄭乾騎著車哪裡想到會出現這種狀況，連忙一轉車身，一扭剎車。

只聽「剎——」地一聲，隨後便是電動車重重摔倒的聲音。

「哎唷喂……」鄭乾摸了摸摔疼的屁股，齜牙咧嘴站起身來，然後轉頭看向小狗，看見牠已經叼起了那顆網球，心裡一陣放心。正想將電動車扶起來，小狗卻將網球扔到一邊，汪汪汪叫了起來，好像受傷的是牠一樣。

鄭乾才懶得跟一條狗計較，任由牠咬，扶起電動車的時候，順便還做了個撲咬的動作，將小狗嚇得亂叫跑向了花園。

但是很快，鄭乾還沒有離開，小狗便帶來了牠的幫手——一位有著特別風韻的女人。鄭乾抬頭看去，只是一眼便覺得這是一個精煉能幹的女人，她有著成熟女人應當擁有的一切資本，S型身段更是被一身運動休閒服完美襯托出來。

但是現在，她看向鄭乾的眼神卻帶著鋒芒，像是兩把刀，又像是兩團火。

好可怕的女人。鄭乾心想，如果沒有猜錯，這條狗就是她的吧？

要不要賠禮道歉？不對啊，我為了避讓小狗，連電動車都摔翻了，她任由狗在路上跑來跑去，應該是她向我道歉才對，我幹嘛要跟她說對不起？

想到這裡，鄭乾收回看向精練女人的目光，然後跨上電動車準備騎走。這裡是第五幢樓房，再過去兩幢就是三了。

「差點傷到我的狗，就這麼走了？」

車剛走，後面突然傳來滿是怒氣的聲音。

鄭乾差點又一次摔倒，轉過頭看著這個女人，誠懇解釋道：「這位……女士，您聽我說，我進來的時候，你的狗就追著一顆網球從一邊跑了出來，我為了讓牠連自己都摔倒了，你看——」鄭乾拍了拍衣服褲子上的灰，「我可沒有傷到牠。」

「沒有傷到牠……唷，小帥哥長得還不賴嘛。」女人原本責問的語氣在看到鄭乾的臉蛋時，突然就變了語調，笑了笑道，「你是來送快遞的？以後騎車可要小心點，不然撞了狗或人，就麻煩了。」

鄭乾趕時間呢，哪裡有精神在這裡跟她磨，只能裝作都聽了進去，點頭道：「我可以走了吧？」

「嗯……等等，你要去哪？」

鄭乾無奈道：「大姐，我等著處理事情呢。」

「你叫我什麼？」女人突然秀眉一豎，顯然對鄭乾對她的稱呼感到不滿。

「這位……這位小姐，我真的有事要辦，你看能不能等我辦好事之後，再糾結這個問題？」

「從大姐叫到小姐，你還真有水準，說說什麼事情，說不定我可以幫到你。」女人抱著狗走了下來，手裡還提著一個什麼東西，好整以暇問道。

鄭乾下意識往後退了一步，「你知道三棟四一一在哪嗎？」

女人突然變得警覺，用和剛才一樣的刀與火一般的眼神看著他，問道：「你要找三棟四一一幹什麼？」

「呃……當然是有重要的事情啊。」鄭乾說道，「不然我怎麼大傍晚的騎著電動車冒著寒風跑十公里過來。」

「好吧，你叫什麼名字？哪個學校畢業？」

「鄭乾，X大畢業……不對，有什麼事嗎？」

「掙錢？X大？」有著成熟風韻的女人突然笑了笑，「名字獨特，學校也不錯。」

「我是鄭成功的鄭，乾坤的乾，不是你想的白花花的銀子。」

「唷，小帥哥說話挺有趣。」

鄭乾心想，廢話，多少人都把這名字理解錯了，不準備幾個好一點的解釋怎麼行？

「好了，告訴我吧，你找三棟四一一做什麼？聊天？送禮物？」

鄭乾說道：「不是，您能不能等我找到，把包裹送給人家，您再問我這些問題？」

「我叫林曼，我家就住在三棟四一一。」

第一百一十三章
初識林曼（下）

「什麼？！」鄭乾睜大眼睛看著林曼，「你……你就是三棟四一一的主人？」

「一三九八五XXXXXX，這是我的號碼，淘寶帳戶是『林中漫步』，沒錯吧？」林曼將小狗放下，拿起手上的東西，遞到鄭乾面前，調笑道：「挺不錯嘛，想不到你這樣俊秀的小帥哥，竟然也賣這種東西。剛才我拆開看的時候，還以為是惡作劇，正打算上樓拿手機罵你們一頓，沒想到你倒送上門來了。」

鄭乾目瞪口呆，電話號碼和淘寶帳戶就是之前發錯貨的買家，而她遞過來的東西，鄭乾拆開一看，四個大字映入眼簾，連忙刷地拉起拉鍊，放到了電動車下面，然後拿過正確的包裹，遞到林曼手中，誠懇道：「不好意思啊，我真不是故意弄錯的，這幾天太忙，可能是一時不小心就點錯了發出的貨物……對了，我們一發現就趕緊撥打您的電話，但是電話沒人接聽，我才自己送過來的。」

「好吧，看你態度不錯，我就暫且原諒你這一次，要是以後再給我郵寄些亂七八糟的東西過來……」後面沒有說什麼，但是那陰森的語氣已經使得鄭乾情不自禁打了一個冷顫。

「你放心，只要您還在我們店鋪買東西，下次就一定不會出錯，而且如果有優惠活動的話，我們還會第一時間通知您。」鄭乾真誠的說，顧客至上是任何銷售行業的金規則，哪怕是顧客錯了，你也得舔著臉說自己的不是，只有這樣，才能在銷售行業闖出一條路來。

林曼卻不耐煩道：「我叫林曼，告訴你名字就是讓你這樣叫我的，別左一個您又一個您的，聽著都彆扭。」

呃，這個性還真是……

「不過你就只做這種平價又普通的品牌，會不會太不划算了一點？」林曼笑道，「我看了一下，你的淘寶店服裝品牌過於單一，而且品牌影響力有限，也就只有少部分人知道，另外，貨源來自廣州那邊，你不知道從那來的很多都是抬高價的嗎？小帥哥，你對淘寶店鋪的銷售好像還不怎麼瞭解，我建議你還是從品牌和貨源下手吧，先找到合適的貨源地，再挑選幾個合適的品牌，這樣你在貨源端的進價就要比你現在的低，而在銷售端的賣價卻和你現在一樣，並且因為衣品多樣，還會得到不同人士的光顧……我這麼說，你明白吧？但是不要貪多，三個品牌就夠了，而且在鎖定到銷售族群時，我建議你還是挑選一個比較適合的人群，不要男女混賣，也不要像今天這樣，什麼亂七八糟的東西都寄給買家。」

林曼的一番話使得鄭乾愣了愣，之前他就有這樣的打算，但是因為害怕沒有成效而不敢實施，尤其是增加品牌，倘若處理不好，會被被人認為是雜牌冒充品牌，假貨冒充真貨，導致銷售量下降，但是如果處理好了，就會出現像林曼所說的狀況……

鄭乾陷入了思考，林曼也不急，她也只是提個建議而已，聽不聽在鄭乾。不過這麼靠譜的年輕人，在這個浮躁的年代也算難得一見了。林曼有預感，他不只會聽，而且還會問自己怎麼做。

果然，只思考了三十秒，鄭乾便直視著林曼的眼睛問道：「那林……林姐，你有沒有合適的方法推薦給我？」

林曼笑了笑，說道：「合適的方法自然沒有，這個需要你根據你的店鋪銷售情況自己調整，不過……我倒是可以幫你從貨源和品牌兩個方面提升一下。」

貨源方面的提升就相當於進價的減少，品牌方面的提升就相當於觸及客群的增加，鄭乾很快算好了這筆賬，興奮道：「林姐，你說的是真的嗎？」

「你都叫我一聲林姐了，還能不是真的？」林曼說道，「放心吧，跟我上去，我把廠家的聯繫方式給你。」

「呃，上去？」

「去我家，三棟四一一。」

鄭乾忙點頭答應，將電動車停在樓下，跟著林曼來到她的家裡，一進門，一股女人特有的清香便撲面而來，而且家裡的陳設極盡簡潔，看上去十分合適舒服。

這才是有氣質的人過的生活啊。鄭乾忍不住感嘆道。

「別看了，看這個。」林曼和鄭乾相互留了手機號碼，又加了微信，然後才將聯繫方式發到了鄭乾手機上。

「大源……」鄭乾看了一眼備註，大源這個品牌他再熟悉不過了，「這真的是大源？」

「要不你現在就問問？」林曼笑道，「這家是G市唯一的一家大源，你可以找到他們，跟他們商量獨家代理的事情，到時候，整個G市的大源銷售管道就基本掌握在你手裡了，而且服裝進價比起其他地方要便宜很多，你可以趁機大賺一筆。」

「那……林姐，你怎麼……」

「我怎麼不自己和他們聯繫？」林曼雙手抱胸，轉過一圈，然後攤開手，說道：「我需要賺他那點錢嗎？」

呃……鄭乾順著林曼剛才轉身的動作順勢看去，才發現這些簡潔的陳設，比如沙發、書櫃、電視等等，都是市面上最頂尖的品牌……人家這麼有錢，哪還看得上這獨家代理賺的？

「這個是一方面，另一方面是我有自己的工作，而且也對淘寶什麼的沒有太大興趣。」

好吧，這樣解釋就通了。

鄭乾真誠道：「謝謝林姐。」

林曼擺手道：「不要謝我，我們也算挺有緣的，何況你還是個小帥哥，幫幫你又少不了二斤肉。」

林曼的性格鄭乾是徹底服了，好像做什麼都很隨性灑脫，而且敢說敢做，敢做也敢說，這在女性當中可不多見。鄭乾不由對她產生了些許欽佩之感。

「對了，做獨家代理的話，廠家可能會要一定的保證金，所以你回去之後，先問問需要多少，然後自己準備準備。」

鄭乾點點頭道：「多謝林姐提醒。」

「好了，你還是趕快回去吧，冬天天色黑得快，小心路上遭劫財劫色。」林曼打趣道。

鄭乾也跟著笑了笑，「我又不是什麼有錢人，更不是什麼大帥哥，誰來劫財劫色？」

「要是我呢……」林曼突然往前站了一步，用銳利的眼神看著鄭乾。

一股獨特的香氣鑽進鼻孔，孤男寡女的，鄭乾嚇得往後退了一步，苦笑道：「林姐，您就別拿我開玩笑了。」

林曼不置可否地笑了笑，突然問道：「小帥哥，有沒有女朋友？跟姐說說怎麼交到的。」

「呃……這問題問的……雖然我叫您一聲林姐，您也幫我在淘寶方面出了主意，可才認識一個多小時就問這些問題，會不會發展太快了？

但是又不能說謊，又不好拒絕回答，鄭乾只能點了點頭，擺出一副老實模樣，說道：「有，我喜歡她，她也喜歡我，我們兩人就在一起了。」

「那女孩子眼光不錯，好好待人家。」

「這是自然，等我創業成功了，我就要娶她回家！」

「唷，胸懷大志呢。好了，你現在可以離開了。」林曼臉上的笑容收攏起來，起身打開門，將鄭乾「優雅地」請了出去。

鄭乾一個人站在寒風中凌亂，忍不住抬頭往四樓看去，不得不說，這林曼的做事風格，真的是……太拉風了！

鄭乾搖搖頭，騎著自己的電動車離開。不過路上又想，所謂「塞翁失馬、焉知非福」，誰能想到發錯貨之後，自己還能得到這麼大的機遇呢？如果真像林曼所說的那樣，將貨源和品牌方面都搞定，自己淘寶店的業績說不定會翻上幾倍，到時候就可以擴大經營範圍，這樣一來，創業不就走向成功了嗎？

想著這些，鄭乾心裡一陣高興等不及要回到家中，將這件事情告知其他人。

第一百一十四章
獨家代理

鄭乾回到別墅，進門便將喜訊告知了其他人。

孔浩在聽到這個消息的時候，臉上的愁容風捲殘雲一般迅速消散，原本他還擔心，自己的失誤會不會給淘寶店的信譽造成損傷，但是現在看來，不但沒有帶來壞處，反而增添了驚喜。

所有人都為突如其來的喜訊感到高興，畢竟一個獨家代理的機會實在難得，如果鄭乾能夠搞定，創業的道路上必將踏出堅實的一步。

但是主要問題是林曼所說的獨家代理保證金，如果不出意外的話，保證金會是一筆不小的數目，至於具體情況如何，還需要到廠商和廠商老闆面對面交流。

第二天一早，程心開車，鄭乾、孔浩和莫小寶四人便一起出發，來到了大源工廠。

老闆是個看起來很和藹的胖子，但是經過社會洗禮的鄭乾卻能一眼看出胖老闆奸商的本質，於是客套一番，便將話題轉移到了獨家代理的問題上面。

談判這方面是鄭乾的強項，當初在學生會與其他學校做活動交流，或者幫忙談贊助的時候，他都沒少運用自己的三寸不爛之舌。如今與廠商老闆面對面，自然還是由他出面交涉。

「王老闆，您也看得出，這次我是真心實意想要和您交流一下，關於我們想獨家代理大源的事情。

您放心，您所說的單筆訂金以及後期收益我都會如約奉上，而且我身邊就有這一方面的專業人才，可以由她為我們制定一份合約，確認訂單金額和後期收益的分配比例。您看如何？」

王老闆笑眯眯道：「這個嘛，自然是沒有問題。這樣，我的出貨價就按市場價的六折來算，這已經比其他地方還要低上不少了，另外如果你同意的話，後期收益比例我要這個數——」

王胖子伸出三個指頭，「三成。」

「三成？！」程心和孔浩以及莫小寶雖然不知道正確比例應當是多少，但是三成這個數，光聽著就挺嚇人，收益比例佔據三成，就意味著他們要將賺到的錢分百分之三十到王老闆手裡，再加上進價……這不是搶人嗎？

看來這王老闆果真不是做善事的，這才只是開頭，還沒談到保證金上呢，要是保證金他報了一個天文數字，那今天的談判還有什麼意義？

與程心三人的憤怒相比，鄭乾卻顯得相當輕鬆，在來大源工廠之前，他就已經做好了心理準備。而且王老闆所說的三成也都在他的預想範圍之內，只要不超過三成，就有談下去的必要。

鄭乾笑了笑：「王大哥，這樣吧，我就是一窮學生，您說的市場價六折和後期收益比例三成我都不能接受，要不您給個痛快話，市場價這個，後期收益比例這個，怎麼樣？」

王老闆笑眯眯的臉色一下子就黑了，嘲諷似的說道：「孩子，我看你是剛出來做這門生意的吧？」

「不，您已經是我接觸的第四位老闆了。」鄭乾笑著說，「所以我對市場價有一些把握。五折，已經比普通獨家代理進貨價多了一折，而銷售比例我只能答應給您一成作為感謝金……感謝金並非收益分紅，因為我代理您的產品，就是由我銷售，我用五折價格從您這拿貨，沒有必要再將後期收益分給你超過百分之十，否則我這筆生意就要虧本。」

「但是已經有人答應了我六折拿貨，百分之二十分紅，既然如此，我還不如答應別人呢，幹嘛要和你合作？」

鄭乾見王老闆果然如自己所想那般，搬出一個不存在的第三者出來，心裡知道談判就要有結果了，便說道：「既然這樣，就如您所說的，您可以將獨家代理授權給其他人，那我們今天就多有打擾，再見。」

說著，鄭乾起身便走，程心和孔浩以及莫小寶都愣了愣，不是正談的好好的嗎？怎麼一言不合起身就走了？

雖然想不明白，可三人卻也像之前鄭乾所交代的那樣，沒有多話，跟在鄭乾後面就要離開。

「等等！」

身後王老闆突然站起身來，滿臉堆笑道：「大兄弟別急著走嘛，我們再坐下來談談怎麼樣？你不知道，我這也是小本生意，更何況現在服裝產品層出不窮，如果不好好規劃，我這工廠怕是剛開就要破產了。」

鄭乾笑了笑，轉身又回到了原來的位置，坐下，說道：「王老闆，我知道您的難處，但是您的難處不也正是兄弟我的難處嗎？不過您放心，就像您說的一樣，找到一個好的代理商，是一件很幸福的事情，我現在就可以很確定地告訴您，我就是您要找的人。如果王老闆關注市場形勢的話，一定知道，我跟您說的五折相比其他地方已經高出了零點五到一折，而後期收益比例，我則是看在您是G市唯一一家大源工廠的基礎上，才提出分配給您百分之十的，要不然我連議價都懶。」

一番話說得王老闆老臉通紅，作為偌大一個廠商的帶頭人，他怎麼會不知道如今市場上的獨家代理行情？尤其是在G市，隨著越來越多外來品牌的加入和實體產業的萎縮，他們現在的出貨已經比之前難上太多，而且就像鄭乾所說的一樣，五折的價格和百分之十的收益比例，已經十分難得，更何況從現在的交談中就可以看出，這是一個很有想法的年輕人，如果將品牌交到他手中，自己這百分之十的收益必然會無限地擴大，到頭來得到好處的也都還是大源。

所以既然如此，何樂而不為呢？

「大兄弟，你說的這些都沒問題。只是……」

「只是保證金？王老闆請說，您需要我們向您繳納多少保證金，您放心，你我心裡各自都有一桿秤，說出來我們一起討論。」

王老闆乾脆道：「三百萬。」

這個數字說出來，氣氛突然間沉降到冰點，不光身後的程心三人目瞪口呆，就連鄭乾也悄悄吞了口唾沫。

三百萬！

你個死胖子，虧你開得出口！

如果你是全國頂尖品牌，敢喊出三百萬也就算了。但大源，一個終端服裝產業，也敢叫這麼高？難怪到現在都還沒人跟你談攏，要不是我創業需要找管道，否則也一定會立刻走人！

第一百一十五章
低頭一看，多出五十萬

鄭乾緩過神來，臉上掛著笑臉，伸手比了一個數字，讓王老闆一張笑臉立刻又拉了下去。

「你既然清楚市場行情，就應該知道三百萬不算多。」王老闆盡情吹牛。

「三百萬當然不算多，但要看是什麼品牌。其他頂尖品牌我可以考慮，但是大源……恕我沒有看出它現在有多大的市場競爭力。鑒於我根據市場調查得出的結論來看，現在的它，頂多算得上一個中間品牌。前幾天旁邊的林總也找我談過，他們推薦的服裝品牌名氣比大源高出許多，而且條件幾乎和我剛剛開出給您的一樣，只不過我不想貨源地離這裡太遠，到時候飛來飛去不好交流，所以拒絕了。」

王老闆皺起眉頭，他不知道林總是誰，但是聽口氣應該是一個大老闆，這小子年紀輕輕就能有如此人脈，將來前途一定不可限量。且三百萬保證金確實是遠遠高出他心理預期的價格，他開出這價，只是為了能夠擁有一些迴旋的餘地。

但是這迴旋的也太大了吧？

王老闆皺著眉頭說道：「大兄弟，我知道大源是你計畫中的可替代廠商，但是一百萬保證金，也太低了吧？這還不夠我一年的營業額……」

「王老闆，您不要忘了，這只是保證金，保障一些『我損毀您的產品形象』、『承諾進貨卻沒有做到』等等特殊情況用的。」

只是簡單幾句話，便讓王老闆沒了脾氣，但是一百萬確實太低……

「想想您賣出的市場價五折的價格，想想您百分之十的感謝金，想想您……」鄭乾打鐵趁熱，從大源廠商的辛酸說到後來的輝煌再說到現在的止步不前，真情實意之下，差一些說得王老闆淚流滿面，激動之下便開口道：「好，一百萬！」

「成交！」

兩人的手緊緊握在一起，鄭乾創業路上突破性的一步獲得完美成功。

※

然而即便當下便簽訂了合約，以保證王老闆不會反悔，但是這幾個數字依然深深困擾住了鄭乾。

首先是一百萬，一百萬保證金他現在根本就拿不出手來；其次是市場價五折的進貨款，對他來說，毫無疑問這也是一筆鉅款。所以兩筆款項加在一起，迅速便澆滅了鄭乾心裡僅存的一絲高興。

「掙錢的，你今天可真是厲害啊，那討價還價的樣子，絕對稱得上是三寸不爛之舌。」莫小寶高興地說。

孔浩也激動道：「沒想到我們有一天居然也能夠獨家代理別人的產品，如果不是拿著這份合約，我還以為是在夢裡呢。」

程心也高興道：「鄭乾，這可是你邁出最堅實的一步了。」

鄭乾卻苦笑道：「你們別高興的太早，我剛剛琢磨了一下，一百萬保證金加上五折進貨款，兩者相加在一起，起碼要一百二十萬才夠，一百二十萬，到哪去找這一百二十萬？」

車上的氣氛因為鄭乾的一句話而迅速冷卻下來，所有人都在為拿到獨家代理權而開心，卻忽視了最根本的資金問題。鄭乾談判當中就是不停吹牛，讓王老闆誤以為他們是多麼有能力的淘寶店鋪，然而實際情況只有他們自己才足夠清楚……

莫小寶說：「我卡裡還有五萬，我全部貢獻出來。」

孔浩不好意思地看了一眼鄭乾，說道：「我……我現在什麼也沒有。」

程心昂起頭來，剛要說包在我身上，卻猛然想起自己的卡已經被停……

「所以……我們得想想辦法。」鄭乾陷入了沉思。

※

回到家的時候，鄭乾就這件事情和鄭晟交流了一番，希望能從老爸那得到一些支持。

鄭晟知道兒子現在正處在創業的關鍵時期，聽到兒子談到了一個獨家授權，二話不說就答應幫忙。

怎麼幫？

把家裡的老房子賣掉！鄭晟是這樣說的。

鄭乾感動得一塌糊塗，發誓要買一套兩倍大的房子送給老爸。

但是即便賣掉房子，湊起來也仍然不夠一百二十萬，所以還要繼續想辦法。

「爸，你還有沒有其他的辦法？我們賣掉房子也就只有五六十萬，數量上還差一半。」

但是鄭乾也就是說說，他知道老爸當兵歸來，將退伍金都用在了和老媽結婚以及供自己上學，後來還一個人擔負起了家庭重任，除了房子之外，已經沒有別的能夠變現的錢財了。

「不然我找我那些老戰友們問看看？」

鄭乾苦笑道：「爸，您就別去折騰了，我再想想辦法。」

「能不能找你的朋友們幫幫忙？」鄭晟又問。

莫小寶有五萬，杯水車薪，不過蚊子再小也是肉，先添上再說。孔浩則很乾脆說沒有，不知找他爸媽要，能不能要到，不過看他們現在的關係……怕是很難吧。而程心更不用說了，除非她選擇和自己分手，否則手裡的卡就是一張沒用的卡片，為了把卡恢復就跟自己分手？別說程心不同意，鄭乾第一個反對。

籌款事項進展的很慢，距離第一批貨物進來的時間也越來越短，但是鄭乾手裡也僅僅只有六十萬，整整還差著一半。

怎麼辦？他又一次陷入了沉思。

而與此同時，他也發現孔浩有想要回家一趟的衝動，鄭乾知道他一方面是想家，一方面是想藉著回家的機會，跟父母破冰修復關係，從而拿到一筆錢，為創業注入資金……自從和姚佳仁分手之後，孔浩彷彿變了一個人，變得沉默、能幹、努力，鄭乾樂意看到他的改變，但因為是失戀造成的，所以心裡多少有些為孔浩擔憂。

就這樣又過了幾天，一百二十萬的保證金依然沒有湊齊，而王老闆那邊也打了幾通電話過來催促，鄭乾沒辦法，只能找一些資金暫時周轉不開這樣的荒唐理由搪塞過去。

但是誰也沒有想到，就在鄭乾舉足無措之時，一個人打電話找到了他。

「小帥哥，姐我把自己的私房錢借你……也不算借，就當入股吧，不多不少，五十萬，你自己看著辦。」

說完便掛了電話，鄭乾還沒來得及說一句謝謝，手機一響，低頭一看，卡上多出了五十萬。

鄭乾只能又一次感嘆，不愧是林姐，做事就是這麼雷厲風行，讓人出乎意料……

第一百一十六章　崛起的孔爸

那麼剩下的十萬該怎麼辦？

孔浩說道：「我來補上，作為創業者的一員，我有義務作出自己的貢獻。」

「可是你爸媽他們……」鄭乾頓了頓，說道，「我擔心你爸媽不同意，而且現在你主要的任務是和他們修復關係，而不是去要這十萬塊錢，所以還是我來想辦法吧。」

「這怎麼行？我從跟著你創業以來，什麼實質性的事情都沒有做過，如果再不出點力，我自己都會不好意思的……掙錢的，你就別勸我了，我今天就回去和我爸媽說明情況。如果他們疼我這個兒子，就一定會願意將錢給我，如果不疼，……那到時候再說吧。」

莫小寶也想了想說道：「要不我也找我爸去要一點？不說十萬，三五萬應該還是可以的……」

但是說到後面，連他自己的聲音都越來越小，明顯覺得難以實現。

鄭乾知道他的難處，說道：「你爸剛剛派人接手海鮮店沒有多久，而且他知道你卡上還有不少錢，短時間內是不會給你這麼多的，你去了就得挨罵。」

程心則吐了吐舌頭，「如果我的卡沒停，光我一個人就夠了。」

「你們都別爭了，我回家裡一趟，反正我也挺想我爸媽的，這次回去就當看望順便低頭認錯，然後……要點錢。」

孔浩踏上了回家的路途，他不知道闊別多日回去，爸媽會以怎樣的眼光看待他，但是為了創業，為了……為了姚佳仁，他說什麼也要拼一把，如果不行，到時候大不了以死相逼得了！

就這麼決定了！

孔浩鬥志昂揚，發誓一定要從孔媽手裡拿到十萬塊錢，不然除了對不起鄭乾，更對不起他這麼多天沒日沒夜的辛苦。

與此同時，孔浩家中。

孔媽做著飯，孔爸翹著二郎腿看報紙，一副優哉遊哉地模樣。

孔媽剛燒了一個菜，從廚房裡風風火火出來，看到孔爸就來氣兒，伸出手二話不說一個腰間二指彈，疼得孔爸直唉嚎。

「我說老婆，你下手能不能輕點？」

「不能！」孔媽瞪著眼珠子看向孔爸，「我們兒子這幾天去哪了都不知道，你還有心思在這裡翹著二郎腿喝茶看報，我不掐你掐誰？」

「我說老婆，你講點理行不行？」孔爸放下報紙，一板一眼說道，「我說給我們兒子打個電話，說我們都想他了，讓他回來，結果你不讓我打，那也就算了，還又掐了我一把。好了，我什麼也不說，就都聽你的。但是現在你怎麼又怪起我來了？我跟你說，兒子是我們的兒子，不光你擔心，我比你更擔心。」

第一次看到孔爸一口氣說那麼多話，孔媽像發現了新大陸一樣，用新奇的看著孔爸，說道：「什麼時候這麼能說了？我聽著呢，來來來，繼續說，繼續說！」

孔爸昂起頭來，裝做什麼都沒聽見。

「說啊！」

一個哆嗦，孔爸低聲不滿道：「那麼大聲幹嘛。」

「我大聲？你說我大聲？」

「獅吼功了，還不叫大聲？」

「好啊好啊，你……你敢頂我嘴了，我這麼多年辛辛苦苦操持這個家，但是現在……現在兒子長大會飛了，連你也跟著翅膀硬了，你們兩人都不打算要我了是吧？」孔媽眼淚像噴泉一樣嘩嘩往外冒，「我走，我走！」

又玩離家出走？孔爸手扶額頭，嘆道：「你不要怪其他人，兒子好不容易帶個女朋友回家，你再不喜歡，背著跟兒子說一下，提個建議就行了，你幹嘛當著人家的面，把人家弄得那麼難堪？所謂『來者便是客』，你也要做做樣子不是嗎？你看看，現在好了，兒子的女朋友被氣走了，連兒子也有家不回了。不知道這臭小子沒了工作，拿什麼生活……都怪我這當爸的沒有用，瘸著腿兒，什麼事都幹不了，不然換做當年，我們兒子也是個官二代了。」

彷彿是想起了當年的傷心事，孔爸說著說著不由潸然淚下。

這回得了，孔媽飆淚，孔爸也不甘示弱。

家裡兩個老人哭成一團。

突然，孔媽一把按住噴湧的眼淚，然後猛地擦去，盯著孔爸說道：「你能不能利用當年的關係，讓人幫我們兒子謀條出路？」
孔爸拿起孔媽的頭巾和衣袖，刷刷兩下子擦去英雄淚，嘆息道：「你沒聽說過樹倒猢猻散嗎？或者『門可羅雀』的故事聽過沒？現在的我就是大樹，我腿瘸了站不穩了，以前抱我腿的人怕跟著摔死，也都散了。唯一留在我身邊的，只有你和兒子。所以啊……這世上權和錢，什麼都沒有家庭來得重要。家才是根本，所謂求人不如求自己，正是如此。」
孔爸以文言文夾雜白話文的方式說完這些話，然後看著孔媽道：「兒子喜歡那個女孩，說明人家女孩子也有可取之處，你就算不同意，也得觀察一段時間再說吧？這次的事情我來做主，你就不用管了。」
孔媽一愣，她只是問有沒有方法能夠幫上孔浩，卻沒想到孔爸說出這麼一大堆來，訊息量有點大，孔媽理了理，前後的主要資訊一共兩條，首先好像是拒絕了她的要求，接下來聲稱要奪權？
這還得了？孔媽瞪著眼睛說道：「兒子的婚事由我來做主，你給我一邊涼快去！」
「難不成你還能給他找個天仙？我說你能不能轉個彎？現在都什麼時代了，得要讓他們自由戀愛！誰還搞你那套父母包辦？好了，你別瞪著眼睛看我，你問問和我們兒子一樣大的年輕人，還有誰是他爸他媽做主婚姻的？去問問再來和我討論。」
孔爸怒了，但是看到孔媽又要飆淚，不由得又軟了下來，「好了，這件事等兒子回來再說，我現在就打電話叫他回家。」
「不能打。」孔媽突然收住眼淚，言辭狠厲道。
「為什麼不能打？他是我兒子，我這個做爸爸的不行叫他回家？」

「你是他爸，我還是他媽呢！你讓他自己回來，他什麼時候回來我什麼時候原諒他。」

「我說……」

「爸，媽。」

孔爸還沒有說什麼，門口突然傳來了一陣熟悉的聲音。

兩人轉頭看去，發現孔浩已經出現在了那裡。

「我回來了。」

「兒子……兒子回來了？」孔爸眼睛一亮，趕忙起身，拉著孔浩前後左右看了一圈，「瘦了，瘦了！」

「就你胖！」孔媽翻個白眼，板著臉問道，「終於捨得回來了？」

「爸、媽，對不起，之前是我錯了，我不該一聲不吭離開家裡去找佳仁。」

孔媽原本想要借此威脅孔浩，讓他和姚佳仁分開，但是一聽這語氣，好像不對啊。孔媽警覺道：

「兒子，你告訴我，是不是發生什麼事情了？」

第一百一十七章
回家之後

「沒出什麼事，就是和佳仁分手了。」孔浩微笑著說。

孔媽一驚，難以置信地問道：「你真的和她分手了？」

孔爸也驚訝地看著孔浩，他知道兒子很喜歡姚佳仁，否則當初也不會在他老媽和姚佳仁之間做出選擇，但是現在怎麼就分手了呢？

「怎麼回事？」孔爸不由得問。

「爸、媽，你們別擔心，我和她分手是因為彼此對未來的期望不同，沒有共同的目標和共同的生活觀念，所以就分手了。」

「好好好。」孔媽才不管事因為什麼原因分手，總之兒子以後只要不再和姚佳仁在一起了，那就是好事！

好事就得慶祝不是？

「他爸，買酒去！今天我陪你們喝！」

孔爸翻個白眼：「我們兒子剛失戀，你能不能消停一會兒？」

「你讓我消停一會兒？」孔媽不樂意了，「你知不知道，兒子失戀了，是我這個當媽的沒有教好，我為他難過，借酒消愁聽過嗎？」

呃……這個理由我給滿分！孔浩佩服孔媽的圓場能力，她不喜歡姚佳仁，現在聽到自己的兒子和姚佳仁分手，要是會難過才怪呢，買酒來，大概是慶祝吧？孔浩搖了搖頭，也不知道遇到這樣的老媽，是好事還是壞事。

「媽，您也別這樣，我知道您看不慣佳仁，現在我和她分手了，以後說不定就不會再找其他人了。」

「你說什麼？」孔媽一聽果然不高興了，什麼叫和姚佳仁分手，就不再找其他人了？「兒子，你給媽說清楚，你到底有沒有和姚佳仁分手了？」

孔浩點了點頭，「分了。」

「那你還有沒有喜歡著她？」

孔浩苦笑著搖了搖頭：「沒有。」

「那為什麼和她分手就不找女朋友了？」孔媽問。

孔爸也說道：「是啊，兒子，你可別這麼想。」

「暫時……找不到合適的。在找到合適的女孩子之前，我就跟你們待在家裡。」孔浩說道，「爸媽，你們說呢？」

從剛才的表現來看，兒子確實和姚佳仁分手了，但是待在家裡還怎麼有機會和時間認識其他女孩子？孔媽微微思考了一下就覺得這件事值得商榷。

「這樣吧，你在家裡休息一段時間，之後讓你爸託人找找關係，幫你找份工作。」孔媽直接決定道，「你不去上班就沒有和其他女孩子接觸的機會，所以不能一直待在家裡。」

「但是我……」

「沒有但是，先在家休息，等一段時間後就去上班。」孔媽拉著孔浩坐下，說道，「當初我就說過，要找一個可靠的女孩子，你原先那些同學，不要嫌人家長得這不好那不好的，依我看，隨便叫來一個都比那姚佳仁強！」

「少說兩句，兒子才剛回來，還沒吃飯吧？」孔爸朝廚房指了指，「孩子他媽，你去多拿雙碗筷，再把早上買來的魚也一起煮了。」

「我說……」

「去啊。」孔爸不理會吹鼻子瞪眼的孔媽，轉頭便朝孔浩說道：「爸跟你說，既然分手了就不要難過，振作起來，男子漢大丈夫，你要看到的可不止是兒女之間的情情愛愛，你要睜大眼睛看遠處，只有那遙遠的地方，才是你最好的目標。女朋友沒了我們可以再找，信心沒了，可就連做事也沒法做了。」

孔浩知道孔爸是想安慰他，但是孔爸所不知道的是，他在分手的第二天就已經認清了這些道理，所以不用誰多說，他也會這樣去做，雖然這樣做的目的最終還是為了佳仁……

不過話說回來，人生的每一個階段，如果都能放開身心為一個目標奮鬥，那該是一件怎樣美好的事情？

孔浩覺得自己現在就處在這樣的情況下，他回家的基礎是因為想念爸媽，目標是為了能夠拿到一筆錢，拿著這十萬塊錢，投身到創業當中，投身創業最終原因只有一個，那便是獲得成功，賺一大筆錢，然後以此主宰自己的婚姻。

見老爸說得辛苦，孔浩笑了笑，為他倒了杯水，說道：「爸，先喝口水再說。」

孔爸不滿地看了一眼兒子，咕嚕一口將水喝完，問道：「聽到爸說的話沒？談戀愛結婚這種事情不能著急，這次失戀了，以後再找個優秀的就行。」

「爸，我知道了。」孔浩說，「其實我這次來，還有一件事要和你還有老媽兩個人商量一下。」

「吃過飯沒？沒有就先去坐著，什麼都沒有吃飯重要。」孔爸拖著孔浩，按著他的肩膀坐了下去，「陪爸喝口小酒，我們再聊其他的。」

孔浩只好點了點頭，抬起酒杯碰了一下，一口飲盡。

「哈哈哈！來來來，一醉方休！」

「好，一醉方休！」

孔媽在一旁看著，她已經很久沒有見到孔爸這麼高興了，如今看到他喝酒如喝水的樣子，彷彿回到了多年之前，也不由跟著高興起來。

生活不就是這樣嗎？給了你一巴掌，下一刻說不定就會遞給你一顆糖。當然也有時候，給你一顆糖之後，它還會給你一巴掌。

孔媽眼睛又瞪了起來，看向兒子問道：「你剛才說什麼？」

「我現在在和同學創業，需要十萬。」孔浩喝多了，但說話仍然清楚，「有了十萬，我們就可以開啟一個屬於我們自己的時代，到時候，我要讓全家人都過上好日子。」

對於孔浩的豪壯宣言，孔媽不但沒有感到半點高興，反而還有些憂愁爬上心頭。

大學生創業聽說過不少，但成名的卻沒有幾個，大部分最後都被生活教做人了。

孔媽並非不相信自己的兒子，但是要讓兒子拿著十萬塊錢去賭未來，她怎麼也不會答應。相比起高風險高回報的創業，她還是希望孔浩能夠站在穩定的起跑線上，從基礎做起，慢慢積累經驗，這樣下去，再不濟也能過上安穩的日子。

如果真要創業的話，說不定會雞飛蛋打，賠了夫人又折兵。

第一百一十八章
為夢而行

這一次，孔爸難得的和孔媽站在了同一戰線之上。

聽到孔浩張口要十萬塊錢的時候，他就知道兒子要拿去做什麼了。

創業這種事情有一定的運氣性，如果沒有天時地利人和的共同作用，很難誕生出一個值得稱道的創業故事來。

雖然作為父親，誰都望子成龍，也都希望兒子能夠出去闖蕩，做一些具有挑戰性的事情，但是在沒有準備的基礎上就去嘗試，毫無疑問會輸得很慘。

孔爸自然不希望許久之後的某天，孔浩低著頭走進家裡，告訴他：我失敗了。

人生的失敗通常來得比成功簡單得多，更何況創業這條路需要自己在黑暗中摸索，沒有一定的能力怎麼會輕易的到達彼岸？走過了半個多世紀的孔爸對這些東西最清楚不過，當年與他一同畢業的同學，有的踏踏實實工作，現在混得比他好，有的則因為沒有找到合適的工作，下海創業……那時候做什麼都比現在簡單多了吧？但是到頭來，除了一兩個還能說得出口外，其他人都已經淹沒在了茫茫人海之中。

「兒子啊，這件事我看我們需要好好討論一下，你爸我活了大半輩子，走過的橋都要比你見過的路多。所以跟爸說說，看看我能否給你一些參考。」

孔浩知道孔爸說得不錯，畢竟是過來人，對於這些方面一定有著自己獨特的見解，但是創業這件事情不只是他一個人來完成，他的身邊還有鄭乾、莫小寶以及程心……所以很多事情的決定卻並不在他手中，而是要依靠大家合力來解決。

孔浩緊接著便跟老爸陳述了關於這個創業團隊的組成，以及他們目前所需要進行的工作等。

孔爸聽完之後，擰眉沉思起來。

與孔爸相反的是，孔媽直接一口否決，連商量的餘地都沒有。

家庭財政大權掌握在孔媽手中，所以即便過了孔爸這關，孔媽那邊也不會妥協，到時候怕是要學著程心去……跳個樓?孔浩為自己的想法打了個冷顫，要是不小心真的掉下去，就划不著了。

正想著如何應對孔媽，孔爸的思考也有了結果。

「你的意思是，這十萬塊錢加進去，你們剛好湊夠一百二十萬，到時候就什麼都夠了，是吧?」

孔浩點點頭，想聽孔爸說些什麼。

「如果是這樣的話，倒也不是不行……」

「不行!」孔媽打斷孔爸的話，言辭狠厲道，「你答應也沒用，兒子不光是你的，也是我的!我不能讓他去做蠢事。」

「創業怎麼能叫蠢事呢?」孔爸有板有眼分析道，「之前我擔心，是怕他們沒有一個合理有效的規劃，擔心不但錢打了水漂，甚至就連人的青春也耽擱了。但是現在不同，孔浩說他們已經有了一個四人團隊，以鄭乾為首，還有個女孩子，還有個啥?哦，還有個胖子，我們兒子加入以後，不光是一個人戰鬥，他身邊還有不少夥伴，所以某種程度上來說，契合度會很高，相互間的合作和鼓勵也會加強，這比起一個人孤單行進要簡單多了。」

「不行，你以為我沒聽說過？老李家夠有錢吧？前些年一甩手給他兒子一百萬，拿去創業，結果好了，不但虧了本，而且還欠了幾十萬的債，老李現在也不誇他兒子厲害了，反而天天罵他兒子蠢蛋。這件事你不會沒有聽說過吧？沒有聽說過沒關係，我再舉例子給你聽，對面社區的老王，他有個女兒，華東畢業的，自己在網上做起了那啥……反正三年了，到現在一個月也就兩三千，而且連男朋友都沒找到。」孔媽說，「這些都還只是我聽到的，再說說那些我們不知道的，你說有多少人都在創業的道路上石沉大海，血本無歸。」

孔爸驚訝孔媽能快速從身邊舉出這麼多例子，搖搖頭道：「你不要總是只看身邊好不好？你看遠些，也有不少人有創業成功的經歷。總之我看了我們兒子給我說的計畫，我是有相當信心支持他們的。更何況鄭乾和我們兒子關係那麼好，他爹為了支持他，把房子都賣了，我們不就是拿出十萬塊錢嗎？有什麼不可以？」

孔媽有些回不過話來了，從一早開始，孔爸今天的攻勢就前所未有地猛烈，也不知道是吃錯什麼藥。

「再說你不是不喜歡落於人後嗎？既然人家都有一百一十萬了，你忍心看著我們兒子因為湊不起那十萬塊，紅著臉去跟人家說，我家裡不給？」孔爸對孔媽一向獨裁專制發動了進攻，孔浩看得是目瞪口呆，從他有記憶以來，這是多難得一見的盛況。

孔媽見勝利的天秤就要向孔爸偏移，急了，要賴道：「不管你說什麼，我不同意就是不同意！」

這下好了，這是軟硬不吃，油水不進啊……孔爸盡力了，撇頭給了孔浩一個眼神，意思很明確，小子，你爸我盡力了，接下來就得看你自己了。

孔浩接收到老爸的眼神示意，點了點頭表示明白。

於是站起身來幫孔媽收拾碗筷，邊收拾邊說道：「媽，我知道您是為我擔心，但是您想一下，做這件事情的不只有我，還有我最好的朋友和同學，而且他們家裡也都是很支持我們創業的。鄭乾他爸甚至連考慮都沒有考慮就把房子賣了，我雖然不期望您為了我的事業把房子賣掉，但是也希望您能夠幫幫我，就當幫幫您兒子吧……」

說到動情處，孔浩忍不住動情道：「從小，您都知道我是個調皮搗蛋的孩子，和其他孩子不同，我常常惹您生氣，讓您不開心不高興，我很自責。尤其是現在一下子經歷了那麼多事情，我更加明白了您和我爸操持這個家的不易，如果有機會，我真的想好好侍奉你們，讓您別再像現在這樣操勞了。而且我和佳仁分手了，以後大概也不可能會在一起了吧？為了能夠找個讓您滿意的兒媳婦，您至少要讓我擁有一些配得上人家的特質來吧？我不想再做一個無所事事或者平平庸庸的打工人，我想要擁有自己的事業，做一些自己很早之前就喜歡做但卻沒有能力做的事情。而做這些事情的前提，是需要您的支持……」

「我知道這不是父母的義務，但是……幫助我還不行嗎？」孔浩說道，「到時候如果有了一大筆錢，我十倍百倍的還給您！」

第一百一十九章
做白日夢的人

孔浩說完，孔媽突然沉默起來，如果可以，她當然也希望孔浩能夠走出一條屬於自己的路，不受老闆擺佈，不受同事排擠，但是這條路真的很難。

十萬塊錢倒是其次，主要的是她擔心孔浩把最好的時間浪費在這裡，最後卻一無所獲。

要真是那樣，這樣的創業又有什麼意義？

但是孔浩和他爸說的也不是沒有道理，這條路一旦走對了，那麼未來的路必然會一片光明，到時候兒子找對象也能挑著找，而不是像現在一樣，被人家找著挑。

孔媽因此陷入了沉思……

孔浩也不著急，幫孔媽收拾好碗筷，還難得一見自告奮勇地去洗碗，洗洗刷刷很快就收拾完畢，但是孔媽臉上思考的神色卻一直沒有改變。

孔爸悠哉悠哉看著報紙，二郎腿依然翹著，那樣他腳上的痼疾會舒服一些。

再加把火？

孔浩看到這副情景，做到了孔媽身邊，笑嘻嘻道：「媽，我給您捶捶腿，捏捏肩。」

孔媽瞥了他一眼，知道這是在獻殷勤，也不理他，依然在鎖著眉頭想著孔浩和孔爸兩人剛剛說的話。

就這樣過去了四十分鐘，孔浩給孔媽從肩膀到腳做了一遍推拿，酸的手都快抬不起來了，但是孔媽也依然是剛才的坐姿和思考模樣。大有不把這件事情想清楚就不罷休的態勢。

而鄭乾這邊，也和程心、莫小寶三人大眼瞪小眼，等待著孔浩的消息。

他們已經做好了準備，一旦孔浩得手，就花錢重新租一個倉庫，用來當做辦公的地方，別墅雖好，但是裝不下那些衣物，而且對於創業期的他們來說，住著也不合適。二則是如果孔浩要錢失敗，他們就必須要在兩天之內湊齊十萬塊錢，因為後天就是合約規定提貨的最後日期，要是第一次合作就不遵守合約條款，會給人樹立起不講信用的形象。

這當然不是鄭乾想要的，所以所有人都希望會是第一種結果，但願孔浩能夠要到十萬塊錢，到時候一百二十萬，保證金和第一筆貨款的錢，就都夠了。

之後剩下的便是補本和盈利，以及走上康莊大道……

咳咳，想得有點遠。

鄭乾回過神來，看著莫小寶說道：「小寶，你確定要跟我們一起搬出去？」

「可不是？」莫小寶環視了一圈別墅，說道，「我的全部身家就剩下它了，但是我現在口袋裡一分錢都沒有，不搬出去我去吃啥？」

「原來是擔心吃啊，我還以為是念在朋友情誼上呢。」程心撇撇嘴說。

「誰說我是為了吃？我也是怕一個人住在這裡孤孤單單的，擔心你們想我嘛。」

鄭乾笑了笑，說道：「好了，程心。小寶跟我們搬出去也好，這樣大家都好相互照應，有什麼問題的時候也能很快解決。」

「還是鄭乾懂我。」莫小寶昂了昂頭，突然又低下頭說道，「也不知道孔浩怎麼樣了……」

「希望他能夠說服他爸媽。」

「對了，你不打算去找份工作？」鄭乾說道，「你的五萬塊錢，可以當做入股的，以後享受分成。」

莫小寶撇撇嘴道：「有這麼好的創業機會，我幹嘛還要去找工作？你不知道那種朝九晚五的生活最難受嗎？我想要自由一點的生活，哈哈。」

鄭乾卻搖了搖頭道：「我們現在雖然走上了創業的道路，但是未來還有很多的不確定性，你跟著我，一定要做好心理準備。因為說實話……我也不知道未來的某一天，我們會不會成功。」

莫小寶倒是沒那麼在意，擺擺手道：「我既然選擇了跟你一起，自然會走下去。我都相信你，你可不能不相信你自己。而且我要讓我爸看看，沒有他，我也能做出一番事業來。」

鄭乾點頭笑道：「好，那就讓我們一起創造明天！」

「那我們得要為組合起個名字吧？」程心提議。

「鄭乾，你是行家，你來。」

鄭乾也不推卻，低頭想了想，說道：「叫白日夢工作室怎麼樣？反正我們的現在的形勢就和工作室差不多，到時候去工商局註冊一下就可以了。」

「白日夢？」程心俏眉皺起，「這名字寓意不好吧？白日夢，那不是說我們的創業就是做白日夢嗎？」

「是啊，鄭乾，為啥取這麼奇葩的名字？」

鄭乾露出神秘的笑容，說道：「所有人都不看好我們的工作，認為我們是在胡鬧，沒有前途沒有未來，但是我們要告訴他們，我們不是在做白日夢，我們對自己的未來有著規劃，作為九零後，我們是掌握自己命運的一代人！即便不走關係，我們也能走出一條屬於自己的路來！他們認為我們不行，我們就偏偏要反其道而行之，讓所有人看到我們的成功，看到白日夢工作室一步步變得強大起來。」

程心明白了，鄭乾從畢業以來，從業和創業路上都不順利，而那些看不起他的人，也都在他的周圍存在著，最明顯的便是自己的父親程建業，他是對鄭乾最有意見的一個人，即便鄭乾在招標案中有著不錯的表現，他也沒有將自己的看法改變多少。

鄭乾起這樣的一個名字，更多的，還是為了想要將心中的夢想釋放，讓所有人都知道，他不是一個只會說空話而不做事的人，他要讓他們明白，即便是夢，只有努力了，也有成真的一天。

莫小寶顯然也知道了鄭乾的用意，尤其是想到老爸對自己滿滿的鄙視之情時，這種想法就更加堅定了。

於是這一刻，笑容一同出現在三人臉上，他們彼此對望了一眼，伸出手，手心對手背，搭在了一起。

沒說出口號，因為還差著一人。

他們在等待他的到來。

※

「媽，您真同意了？」

孔浩難以置信地看著孔媽，他有些不敢相信此時此刻，眼前發生的一切。

從小到大每次他說出什麼請求，只要稍微不合理，立刻就會得到老媽的反對，對於此，他甚至都已經形成了習慣——有什麼事要跟爸爸說，這樣獲得准許的可能性會大得多。如果跟媽媽說，被否決的痛苦將會再次增加他幼小心靈的陰影面積。

但是這一次，一切似乎都發生了改變。

一絲奇妙的感覺浮現在孔浩心裡，第一次在關鍵選擇上得到老媽的同意，這種感覺真的非常好。

「媽，謝謝你。」

不光孔浩開心，孔爸也咧著嘴笑。在孔浩身上，他彷彿看到了當年的自己，當初沒有機會做的事情，如今他自然希望兒子能完成自己的夢想。

「謝我做什麼?」孔媽明明眼角已經露出了笑容，卻依然還是板著一副臉說道，「我可告訴你，僅此一次，下不為例!」

「嗯!僅此一次，下不為例!嗯嘛——」孔浩抱著老媽，在她臉上親了一大口。

「你個臭小子!」孔媽笑罵道。

「哈哈哈……」

第一百二十章 情誼暖流

鄭乾和程心以及莫小寶三人在別墅裡等待著孔浩的消息。

莫小寶靜心等待了一會兒，實在忍不住了，開始起來頻繁的走動，挺著個肚子來來回回晃悠，看得人頭疼。

「我說你能不能靜靜？」

程心原本就是一個急性子，此時看到莫小寶晃悠不停，忍不住提起一個抱枕扔向他。

莫小寶一個彎腰躲了過去，無奈道：「我說姑奶奶，你不擔心，也不能阻止別人擔心吧？總之我將我莫小寶一輩子的幸福都壓在鄭乾的創業項目上了，要是因為孔浩要不到十萬塊錢就導致希望斷絕，你說我找誰說理？」

「愛找誰找誰去，別在那晃個不停啊！心煩。」

程心可不吃裝可憐的這一套，要說急，除了鄭乾之外恐怕就是她最急了。如今創業即將走上正軌，她自然清楚這意味著什麼。

從自己主動向鄭乾求婚到現在，整整已經過去了半年多的時間，眼看當初的不少同學已經成家立業，如果自己和鄭乾再沒有動作，都快要被別人忘記他們還是一對戀人了……

只要孔浩那十萬到手，或許只用一年，她和鄭乾的婚事就能敲定，到時候就算程建業不同意也沒有用。

鄭乾見莫小寶被罵得低垂著腦袋，忍不住說道：「小寶，程心她刀子嘴豆腐心，大家心情也都跟你一樣，你別往心裡去。」

莫小寶搖了搖頭，小聲說道：「其實……其實我挺害怕程心的。」說完偷偷瞥了一眼，見人家沒什麼反應，趕緊跑過去湊在鄭乾耳邊神秘兮兮地說，「我真挺佩服你，是怎麼降服她的……」

「你說什麼？」

程心耳朵尖，莫小寶聲音再小她也聽到了。

「我說什麼了嗎？」茫然地看著鄭乾，「我們說什麼了嗎？」

鄭乾笑了笑，程心翻了個白眼，不再理會他。

等待總是最令人焦急的，剛坐下沒一會兒，莫小寶又說道：「去這麼久了，連個消息也沒有，該不會是沒有要到吧？」

「我說，這個問題你已經問了不下十遍呢，真是的，就不能好好等待一會兒？」程心真急了，她擔心莫小寶這個烏鴉嘴把事情給說中了。

然而兩人的爭吵還沒有停下，別墅的門鈴便響了起來。

「孔浩？」莫小寶一激動，抬起腳丫子就跑了過去開門。

鄭乾和程心對視一眼，眼神當中有說不盡的忐忑，隨後打氣地相互點頭，也往門口走去。

看到這麼多人一下子出現在自己面前，孔浩頑皮的心思頓時升起，故意就裝作了一副愧疚和傷心的表情，說道：「對不起。」

這三個字彷彿三座大山一同掉了下來，鄭乾晃了晃腦袋，回過神來，勉強笑道：「沒事沒事，快進來坐，我們一起想想別的辦法。」

莫小寶則是呆了呆，然後看向程心說道：「我沒說錯吧？我就說這麼長時間不回來，一定是出問題了。」

程心已經懶得和他說話，悶悶不樂跟在鄭乾後面。

「是不是你爸媽不同意？」鄭乾問。

孔浩臉上愧疚和傷心的神色仍然存在，他說道：「我爸沒意見，但是我媽……她不同意。」

鄭乾點了點頭，伸手拍拍孔浩的肩膀，說道：「好兄弟，我知道你盡力了，不過沒關係，創業的時候誰沒遇到過一些問題？我們這只不過是狂風大浪中的一點浪花罷了，我們再想辦法就是。」

「就是啊，大不了我去跟我爸要，沒事。」

程心也點點頭，對孔浩投來鼓勵的目光。

一股暖流在孔浩心中升騰而起，迅速籠罩全身，他感動得眼淚都快流了出來，然後將手伸進背包裡頭，掏出了一張卡，帶著抽泣的聲音說道：「我爸答應了，但是我媽說十萬太少，給了我二十萬。這是二十萬的卡，我把他交給你。」

「什麼？」

「真的？」

莫小寶和程心一個比一個嘴巴張得大。

「你小子！你剛才是故意的啊。」

「就是，孔浩，你怎麼是這種人呢？白害我擔心了！」

孔浩與鄭乾相視一笑，然後抹去眼淚說道：「我就是想……咳咳，逗你們玩一下，沒想到……沒想到你們對我都這麼好。」

鄭乾被陰霾籠罩的身心迅速雲開霧散，笑道：「如果我們不那樣，你這張卡就不會拿出來了，是吧？」

孔浩嘿嘿笑道：「哪能啊。」

「你就得意吧！」

「哈哈哈……」

別墅裡的歡聲笑語傳了很遠，多天以來因為資金不足而產生的緊張和迷茫之感頓時一掃而空。

當天，鄭乾便同王老闆聯繫，交付了一百萬保證金之後，又花十五萬進了首批貨物，很快就搞定了計畫當中需要完成的事情。

之後，鄭乾又和孔浩以及莫小寶商量，到城外租一個可以集辦公和囤貨於一體的倉庫，於此同時，因為貨物眾多，淘寶店擴大的緣故，他們還找了兩名客服。客服可以在家裡工作，但必須及時解答關於客戶的疑問。

搞定這些之後，剩下的便是一個合格的工作室營業執照了。

「這個要怎麼辦？」

孔浩之前還不知道幾人已經商量好了各自任務，所以才有此一問。

鄭乾笑了笑，說道：「程心去辦了，有她去，你放心就好。」

這方面程心是絕對的專業人士，在鄭乾他們不停尋找倉庫地點的時候，程心便前往工商局進行了註冊，最後就按鄭乾所說的那樣，取名為「白日夢工作室」。

工作室成立，辦公地點也有了，事情好像都完成了？

想了想之後鄭乾才恍然，加上莫小寶及兩名客服，他們一共有五名員工，兩名客服有他們自己的工作，而剩下的三人也必須進行適當的工作分配。

大家都同意由鄭乾統一安排，鄭乾也沒有多做推託，便將莫小寶和孔浩一個安排了管賬，一個負責查缺補漏，也就是關注進出貨物的合格性以及買家的回饋等等。而鄭乾自己則站在大局出發，適時調整白日夢工作室的發展策略。

如此統一規劃安排之後，白日夢工作室的發展也開始進入了正軌，幾日過去，竟然真的如同林曼所說的那樣，淘寶店銷售額有了天翻地覆般的改變。

第一百二十一章 來自林曼的邀請

一個月之後。

鄭乾看著銷售額，忍不住咧嘴笑了起來。

孔浩高興道：「這是我們一個月的營業額，相比之前一個月，硬生生翻了八倍！」

莫小寶嘿嘿一笑：「按照市場經濟增長規律來看，這個數字在未來一段時間內只會不斷提升，最終穩定在一個水平線上。所以呢，只要我們依然按照這樣的經營模式進行下去，下個月還能讓你更驚訝。」

「這麼說來，頂多只需用半年時間，我們就可以回本，那剩下的半年，就都是純正的收入了？」孔浩有些不敢置信。

「那是自然。」莫小寶嘿嘿一笑，「這還得多虧鄭乾那位神秘的林姐，對不對？」

提起那位林姐，就連一向不怎麼服人的孔浩也不由欽佩道：「林姐確實幫助了我們很多，在她的指點之下，我們可是少走了很多彎路。對吧，鄭乾？」

鄭乾也頗為感嘆地點了點頭，拍拍孔浩的肩膀道：「要不是你當初發錯貨，我還不一定能接觸到人家呢，所以還得感謝你。」

孔浩撓頭一笑，想不到當初犯下的一個錯誤，竟然會造就這麼大的緣分。緣分這東西，還真是難說。

莫小寶卻神秘兮兮道：「你們說，這位林姐為啥要這麼盡心盡力地幫助我們呢？該不會是……」說著朝鄭乾挑了挑眉頭。

「該不會是什麼？」鄭乾一臉嚴肅道，「小寶，我可告訴你，林姐是我尊敬的大姐，你再亂猜小心我踢你屁股。」

「我又還沒說什麼……」莫小寶一臉委屈。

「滾。」鄭乾忍不住笑罵道。

「你們在說什麼？」

程心來了。現在的她，自從鄭乾將這個倉庫租下以後，也跟著從鄭晟和蔣潔住的地方搬了出來，和鄭乾他們住在一起。

大家都是男人，捨不得讓女孩子辛苦，所以程心就自動擔任起家庭主婦角色，照顧大家的三餐。

一個月以來，每天吃的飯幾乎都是來自於程心的手藝，剛開始幾天吃起來味道還不錯，但是堅持半個月之後，卻感覺吃得發膩。因為一天到晚就那幾道菜，從來沒有換過。問程心，才知道原來她就只會做這些菜，其餘的多一個都拿不出手來。

於是為了回應眾人肚子裡發出的反抗，程心自覺地上網查找了一些健康菜色的製作方法，用了將近一個星期，終於學會了許多更加美味可口的佳餚。

而且為了讓他們食欲大開，最近些天，程心每天都在搭配不同的食材，每一頓飯都讓三個人吃得心滿意足。

正是因為這樣，程心就坐實了鄭乾賢妻之名。

「沒說什麼，我們在討論這個月的營業額。」

「嘿嘿，就是。」

「嫂子，又要做什麼好吃的了？」

自從程心開始將他們的胃口打開之後，莫小寶這傢伙對程心的稱呼就從名字直接跳到了嫂子，不管怎麼說，他臉皮厚，就是不改，鄭乾和程心拿他被辦法，也就隨著去了。

「只想到吃？」程心沒好氣道。

「嘿嘿，食衣住行是人生來既有的欲望，我不想吃想啥啊。」

「哪來那麼多歪理。」程心拉起鄭乾的手，「走，我們去吃飯，讓他兩個在這裡耍嘴皮子。」

孔浩將頭轉向莫小寶，「死胖子，都怪你。」

莫小寶卻不生氣，搖頭歎息道：「我們畢竟是我們，哪能和人家男朋友相比。喏，給你。」

「這是什麼東西？」

「狗糧，網上有售。十塊一包。」莫小寶說著，將手裡剩下的半袋狗糧塞進孔浩手裡，然後仰起頭，哼著網路上著名的改編曲落寞而去。「冷冷的狗糧往嘴裡胡亂的塞……」

歌聲本就難聽，孔浩起了一身雞皮疙瘩，忍不住拿起兩顆塞住耳朵，然後又抓了一把塞進嘴裡，頓時眼睛一亮，「唷，甜甜的。」

※

由於淘寶店的銷售規模不斷擴大，鄭乾很多時候也開始主動向林曼請教。而林曼好像每一次都有時間，而且聽到鄭乾的問題，也都不遺餘力地為他解答，並且必要時候還會答應提供幫助。

正因如此，鄭乾與林曼交流的頻率和時間也越來越多，相同的，鄭乾也從中收獲不少，並且在林曼的牽線下，認識了不少關於做淘寶平臺的專業人士。

這一天，鄭乾又同林曼談論起淘寶店擴大之後，帶來的貨物供不應求的局面。林曼就建議他，想要做大，不能光只做一個產品，必須要將產品銷售佈局規模化，最後再自己成為一個平臺，只有這樣，才能最大程度減少對供應商的需求。

「那麼這樣一來，我就可以將現在的產品拉成生產線，然後再由此延伸出無數支線？」鄭乾問。

「當然，任何一家成功的公司，都不會滿足於只做一個產品，必須有延伸和擴張，只有這樣才能使得利潤最大化，鞏固公司在企業當中的競爭地位。」林曼說，「規模龐大的公司尚且如此，更何況你是一個有著一定規模的淘寶店。」

鄭乾明白了，這樣持續下去，他甚至可以在不久的將來把生產源——也就是大源工廠都納入自己旗下，然後再以同樣的模式與其他工廠合作，由此循環往復，持續不斷。

林曼的話使得鄭乾如醍醐灌頂，心中感激自然不少，也想著請林曼吃個飯，特意感謝一番，但是前幾次邀請都被林曼殘忍地拒絕，現在說，恐怕也會是一樣的結果吧？

那就算了，總之以後還有的是機會。鄭乾正要放下手機，手機突然傳來一聲震動。

是林曼發來的訊息：

一個星期後，G 市百大酒店有一個高端酒會，你跟我去一趟，我給你介紹一些將來對你會有幫助的人。

呃，酒會，還是高端酒會？

鄭乾有些不知所措，原本想著自己邀請的話，怕林曼拒絕，沒想到人家主動邀請自己了，所以，去還是不去？

鄭乾想了想，既然是聚會，那人一定很多，從某種程度上來說就不容易引起誤會，更何況這是為工作而去，應該沒有什麼吧？

思考再三，鄭乾決定答應林曼的邀請。

打定主意後，發了一個OK的表情過去，並同時表達了自己對林曼的感激之情。

對方一如既往，對他的感謝沒有絲毫表示，鄭乾不由苦笑，林姐不愧是林姐，從認識那天起，做事風格就是這麼任性。

不過也正是因為這樣，林姐身上才有著一種常人所沒有的成熟魅力吧。

第一百二十二章

講故事的司機師傅

白日夢工作室的發展已經走向正軌，幾人平日裡休息的時間也一定程度上縮減了不少。

於是很多工作之外的生活習性都已經被自動覆蓋，就連莫小寶這麼貪玩遊戲的人也逼著自己將遊戲癮戒掉；而孔浩則依然像之前那樣勤勤懇懇，大家都知道他變成這樣全是因為與姚佳仁的分手造成的，如今也許是心中憋了一股氣，想要證明自己，所以做什麼都比別人努力，有時候半夜起來，你還能看到他坐在電腦前，一遍又一遍規劃著貨物進出的流程。說實話，正如鄭乾之前的感受一樣，這樣狀態的孔浩令人喜愛，但是同時也令人擔憂。

作為孔浩的哥們，鄭乾多多少少能看得出，其實孔浩心裡一直沒有放下姚佳仁，否則現在的他一定是和其他女生在一起，而不是選擇在這裡吃苦耐勞做自己不喜歡的事情。

也不知道半年之後賺到第一桶金，孔浩會不會又一次去到曾經讓他傷心的那個地方？也許會吧，也許又不會……誰知道呢。

至於莫小寶，感情方面，他自己坦言還沒有遇到合適的人，等到事業成功了，他才會考慮找一個女朋友談談人生。

不過所有人都將這當做一個笑話，因為大家都知道他的脾性。

你莫小寶會耐得住寂寞？

答案顯然是否定的，因為在連續工作半個多月沒有休息之後，莫小寶這些天終於再次表現出了他的本性。

鄭乾觀察到，這傢伙從前天開始，一旦到了休息時間就總是離不開手機，也不知道在和誰聊，在那時而皺眉時而又皺眉，問他在幹嘛，連忙就擺著胖手跟你說沒事。

誰信？

但是非工作時間，不能干涉人家的生活自由，鄭乾也就懶得去管。

不過到了今天，這傢伙突然說有重要的事情要請假出去一趟。果然，看來是要開始約會了，憋了這麼久也該差不多了。

「去吧，路上注意安全啊。」鄭乾囑咐。

「別一看到女生就忘了你是誰。」孔浩調侃。

程心則調笑道：「你可別禍害人家。」

莫小寶百口莫辯，在一片「囑咐」聲中落荒而逃。

孔浩八卦的心思被調了起來，「你們說……這傢伙到底是去幹嘛？怎麼神神秘秘的，還不讓人知道。」

「他能去幹嘛，憋了這麼久……咳咳，還能去幹嘛。」

程心瞥了鄭乾一眼，投去一個帶著警告意味的眼神，說道：「你們就別為人家操心了，管好自己就行。」

程心發話，莫敢不從。

兩人聳了聳肩，開始投入到新一輪的工作當中。

※

「唉唷，我的媽啊，還好機智如我，任他們怎麼問也沒有說出口，不然就憑姚佳仁出這事，孔浩肯定第一個失去理智。」莫小寶跑出倉庫，喘了口氣自言自語道。

「師傅，停一下，停一下。」莫小寶伸手招來一輛計程車，朝司機師傅嘿嘿笑道，「師傅，去這個地方。」

莫小寶將姚佳仁發來給他的地址遞給司機看，司機點了點頭，「五十塊錢。」

「五……五十？不是跳表嗎？」

「我說小兄弟，這裡到那裡這麼遠，五十夠便宜了。」

一出門就沒好事，莫小寶想想就知道自己被黑了，好吧，要不是趕時間，我……我就投訴！

「五十就五十，快點啊，我急著有事。」莫小寶遞給司機一張五十塊錢的人民幣，催促道。

司機接過錢對著太陽看了看，又用指頭沾了唾沫在錢上一揉，「我說小兄弟，你不知道開車得講究安全嗎？你讓我快點，我是可以快，但是到時候出什麼事誰負責？所以說，你們現在的年輕人吶……」

司機師傅又沾了口唾沫，終於確定錢沒問題了，才放進口袋，繼續說道，「就是心浮氣躁的，你說踏踏實實做事多好？前幾天我……」

「停停停！」莫小寶頭暈目眩，「您能不能先啟動，先開車再說？」

「哦……我以為車已經開著了。」司機師傅慢悠悠道。

「我……」莫小寶已經無言以對。

「坐穩了。」司機師傅交代一聲，不等莫小寶繫好安全帶，他便放開手剎車入檔，一腳踩向油門，汽車緩緩加速，然後便是轟地一聲衝了出去。

莫小寶嚇得差點將膽汁吐了出來。

車子行駛得很快，才半個小時就已經到了。

「好了，下車吧。」司機師傅繼續用他唐僧一般的口才講述他西天取經一般的故事，「話說我前些天遇到一個大老闆打一個貌美如花的女孩子，那下手之狠，連我這樣的老頭子都看不下去了，正要出手幫忙，這時突然走過來幾個彪型大漢，嘿，身材好就可以欺負人？我正要出手時，那個貌美如花的女孩子就說，你不要打人了，我跟你走。女孩子就這樣被那老闆拖走了，幾個彪型大漢看我不爽，想要揍我一頓，我還看這群龜孫子不爽呢，於是我就一對多，把他們全撂倒了，沒辦法，這幾個龜兒子折服於老頭子我的淫威，嚇跑了。原本我還要出手搭救一下那女孩，但是我這計程車跑不過人家幾百萬的跑車，跟了一路，跟丟了，屁都沒聞著，現在想想，也不知道那女生最後到底怎麼樣了……」

莫小寶真是為司機師傅的口才折服了。「您當司機真的太委屈了，您現在只要開通一個微博，去上面講這些故事，我保證你一定會成為最優秀的段子手！」

「嘿，小胖子，你不相信？」

「信，我信你是我大爺！」莫小寶下車，揮手跟黑心司機說拜拜，「大爺，您慢走，啊。」

「嘿，別走！」

莫小白轉過身，不耐煩道：「大爺，還有什麼事？」

「看前面！」

司機師傅伸手指向車的前方，那不就是姚佳仁給的地址嗎？莫小寶順著看去，突然發現了一道靚麗的身影。

那是……姚佳仁？

「小胖子，你別光看著發愣啊！我跟你說的那女生就是她啊。」司機師傅激動地下車，「看到沒，就是她。」

莫小寶斜著看了司機師傅一眼：「師傅，您……眼花了吧？」

「放屁！我眼花了還開什麼車？」司機師傅伸手一指，「不信我們過去問問？」

「不用過去，她已經過來了。」不等司機師傅說話，莫小寶就走上前去，跟姚佳仁打了一聲招呼，「佳仁，你……你怎麼……你這些地方是怎麼回事？」

走過來的人自然就是姚佳仁。剛才在遠處看著，身段依然是美得那麼的不可方物，但是一近看，莫小寶簡直想罵髒話，姚佳仁的臉上竟然青一塊紫一塊的傷痕，而且被她特意遮住的脖子上面，也能清晰地看到印子。

這是怎麼回事兒？

姚佳仁目光閃避，忙說道：「沒事沒事，小寶，謝謝您能來……來陪我去醫院。」

「可是……」莫小寶突然偏頭看向司機師傅，「難道你剛才不是在編故事？」

「小胖子，我什麼時候跟你說過我在編故事了？」司機師傅像看白癡一樣看了莫小寶一眼，然後朝那女生笑道，「你還記得我嗎？我就是前天開著車撞了那兩傢伙的司機。」

姚佳仁顯然沒有想到會遇到這麼巧的事情，但是又不想讓莫小寶知道，只能含糊著點頭說道：「記得，謝謝你啊。」

「沒事沒事，不過你臉上這些……不會就是那大老闆打的吧？」

「是不是？」莫小寶也問。

姚佳仁剛想說話，司機師傅卻擺了擺手，「小胖子，別問了。我相信她這次過後，一定知道人生的選擇是多麼的關鍵了。」

莫小寶皺了皺眉，姚佳仁聽到這句話，卻已經深深低下了頭。

第一百二十三章 物是人非

司機師傅不愧是人老成精，這些東西竟然一眼就看出來了。

下午，醫院門口。

姚佳仁一臉虛弱道：「謝謝你，小寶。」

莫小寶隨意擺擺手，擔心道：「你真不在醫院住兩天？」

「不了，我……我先找個住的地方，我會照顧好自己的。」

「那我送送你？」

「不用了，你趕快回去吧，別讓他們等急了。」

顯然，姚佳仁並不想讓其他人知道這件事情。想想也是，一個女孩子，背著男朋友劈腿，去和一個老頭好上了，結果人家老頭將她玩懷孕了，懷孕也就算了，那老不死的居然還搞失蹤！

莫小寶皺眉怒道：「你真不知道他去哪了？」

「不知道。」姚佳仁臉色蒼白，搖搖頭不想去回憶那些痛苦。「小寶，你別問了，快回去吧。」

「不行。」原本打算要走的莫小寶看到姚佳仁虛弱的模樣，忍不住說道：「不管怎麼說，我當初也算是喜歡過你的人，你出了這種事情，我能幫則幫，你放心，我也會幫你追查那老頭的下落，如果找到了，我他媽的先揍他一頓再說！」

「小寶……」

「別說了，我先幫你找個住的地方。」莫小寶突然想起自己的別墅現在空著，「要不你去住我那兒？我那兒離市區近，做什麼都方便。」

「可是……孔浩……」姚佳仁的聲音越來越小，後面說了什麼，莫小寶根本沒有聽清，但是他知道姚佳仁一定是擔心面對孔浩，所以才表現出這副模樣。

但是她一定不知道孔浩跟著鄭乾，加上莫小寶三人已經在別處租了一個倉庫，現在兄弟三個都住倉庫裡面，所以別墅暫時也就成了一個擺設。既然姚佳仁現在沒有地方住，那麼讓她到別墅去住，也是一個不錯的選擇。

接下來，為了消除姚佳仁的顧慮，莫小寶就把他們最近一兩個月做的事情都跟姚佳仁一五一十說了，尤其在說到孔浩的時候，莫小寶還添油加醋，將孔浩描述成了一個十足的十佳青年[10]。

然而他沒有想到，在聽到這些之後，原本就心存愧疚的姚佳仁心裡更不是滋味了。當初她親眼看到孔浩被投資人的手下圍著打，但是她沒有能力去阻止這一切。那時候的投資人早就已經露出了魔鬼的面孔，原本她若反悔，還有偷偷溜走的機會，可是她發現自己隱隱約約已經愛上了那個男人，並且被他的魅力和財富所折服，她最終選擇了留下，相信投資人只是一時對她那樣，等之後情緒穩定，一切就會變好的。

10 類似十大傑出青年之獎項。

但是沒有想到的是，一切都只是她一廂情願罷了。投資人根本只是在欺騙她的感情而已，用一些名牌包和服飾將她騙上了床，玩膩之後一腳將她踢走，順便也把買給她的禮物通通收走了。

所以……她相當於是將身體給了人家，懷孕了去做流產手術，最後卻什麼也沒有得到。

可憐之人必有可恨之處，如果不是不甘心，或許她早已經產生了輕生的念頭。

莫小寶當然也想到了這種可能，於是在車上的時候就不停開導和安慰她，包括在說到孔浩的時候，莫小寶也告訴她，孔浩現在的努力就是為了能夠證明給你看，好用自己的成功換回你的回歸。

姚佳仁心裡被莫小寶說得越發不是滋味，聲音細小道：「真的嗎？」

吹牛是莫小寶的拿手強項，見姚佳仁和他說話了，他立刻點頭道：「當然啦，這件事不光我知道，就連鄭乾也知道。你不信可以悄悄問問鄭乾。」

鄭乾……不知怎麼的，姚佳仁想到這些曾經的朋友，心裡同樣是滿滿的愧疚，從某種程度上來說，她背叛了他們。她清楚鄭乾和孔浩的關係，所以如果照莫小寶說的去問鄭乾，那不是自取其辱嗎？

姚佳仁苦澀一笑，現在的她，除了莫小寶這樣性情憨厚大大咧咧的人能夠接受之外，怕是沒有其他人會用正常的眼光來看待她了吧？

「我相信你說的。」她相信孔浩對她的愛，否則當初分手的時候，她也不會為了能夠讓孔浩不那麼傷心，而做出讓感情自行淡化的決定。

莫小寶嘿嘿一笑，並沒有看出姚佳仁眸中的其他色彩，接著說道：「你說投資人找不到了，那你那個閨蜜呢？不會也找不到了吧？」

姚佳仁知道莫小寶說的是虎妞，想到那個人，她心裡的怒火便像野火燒秋草一般蔓延開來，如果不是她，自己怎麼會想要走上演員這條路？如果不是她，自己怎麼會輕易落入投資人的魔爪？如果不是她，自己又怎麼會變成如今這副模樣？那個心比泥黑的女人同樣欺騙了她，姚佳仁甚至覺得，她和投資人很有可能有一腿，並且合夥騙了自己。

想想，她可是大學時期無話不談的閨蜜啊！當初虎妞因為長得矮又胖，臉蛋也不好看，為了能夠多交幾個朋友，姚佳仁還為此專門開導過她。但是沒有想到……姚佳仁苦笑著搖了搖頭，這或許只能說明，進入了社會這個大染缸，一切事情都有可能發生，任何人也都有可能改變吧？

昨天還枕在你臂彎上睡覺的人，第二天就有可能將你約炮的消息傳遍網路——當然，這是前不久的一個新聞。但是對姚佳仁來說，何其不是如此？

投資人和虎妞的一同消失曾經讓她瀕臨絕望，她確實想過用自殺這樣的極端方式來結束自己的一生，但是父母日益蒼老的容顏和孔浩那熟悉的笑臉浮現出來，讓她的念頭產生了動搖。思考再三，她最終決定，將孩子打掉，然後開始新的生活。

如果可以，她真的希望能夠和孔浩從頭再來，但是現在的她……還配得上他嗎？

「當然配得上。」莫小寶說，「如果你們兩人真心相愛，這點挫折又算得了什麼？孔浩她愛的是你的人，只要你好好在，我相信他對你的感情就不會改變。」

說到這裡的時候，莫小寶突然湊在姚佳仁耳邊悄悄說道：「我跟你說，我晚上起來上廁所，經常看到孔浩手機亮著，有時候湊過去一看，發現原來是在看你的照片還有你們的聊天紀錄……」

「這……這是真的嗎？」不由自主地，聽到莫小寶這句話，姚佳仁的眼淚流了下來。

第一百二十四章　投資人現身

莫小寶點點頭：「當然是真的，這件事我沒和別人說過……孔浩讓我不要和其他人說。後來我們在談到對未來的期望時，他說他要努力工作，擁有大把大把花不完的錢。我說他沒志氣，但是他說這就是志氣，因為當初他給不了你想要的幸福，所以這次，他一定要做到……他最後說，要帶著大把的錢和一顆永遠愛你的心，等你回來，一定很浪漫。」莫小寶嘖嘖兩聲，繼續道：「我真沒有想到孔浩竟然會說出這些感人的話，我都差點被感動了……」

姚佳仁輕輕擦去眼淚，蒼白的臉上帶著一抹微笑。雖然沒說，但是莫小寶已經看出來，他的話打動了姚佳仁……只不過他並不敢告訴她，其實這些話都是編的。

他晚上起來上廁所，看到的不是孔浩在看什麼照片和聊天記錄，而是不要命地工作，孔浩和他談到夢想的時候，說的也不是什麼賺大錢等姚佳仁回來，而是說要讓所有看不起他的人，知道別人能夠做到的事情，他孔浩也能做到。

莫小寶對故事的加工改造還算是合格的，雖然說了謊，但這也是善意的謊言吧？現在的姚佳仁最需要的是關懷和希望，只要給了她這些，她就有了活下去的期望。

另外，莫小寶不知道如果孔浩知道了姚佳仁發生了這些事情，會不會提著一把菜刀殺到投資人門前？又或者，他會不會……不愛姚佳仁了？想到這些，莫小寶立刻決定，這件事情千萬不能告訴孔浩，否則說不定會發生什麼呢。

莫小寶的想法與姚佳仁不謀而合，但是姚佳仁想的卻是，以她現在的狀態，怎麼有臉去見孔浩？等到一切安定下來，再換個新面孔去見他，或者乾脆……就這樣分開吧，總之無可論如何，自己對不起他。

將姚佳仁安頓在別墅之後，莫小寶又幫她買了許多補品，讓她好好休息，工作的事情不急，等到身體好了再說。姚佳仁也滿口答應。

不得不說，這次的經歷讓她明白，走捷徑這個方式，並不適合每一個人，如果可以重新選擇，或許，她會跟著孔浩，哪怕平平淡淡過這一輩子。但誰知道呢，世上沒有後悔藥，走過的路沒辦法再回過頭去選擇一遍，所以想要新的人生，就只能抬頭往前看，除此之外，沒有別的辦法。

經過將近半個月的休息，姚佳仁的身體已經完全恢復，這段時間內，莫小寶也經常回自己的別墅看望她。如果不是這傢伙極力否認，鄭乾和孔浩都要以為他在外面玩金屋藏嬌了。

姚佳仁對莫小寶自然是十分感謝，但是就像她說的一樣，這種感謝是出於朋友情誼，和其他方面沒有任何關係。莫小寶也理解這一點，他對姚佳仁的照顧也同樣如此，如果不是抱著這樣的態度，姚佳仁或許也不會讓他為她做這麼多。

姚佳仁待在別墅將近半個月時間，一直沒有出門，也憋得難受，所以一大早她就收拾清爽，拿起畢業證，準備到投遞履歷後有通知她去面試的公司。

這就是她的計畫，先從基礎做起，一步一步地再往上慢慢地爬。她相信憑藉自己的努力，一定可以在不久的將來做出一番成績，這時候再去找孔浩……也許事情就會有一些轉機了吧？想著想著，正要出門，手機卻突然響了起來。

「喂，小寶，有什麼事嗎？」

「佳仁，你現在在哪兒？」

姚佳仁聽莫小寶急切的聲音，不由說道：「我剛要出門，怎麼了？」

「你先把其他事情放一下，快去龍痕酒店，那個姓林的投資人在那和程心他爸吃飯。」

「什麼？」姚佳仁問道，「小寶，你是怎麼知道的？」

「唉呀，前些天程心和他爸關係開始緩和，今天一大早，她爸打電話給程心，程心告訴我們的。」

莫小寶說道，「想好，要不要去？如果要去的話，我現在就跟鄭乾請假，然後過來找你。」

「算了，小寶，你還是好好工作吧，既然已經過了……那就隨它去吧。」

「那你不打算去？」

「嗯。」姚佳仁說，「謝謝你，小寶。」

掛掉電話，姚佳仁原本一臉笑容的俏臉再次被痛苦爬滿。隨它去？怎麼可能隨它去呢……姚佳仁剛才之所以和莫小寶那樣說，是因為不想連累他，聽說小寶最近一段時間頻繁請假，已經遭到鄭乾和孔浩的合力抗議了，雖然這件事情對自己來說很重要，但是她依然不想再次麻煩莫小寶。

所以姚佳仁決定，自己去。

龍痕酒店在市中心的繁華地段，能去那吃飯的人，非富即貴。但是對姚佳仁來說，富和貴都已經不再重要，重要的是她要討回一個公道。向那個欺騙和欺辱了自己的人，討回一個公道。

車很快來到龍痕酒店下面，姚佳仁給了錢，三步併作兩步，走到櫃檯前問了程建業所在的包廂，然後便一把將門推開。

裡面果然有一桌飯局，吃飯的也只有兩個，一個有些陌生，但是從眉眼當中猜得出來，那應該就是程心的父親，另外一個則是她熟悉得不能再熟悉的騙子——投資人林總。

在投資人驚愕的目光當中，姚佳仁過去便抬起手來，想要一巴掌打了再說，但是人家可能已經應付很多次這樣的局面，姚佳仁的手還沒有落下，就已經被投資人鐵鐵地捏住，掙脫不得。

「你有病吧？」投資人裝作不認識姚佳仁的樣子，朝服務生喊道，「你們是怎麼值班的，這一進來就打人，這種瘋子你們也不攔一下？」

服務生連忙說對不起，隨後便有幾人過來要帶姚佳仁離開。

但是姚佳仁卻掙脫服務生，冷冷一笑，指著投資人說道：「我今天就是要來揭穿你，你這個人模狗樣的畜生！」

投資人臉色鐵青，用力拍桌站起身來，「瘋婆子，我告訴你，不要給臉不要臉，你信不信我叫人把你給做了？」

這就是曾經那個手捧鮮花，滿臉笑容向她求愛的人，這就是那個經常約她一起吃飯，送她昂貴禮物的人……睡過之後，一切就都變成泡沫了。姚佳仁怪自己瞎了眼，當初竟然會看上一個披著羊皮的狼，她早該知道的，娛樂圈水深，混到那個位置的人能有幾個乾乾淨淨？

純淨的或許有，但骯髒的都讓自己碰到了。

「呵呵。」姚佳仁依然冷笑，「我懷孕後，你就玩起失蹤，甚至到你失蹤那天，我才知道那套別墅你只租了一個月。那天我被人家趕了出來，然後讓朋友陪著，把胎打了。當初我真的沒有想到，作為一個所謂的投資人，你虛偽的外表下，竟然還藏著這麼一副可怕的嘴臉，我想，我不是第一個被你騙走身子的女孩吧？當然，也不會是最後一個，但是我要讓你知道，你做的一切都要付出代價！哪怕被人在背後罵我是婊子，我也要向媒體揭穿你的嘴臉！」

「臭婊子！」投資人惱羞成怒，一個耳光打在了姚佳仁臉上。

啪地一聲，響徹包廂。

程建業忍不住皺起眉頭，站起身來將披頭散髮的姚佳仁拉到身後，盯著投資人說道：「我看林總也太沒風度了吧？打女人算什麼本事？」

第一百二十五章
橋邊遇見

看到程建業說話，投資人臉色變了一變，他的電影需要程建業的投資，否則就沒辦法開機，一旦他反悔，那整個項目就要泡湯，到時候他損失的就不只是錢，還有臉面和信譽了。

像投資人這樣的老滑頭當然擅於處理眼前的局面，他強裝出一抹笑容，說道：「程總，您不知道，我根本就不認識這個人，她滿嘴含血噴人的指控，我根本不知道她在說些什麼，不能這麼誣陷人吧？」

程建業作為一個在商場打滾多年的老資本，隨意一瞥就知道投資人說的是真是假，當下也不揭穿，而是擺擺手說道：「既然人家女孩子說有問題，你也別計較了，我把她送出去吧。」

「這……這怎麼敢勞煩您呢，我來就行，我來就行。」

「你坐著吧，我來。」程建業瞥他一眼，淡淡地說。然後轉身道，「我帶你出去。」

姚佳仁知道今天是沒辦法找投資人討個說法了，而且她現在口說無憑，沒有什麼實質性的證據，如果再繼續糾纏下去的話，說不好就真的要被人當成瘋婆子。只好木訥地點了點頭，隨著程建業伸手指引，跟著走了出去。

程建業在酒店門外攔了一輛車，將姚佳仁送了上去，說道：「小姐，跟司機走吧。」

看著計程車司機離開，程建業眉頭皺了起來。如果這女孩子說的是實話，那麼這位林總，一定不是什麼好人，跟這樣的人合作，以後說不定會出很多亂子。只是幾十秒的時間，程建業就已經做好了決定，隨後便返回酒店，跟投資人說道：「林總，很抱歉，我想這個項目，我沒有那麼感興趣，所以……」

「程總，你這話是什麼意思？這可是一個大電影啊！只要製作上映，一定會得到遠超您投資的分紅。」投資人急了，連忙圍著程建業不停地說好話，好說歹說終於看到程建業皺了皺眉頭，以為有戲，卻沒想到程建業冷冷道：「我說了，我對這個項目不感興趣。林總，請你離開。」

「程總……」

「服務生，送林總離開。」

龍痕酒店同樣也是程建業旗下的產業，這些服務生當然也都聽他的話，所以便禮貌一笑，說道：「請。」

「程總，您不再考慮考慮嗎？」

「我想我說得已經很明白了。送客。」

投資人還想爭取，卻被兩個男服務生半拉半拽帶了出去。

包廂清靜下來，程建業突然想起剛才那個女孩，聽她的口氣，應該是林總做了對不起人家的事情，應該不會有什麼問題吧？程建業心一沉，一邊打電話，一邊出門開車，想要找到剛剛離開的姚佳仁。

「喂，司機師傅嗎？是，我是剛才叫車的人，我向你問一下，剛才坐你車上的小姐在哪裡下了車？」

對面傳來司機的聲音：「她在半路就下了，鐵元路中段的位置。」

「好的，謝謝。」

掛掉手機，程建業才反應過來，這裡不就是鐵元路中段的位置嗎？鐵元路是G市城中區最為繁華的一條路段，有名的南盤江就是沿著這條路蜿蜒而下，給美麗的G市平添一抹風景。

程建業車開得很慢，終於在一座大橋旁看到了蹲在地上的姚佳仁。程建業立刻一個機靈，經過剛才的刺激，這位小姐不會是想不開要跳江吧？這怎麼行，大好年華怎麼能因為一點挫折就葬送？

程建業趕忙在路邊將車停下，然後快步往這邊走來。「小姐，你沒事吧？」

姚佳仁很是意外，剛才她從那邊出來之後，只是想到這裡散散心，但是可能因為剛才的拉扯，導致腹部疼痛起來，所以才忍不住蹲在地上。沒想到聽到一個渾厚的聲音，一抬頭就看到了程建業。

「剛才謝謝你。」

程建業看著姚佳仁臉上淡淡的哀愁，看著這個年齡和程心差不多的女孩，沒來由的一陣心疼，也就隨著蹲了下去，拍拍姚佳仁的肩膀，說道：「不用謝。」

隨後便是沉默，程建業知道這個時候應該自己主動說話，於是便開口問道：「小姐，你叫什麼名字？」

「我叫姚佳仁。」姚佳仁回答道，「女兆姚，佳期如夢的佳，仁義的仁。」

「姚佳仁……」程建業咀嚼一番，微微點頭，「姚姚[11]之女，佳人獨立。好名字。」

還有這麼文藝的解釋？姚佳仁笑了笑，覺得程建業是個有文化的人。但是今天的她對於談論這些沒

11 美麗盛大的樣子。

有絲毫興致，如果不是見到投資人，她的心情可能會很好，但是見了面，不久前的恐怖記憶就成潮水般向她湧來，讓人避之不及。

程建業看出來了，姚佳仁在包廂說的那些話都是真的，心下嘆了口氣，為姚佳仁感到不值。這樣一個大好年華的女生，為什麼偏偏選擇那樣一條路呢？條條大路通羅馬，選擇一條平平穩穩的光明大道不是更好，非要不顧危險攀爬上天，最終落得個粉身碎骨，有什麼意思？

作為過來人，程建業幾乎是一瞬間就看出了姚佳仁的性格。愛慕虛榮、不願辛苦，不過一般這樣的人在經歷過某些困境之後，都會變得與以往不同，說不定不鳴則已，一鳴便驚人。從舉止談吐上看，程建業倒是相信，這個女生振作起來之後，一定會踏踏實實工作，不再追求虛榮的東西。

既然這樣，那便沒有太多安慰的必要了。程建業起身說道：「你住哪？我送你回去。」

姚佳仁原本想要拒絕，但是腹部的疼痛讓她難以再堅持多走一步，便咬牙道將莫小寶別墅的位置說了出來，還不忘說明，那是朋友的房子，她現在借住在裡面。

「來，我扶你。」程建業伸手去扶，猛然發現了姚佳仁的異常，趕忙蹲下去扶住她的肩膀，問道：

「你沒事吧？」

姚佳仁虛弱地搖搖頭：「沒事，手術後經常這樣，醫生說休息一段時間就沒事了。」

程建業將信將疑地點點頭：「要不我送你去醫院？」

「不用，真的不用。」姚佳仁擺手道，「您只要把我送回家就行，謝謝您。」

第一百二十六章
雙方邀請

程建業將姚佳仁送回去之後，看到她臉色狀態都漸漸恢復，才放心地開車離開。

但是事情並沒有結束，程建業回到家，進門之後卻發現一個身影正坐在沙發上，這個人他再熟悉不過。

林曼，她怎麼來了？

「我來將鑰匙還你，另外，和你談談工作上的事情。」林曼站起身來，而前面的桌子上，已經擺滿了一排鑰匙，有車有房。

自從上次程建業和林曼鬧翻之後，兩個人的婚姻便宣告走向了盡頭。從那之後，也沒有再見過面。程建業當時後悔不已，如今想想，雖然心裡依然覺得不舒服，但是隨著時間的流逝，已經適應了不少。

可話又說回來，如果有機會，他還是希望林曼能夠回到自己身邊，人老了，有時候就希望身邊有個依靠。

好在值得慶幸的是，最近程心和他的關係已經有所緩和，他幫程心恢復了卡，程心也抽空回了幾次家裡。父女倆聚聚，多多少少能夠減少程建業的孤獨感。

但是，女兒畢竟是女兒，長大了還是要嫁出去的，到了那時，他依然要面對一個人生活的孤苦困境。

所以……

「林曼，我們之間……真的沒有機會了嗎？」

林曼面對鄭乾的時候時是一個模樣，面對程建業的時候又變成了另外一個人。

「沒有。」她的聲音沒有絲毫感情，甚至就連表情都是那樣的淡然，彷彿在訴說一件無關緊要的事。

程建業點了點頭，知道「沒有」兩個字說出口，就意味著真的沒機會了。

但是他依然忍不住回憶起了當初的時光。人，總是會在失去的時候才懂得珍惜。

那時候的程建業全心都在工作上，對於家庭沒有太多的關注，這導致他和整個家庭的關係開始疏遠，程心也是到後來才逐漸承認他。程心承認他，畢竟是因為有父女血緣的關係存在，但是林曼……她和他只不過是一張紙上的夫妻關係罷了。

人家想走他留不得，人家想留他攆不走。

差不多就是這樣的關係。

所以不論從哪一方面來說，他和林曼關係的疏遠，都是程建業忙於工作和生活所帶來的必然結果。悔不當初，如果當初能夠像現在一樣，懂得家庭比事業和金錢更加重要，或許林曼不會離開，甚至追溯到許久之前，蔣潔也不會離開。

有句話叫自作自受，程建業大致上是領略到了。

林曼為了不讓他太過難受，說道：「其實我們也算和平分手，我已經將大好青春給了你，現在我想要選擇自己的人生，所以……即便你對我再好，我也不會接受。」

程建業不再說什麼，話都已經說到了這個份上，已經沒有討論下去的必要。私事說罷，該談公事。

程建業問道：「說說吧，找我什麼事情？」

「我想讓你介紹一些品牌服裝廠商給我認識。」

「品牌服裝廠商？你要這個幹什麼？」

「我要做什麼你別問，先說能不能幫我吧。」

如果是其他人對程建業這樣說話，或許已經被轟了出去，但是林曼明顯不在此列。程建業只是皺了一下眉頭，說道：「要多少？」

介紹廠商就相當於將自己的資源配置出去，程建業最近一段時間都在關注林曼，但是都沒有發現她在做關於服裝生意之類的事情，多少也就有些好奇。

林曼伸出指頭比了一個數。

程建業沉默片刻道：「好，三家。」

別說三家，就是三十家，程建業想了想，自己恐怕也會答應吧？

林曼離開之後，家裡又一次變得空蕩起來，這種感覺上一次也有過，只是之前抱著挽回的希望，這次卻連希望也沒有了。

程建業自嘲地笑了笑，手裡掌握著偌大的公司和產業，但是身邊……卻連一個說話的人都找不上。不知為什麼他竟想起了鄭乾，鄭乾在這的那幾天，他心情不錯或者心情鬱悶的時候都會找他聊聊天，聊過之後，總能被年輕人的思想刺激，所以心思也就變得活躍起來。

想到鄭乾，他又想起了程心……鄭乾是像他一樣只會將重心放在工作上的人，程心跟了他，不會感受到來自生活中的幸福，這是程建業一直以來反對程心和鄭乾在一起的原因。於是他又想到了楚雲飛，這孩子不錯，可惜在別人面前像一個上司，在程心面前，卻溫順得像一隻貓，這種性格怎麼拿得下程心？看來自己還得動手再撮合一下。

不知為何，腦海中突然就冒出了剛剛送回家的那個女孩——姚佳仁。容貌美麗，青春昂揚，如果再消消那絲頹廢氣息，就好太多了。

正想著，手機突然震動。打開一看，是一條簡訊：

明天下午，我請您吃飯。姚佳仁。

程建業笑了笑，這女孩挺會鑽空子，偏偏在他感到孤獨的時候發了一條訊息過來，笑著搖搖頭，鬱悶的心情在這一刻舒朗了不少。

他點開，回了一條過去：好。

第二天下午，G市園西路的小吃一條街。

程建業打量姚佳仁，今天的她穿著一襲美麗的淡黃色長裙，容顏俏麗，線條玲瓏，不由得讓人賞心悅目。所謂秀色可餐，不用吃飯，光看著這道美麗的身影就可以解饑餓之感了。

程建業笑道：「沒了頹廢氣息的姚佳仁，可是很美啊。」

姚佳仁笑了笑：「謝謝你能來。」

程建業擺擺手：「我們之前遇到，說明也算有緣。今天來，除了一起吃飯之外，我還想邀請你跟我一起去一個酒會。」

姚佳仁問道：「什麼酒會？」

程建業笑道：「算是一個高檔酒會，會有不少有身份地位的人出席，你跟我一起去，工作什麼的事情就好辦多了。你放心，我會幫你找一個安安穩穩適合你的工作。」

「那……謝謝你了。」姚佳仁說道，「不會遇到什麼熟人吧？」

「你有像我這樣的熟人嗎？」程建業笑著說道，「沒有吧？既然沒有那就不會遇到。對了，忘了告訴你一件事，那位林總的大電影，我撤資了。」

第一百二十七章
奇葩的相遇

姚佳仁驚訝道：「您撤資了？那……」

程建業不在意道：「知道那個人的品性後，我更擔心錢投給了他，卻什麼回報也沒有。而且我聽說，我撤資之後，其他投資方也相繼和我一樣，不打算投資這個電影了。所以……是不是也算幫你報了仇？」

姚佳仁點了點頭，低聲道：「謝謝你。」眼淚已經流了出來。

程建業給人的感覺既成熟穩重，又大方謹慎，這樣的男人最具吸引力，更何況，電影撤資很有可能是他幫助自己才這樣做的，想到這裡，姚佳仁心裡的感激之情便難以控制。

從小到大，除了父母，除了孔浩……還沒有誰對她這麼好過。

於是，一種特殊的情感，在兩人之間升騰起來。

※

「林姐，你這麼早就到了？」

鄭乾為了今晚的酒會，一大早起來就開始準備，沒想到來到相約的地方之後，林曼已經斜靠在車上等待著了。

今天的林曼穿著一襲及膝的低胸禮服，臉上畫了一層淡淡的妝——事實上，就算不化妝，如今三十二歲的林曼看起來也仍舊如同二十幾歲的女生一樣，更多了一絲成熟的氣質，正常的男人看到，一定都會有欲罷不能的感覺。

鄭乾也呆了呆，看見林曼調笑的目光看到，才訕訕一笑：「林姐，我們現在就走？」

林曼瞥了他一眼，轉身道：「上車。」

「好嘞。」鄭乾嘿嘿一笑，打開車門鑽了進去，「林姐，你今天真漂亮。」

「有沒有你的小女朋友漂亮？」

「呃……」鄭乾語塞，轉而說道，「林姐，我們今晚除了喝酒還要幹嘛？」

「別轉移話題。」林曼勾起笑意，「怎麼，不好回答了？」

鄭乾乾咳兩聲：「這個……各有所長各有所短。」

「哦？」林曼笑意更濃，說話的時候，身上的香水味道不停鑽進鄭乾鼻子，「說說看。」

「這個就……不用說了吧？」

「說。」

「好吧……」鄭乾想了想說道，「但我也不知道啊。」

「你……」

※

剎——

車子停下，林曼翻了個白眼：「下車。」

「林姐，我只是沒說，你不會要趕我下車吧？」

「酒店到了，下車。」

鄭乾剛才只顧著轉頭看路邊，都沒注意到車已經來到了舉辦酒會的酒店外，還以為剛才那句「下車」是要趕他走。

「還在發什麼呆？下車啊。」林曼又翻了個白眼，風情萬種，充滿誘惑。

「哦哦，好。」鄭乾反應過來，連忙點頭。

「呆子。」林曼輕笑著罵了一句。

酒會現場妝點得十分雅致，絕對不像酒吧那樣混亂。再說來到這裡的人都有著一定的身份地位，一般人來不了，所以從表面素質上就高了不少。

鄭乾知道這點，所以小心翼翼跟在林曼後面，不說話不做事，就像混吃混喝一樣。

林曼注意到了鄭乾的窘態，一把拉住他的手，說道：「大方點，畏畏縮縮地像什麼樣子？」

鄭乾不好抽出被林曼緊緊拉住的手，只能尷尬地點點頭。

與此同時，同樣尷尬的一幕也出現在了另一個對角。

姚佳仁今晚穿了一襲長裙禮服，整個人的氣質立刻變得無比高貴，再加上身邊高大嚴肅的程建業，兩人一出現，就吸引了許多人的目光。

擔心姚佳仁緊張，程建業乾脆像拉程心那樣，將姚佳仁的手握住，帶著她一個個介紹。

林曼和鄭乾也從這邊走了過去，而程建業也帶著姚佳仁從那邊走了過來。

四人越來越近，終於在經過一群人之後，撞到了一起。

隨後，八目相對。

林曼看了眼程建業，目光就落到姚佳仁身上打量，不得不承認，這女孩的氣質和容貌都要勝她一籌。程建業，剛剛和我分開，你就等不及老牛吃嫩草了嗎？而鄭乾則是張了張嘴巴，在要說話的時候，被林曼捏了捏手心，拉了過去，「親愛的，我帶你去那邊看看。」

鄭乾還來不及反應，就被林曼拖了過去。

留下滿臉不知所措的姚佳仁和憤怒無比的程建業。

「佳仁，你坐那等我一下。」說著，程建業就走出去迅速撥通電話，「喂，程心嗎？你知不知道鄭乾去哪了？」

「好像是去了一個什麼酒會，爸，你找他什麼事？」

程建業憤怒道：「不是我找他有事，是他自己沒事找事！」

程心愣了愣：「究竟怎麼了？」

「你知不知道他現在和誰在一起？」

「好像是一個叫林姐的人。」

「林姐？狗屁的林姐，那都是騙你的，他現在正在和林曼在一起，而且兩人拉著手，親愛的叫著，要多親暱有多親暱。」

「什麼？」程心不懂，「爸，鄭乾他怎麼可能和林曼在一起呢，您看錯了吧？」

「看錯？你爸我還沒到老眼昏花的地步！」啪一聲，程建業掛了電話。

與此同時，程心剛剛放下手機，正思索著怎麼回事，鈴聲又響了起來，鄭乾打來的。

「喂，程心，你知道你爸去哪了嗎？」

程心皺起了眉頭：「你不會是要告訴我，你在酒會上看到他了。」

鄭乾在那邊猛點頭：「我不但看到了你爸，還看到了姚佳仁！」

「姚佳仁？她怎麼會去那兒？跟投資人一起？」

「不是，你聽我說，剛才我看到你爸拉著姚佳仁的手，在介紹人給她認識。總之……總之看起來很親暱，就像情侶一樣，我猜……姚佳仁怕是要做你的繼母了。」

「放屁！」程心忍不住罵出聲來，「你給我說清楚，究竟是怎麼回事？」

鄭乾著急道：「就是這麼回事啊，你爸帶著姚佳仁來參加酒會，你想想一男一女在一起，還能怎麼回事？」

「那你呢？你給我說清楚了。」

程心腦子亂了，程建業剛剛告訴她，鄭乾和林曼在一起，現在鄭乾又打電話來，說程建業和姚佳仁在一起。這……這麼狗血的橋段都能出現？姚佳仁蹙著眉頭，不相信。

鄭乾愣道：「我……我和林姐在一起啊。」

「哪個林姐？」

「就是給我介紹……」

「名字！」

「林曼，林姐。」

轟——彷彿一柄重錘砸了下來，程心都沒聽到鄭乾後面說了什麼，立刻就奔到樓下開了車，去到酒店前準備圍追堵截。

第一百二十八章
突然出現的人

來到酒店的時候，人已經開始三三兩兩離開。

程心緊緊盯著，她要等到鄭乾和程建業出現，看看究竟誰說的是真的。

「一個鄭乾，一個林曼，一個程建業，一個姚佳仁，我倒要看看，你們怎麼給我唱這齣戲！」程心氣得胸口不停起伏，跆拳道的威力似乎馬上就要展現出來。

突然，兩個熟悉的身影出現在程心的視線中。

她順著看了過去，只見鄭乾正攙扶著喝醉酒的林曼，小心翼翼說著「慢點」，看他們那動作，多親密啊！要是我醉酒了，這呆子恐怕都不會一手摟著我吧？

忍住體內即將爆發的洪荒之力，程心快步向前，二話不說攔住了將林曼扶進車裡的鄭乾，直說「給我個解釋。」

鄭乾沒想到程心居然會來，一時半會兒還沒有反應過來，「什……什麼解釋？」

「你說什麼解釋？」程心指著醉酒的林曼，「告訴我，你為什麼和她在一起？」

「我……」鄭乾大感冤枉，「她就是林姐啊，就是給我介紹人脈資源的那個林姐，我……我不就是扶她一下嗎？怎麼了？」

「怎麼了？」程心聽到鄭乾不耐煩的語氣，心中怒火立刻被點燃，「她曾經是我的繼母，是程建業的小老婆！你說怎麼了？應該是你要告訴我怎麼了！說啊！」

鄭乾呆住了，拉住程心道：「你……你說的是真的？」

程心不想再理會他，轉身便走向自己車裡，恰巧就在這時，林曼從車裡伸出頭來，對著鄭乾說道：「親愛的，開車啊，站在那幹嘛？」

親愛的？連親愛的都叫出來了……誰還相信沒事？

程心停頓了一下腳步，轉身看了鄭乾一眼，說道：「這就是你跟我說的，你的林姐？鄭乾，我算是看透你了。」說罷，不等鄭乾解釋，她便上車，腳踩離合，掛擋，車子轟一聲消失在路燈之下。

鄭乾看了眼林曼，又看了看程心離開的方向，不知道該說什麼好了。

程心上了車，一邊流著淚一邊在嘴裡罵道：「死鄭乾、臭鄭乾，臭不要臉的死鄭乾！」真沒有想到，和鄭乾在一起那麼久，他居然會背叛自己……程心開著車，大聲哭了出來。

事情還沒完。

哭了一會兒之後，程心調轉方向，開車前往自己家。剛才沒有在酒店門口堵到程建業，如果沒有猜錯，他應該是先離開回去了。

如果這樣的話，他會不會和姚佳仁在一起？可怕的念頭揮之不去，程心打開門就看到了可怕的一幕。

此時的程建業已經喝醉了酒，正躺在沙發上休息，而美麗溫柔的姚佳仁，正擰著一塊熱毛巾幫程建業敷額頭。

程心再也忍不住了，衝過去就抓住姚佳仁往外拖。

「你給我出去！」

「程心……」

「這裡不是你家，給我出去！」

「你誤會……」

「我爸不要你照顧，給我出去！出去啊！」

砰——

關上門，程心順著門緩緩蹲下，埋著頭哭了起來。

姚佳仁著急地站在門外，擔心程心出什麼事，不停地敲門解釋，但是現在的程心已經什麼都聽不進去了。

她只相信自己親眼看到的，只相信鄭乾和林曼已經在一起了，只相信程建業和姚佳仁，或許已經發生了關係……

「為什麼總是我……為什麼你們都要欺負我？為什麼你們都要背叛我？」

程心不停地哭，哭到最後，已經沒了眼淚，轉而抽泣起來。她起身看了一眼依然醉著沒有醒來的程建業，打開門直奔頂樓。

這裡雖然不是她之前跳樓的地方，但是看下去的景象卻一樣的黑，一樣的令人害怕。

平時一個人的時候，她是不會到這種地方來的，但是，今晚她被狠狠傷了心。

找了一處隨意坐下，想起和鄭乾曾經的美好，眼淚又止不住地流了下來。

不知哭了多久，電話鈴聲響起，程心拿了起來，是鄭乾。

呵，你是打電話來嘲笑我嗎？看我哭，換你笑嗎？可是我偏不，我偏不讓你知道我傷心，我偏不想和你說話，你和林曼走吧。

我不在意！程心哭著哭著，忽然笑了，抬手將手機丟到一旁。

這回清靜了。程心又輕輕哭了起來。

不知過去了多久，風越來越冷，眼淚已經乾涸，心也逐漸平靜。程心緩緩抬起頭，睜著哭紅哭腫的雙眼看著前方無盡的黑幕，心裡不知在想些什麼。

而公寓裡，程建業已經從酒醉中醒來，打開手機看到姚佳仁發來的十多條訊息時，立刻一個翻身坐了起來。

隨後便披上一件衣服趕到別墅外面，和姚佳仁會合。

「都怪我。」姚佳仁咬著嘴唇說道。

程建業搖了搖頭，因為喝酒的緣故，腦袋還有些偏痛，「不怪你，是程心她誤會了，現在先找到她，跟她好好解釋。」

「但是……她會去哪裡？我打了好幾通電話，都沒有接通。」

「車還在，就說明沒有走遠，有可能就在附近，我們分頭找。」

「好。」

與程建業一樣，此時的鄭乾因為打不通程心的手機而著急起來。程心脾氣來得快去得快，但就是擔心她一時想不開做出傻事，即便不這樣，鄭乾也希望儘快找到她，跟她好好解釋一下，證明他和林曼之間純屬朋友關係，並沒有什麼。

但是去哪裡找？

鄭乾想了想，先找到了程建業家，但是來到這裡的時候，發現黑燈瞎火的，站在門前按了半天門鈴也沒人應答，很明顯，裡面沒人。那麼……會去哪呢？

鄭乾接著去到程心自己租的公寓，他有那兒的鑰匙，然而去到之後同樣沒有看到程心的身影。這次，鄭乾真的有些著急了。

「程叔，你知道程心在哪嗎？」

程建業正在氣頭上，聽見鄭乾的聲音就一頓臭罵：「還不是因為你，有事沒事和林曼扯什麼關係？」

鄭乾心頭煩躁，回道：「我和林曼只是朋友關係，如果不是您打電話告訴程心，她也不會產生誤會吧？」

程建業無話可說，啪一聲掛了電話，沒有告訴鄭乾，其實他們也在到處找著程心。

其他人都在著急地尋找程心，而程心卻獨自一人坐在公寓樓頂。

第一百二十九章
加深誤會

所有人都沒有想到程心會一個人來到別墅頂樓，就像所有人都沒有想到楚雲飛會在這個時候也一個人來到這裡。

楚雲飛看著程心哭過的模樣，與她之前的霸道形成了鮮明對比，不知不覺，心裡某塊柔軟的地方就被真正的觸動了。

於是他第一次伸出手拍了拍程心的肩膀，就像當年自己被欺負，程心將那些人趕走之後，也拍拍他的肩膀一樣。

楚雲飛坐了下來，想要開口說話，卻不知該說些什麼。

時間一分一秒過去，程心擦乾眼淚，看向旁邊的人，「你來做什麼?」

她的聲音已經變得沙啞無比，完全不像往常那樣空靈。

楚雲飛一陣心疼，沉默片刻道：「來陪陪你。」

程心不再說什麼，轉過頭繼續看著夜色發呆。

如今已經入冬，G市的夜晚變冷不少，看到程心穿得單薄，楚雲飛連忙將自己的外套脫下，替她披了上去。

這個小小的舉動讓程心微微一顫，兩人之間再無話語。

第二天早上，一陣冷風吹來，鄭乾突然驚醒，揉著酸痛的手臂和脖子，才知道自己為了等程心回來，已經在公寓的門口睡著了。

抬手敲了敲門，沒有應答。鄭乾心下一涼。

會去哪兒？

既然不在住的地方，那只能是回工作室了。

鄭乾想到這裡，連忙往白日夢工作室的倉庫趕去。但是到了這裡才發現，腦海中程心在廚房裡做早餐的畫面並沒有出現，裡面空空如也，連空氣都十分清涼。

程心沒有回來。

鄭乾的心一陣撕痛。不行，一定要和程心解釋清楚！

這樣想著，鄭乾已經給林曼打了電話，讓林曼幫忙解釋和自己的關係，不要讓程心誤會。

林曼滿口答應。

與此同時，在頂樓坐了一夜的程心也哭夠了，將自己身上的外套還給楚雲飛，緩緩站起身道：「謝謝你。」

「不用謝。」楚雲飛說，「其實……其實你真的可以回去看看，萬一是誤會呢？我感覺鄭乾不是那樣的人。」

「嗯。」

不用楚雲飛說，她也會回去好好問問的。林曼是怎樣的人她又不是不知道，不親自問清楚，程心心裡就覺得壓抑。

程心開著車，一路來到工作室門前，同時，林曼也到了。

「你來做什麼？」程心冷冷地問。對於這個和她父親在一起之後，又黏上自己男朋友的狐狸女人，她沒有一絲好感。

「昨晚沒少哭吧？放心，鄭乾找我來跟你解釋解釋我和他的關係，我這不就來了？」林曼依然是那副高高在上的模樣，即便面對程心，她也不曾將高傲放下半分。

「我哭不哭不用你管，我也不想聽你解釋，因為我相信鄭乾，他是我的男朋友，你就是一個插足進來的小三！」

「小三？」林曼笑了，「可惜我要向你解釋的是……你的男朋友鄭乾，現在已經是我的男人了，不信你可以看看這個……」說著，林曼就拿出手機來，打開相冊，裡面有鄭乾和她在一起的照片，兩人裹著浴巾，看樣子……是在酒店裡面。

程心的腦袋轟一下炸開，彷彿五雷轟頂一般，顫抖著身子看向手機上的照片，最終什麼話也沒說，只有淚水，又一次盈滿了她本就紅腫的眼眶。

她確信那就是鄭乾，孤男寡女裹著浴巾，會做什麼樣的事情？她不知道，不，是不敢去想……程心哭著，抱著腦袋大叫起來，然後緩緩蹲了下去。

只有林曼，依然如同高傲的狐狸，昂著腦袋，從程心身邊緩緩走過。

※

「林姐，你來了。」鄭乾面對出現在工作室的林曼，不知道是尷尬抑或是憤怒，或許是原先對她的感謝以及尊敬還沒有消散吧，所以兩種情緒同時存在著。

「怎麼，你的小女友還沒有來？」

鄭乾點了點頭：「昨晚我找了她一夜，電話打不通，一直到現在也打不通，我不知道她去了哪裡。」

「那你叫我來做什麼？」

「我感覺她會回來。」鄭乾說，「我確信。」

「是嗎？」林曼淡淡笑道，「我剛才看到她了，現在……她應該走了吧？」

鄭乾猛然一怔，看了林曼一眼，不要命地衝了出去，卻只看到一輛紅色的車子漸行漸遠。

「程心——！」鄭乾使盡力氣去追去喊，但是……沒有人回應。

紅色的小轎車已經徹底消失在視線當中。那是程心的車，說明她真的來過。

鄭乾呆呆地站立了一會兒，然後返回工作室，問道：「林姐，你是不是和她說了什麼？」

「說了啊！」林曼說，「你不是讓我來幫你解釋一下嗎？我跟她解釋了呀，結果拿出這個，她才相信。」

鄭乾差一些沒有站穩，如果眼前不是林曼，如果眼前不是一個女人，說不定他早已一拳打了過去。

上面竟然是兩個人裹著浴巾的照片！

「這是誰？」鄭乾當然確定這人不是他，他和林曼的關係還沒有好到去開房間的地步。

「P的，這男人是程建業。」林曼毫不在意地說，彷彿在訴說一件無關緊要的事情。

「叮鈴鈴……」訊息鈴聲突然響起，鄭乾連忙打開手機，頓時，原本要爆炸的情緒徹底被傷心替代。

程心的訊息上寫著：我將自己最好的青春時光交給了你，但是換不回一個結婚的諾言。你讓我用最美的時光等待，卻又如此無情地背叛，對不起，我原諒不了你，我不能忍受其他的女人和我分享同一個你，所以……我們分手吧。或許只有這樣，我才能找到一些歸屬，或許只有這樣，我才能在未來的道路上，找到愛自己並且自己也愛他的人。再見，鄭乾。謝謝你曾經給我的快樂時光。

啪啦！

手機從手心滑落，鄭乾呆呆地看著門口的方向，一陣無力感突然襲來，隨後……他便感到自己的心，如同被萬箭刺穿。

程心似乎已經傷心夠了，發完訊息之後，手機再一次被她扔到了一旁。她已經決定，和鄭乾分手。

但是，她的心，為什麼還是一陣一陣地痛？從來沒有過這樣的痛苦，程心停下車，趴在方向盤上又一次哭了起來。

回到家的時候，已經是晚上六點。

程建業看到程心回來，懸著的那一顆心，終於放下。隨後便迎了上去，扶著程心坐下，才問她這一夜去了哪裡。

程心沒說話，趴在程建業肩膀上痛哭，哭了不知多久，才起身緩緩說道：「爸，你告訴我，你和姚佳仁是什麼關係？」

程建業舉起手發誓：「我跟姚佳仁絕對沒有關係，爸可以向你保證，向你發誓。」

「爸，不管有沒有，我都不希望在失去男朋友之後，再失去你。」

「什麼？你……」

「我和鄭乾分手了。」程心強撐起一絲笑容，「爸，你放心吧，這次……你不用再擔心了。」

「這……」程建業不知該高興還是該傷心。他不希望程心和鄭乾在一起，但是看到分開後程心這麼傷心的樣子，他的心也不由跟著一陣揪痛。

不平淡的日子就這樣過去了幾天，程心也已經從當時的傷心狀態中逐漸恢復過來，雖然不得不承認，心裡依然還是會想起和鄭乾在一起的日子，但是卻已經沒有那麼嚮往和在乎了……或許，這就是改變，也算是成長吧。

楚雲飛自從那天陪了程心一夜後，最近來程建業家的次數逐漸變得頻繁起來。有時候會帶一些國外的禮物來給程心，有時候會學幾道拿手菜，親手下廚……總之，做了一個優秀男人應該做的一切。

而這一切，程心也都看在眼裡。或許是為了讓程心儘快走出悲傷，程建業最近也在不斷撮合他們，但是……一千多個日日夜夜的相愛，是能說放棄便放棄的嗎？

不，怎麼會呢。

第一百三十章
舊情未滅

如果那麼容易忘記曾經與自己相愛的人，分手的傷心又從何而來？

對於楚雲飛的殷勤和程建業的撮合，程心只當陪著走個過場罷了。她的心中仍然裝著鄭乾，裝著那個有些憨厚，有些耿直的男人。

※

鄭乾花費了很長時間，才終於從和程心分手的傷痛之中走了出來。都說化悲痛為力量，最近一段時間的鄭乾，已經不單單再滿足於線上服裝銷售，而是通過莫小寶，開始代理起了他們家的海鮮。

由於是從一線進貨，所以價格比商場價和市場價都要便宜不少。就著這次機會，林曼也適時地教鄭乾許多關於金融業方面的知識，讓他知道既要抓住商機，又得學會預判風險，只有這樣，才能在最大程度上避免創業失敗。

鄭乾十分感激林曼，雖然她對自己和程心的分手造成了直接影響，但是，所謂「命裡有時終須有，命裡無時莫強求」，說的不就是這個道理嗎？他相信自己和程心的緣分還沒有走到盡頭，等他創業成功的那一天，他要直接向她求婚，跟她解釋，讓她明白自己對她的愛。

而經過與鄭乾的多天相處，林曼也逐漸喜歡上了這個比自己小幾歲的大男生，幾乎在每一方面都盡力幫助鄭乾，對鄭乾的創業道路提供了必不可少的一分力。所以基於這樣的基礎，她便試著向鄭乾說出自己對他的感覺，但是每一次，都被鄭乾委婉拒絕。

她當然看得出來，鄭乾心裡依然只裝得下程心。

※

「鄭乾，你快來看，我們淘寶店怎麼會收到這麼多差評？」莫小寶像親眼看到原子彈爆炸似的，慌慌張張、急急忙忙衝到鄭乾面前。

最近幾天，淘寶店的銷售量過了黃金時期，銷售業績也在逐漸下滑，慢慢趨於一條水平線上。但是莫小寶檢查帳單的時候才發現，今天的銷售量竟然只是往常平均水準的十分之一！仔細一看，原來是因為那一條條鋪滿首頁的差評。

鄭乾明白了，這是同行的羨慕嫉妒恨，所以用了卑鄙的手段，僱水軍來刷差評。

「怎麼辦？」莫小寶問，「這樣下去可不行啊。」

「沒關係，我們的貨物品質擺在那，相信買過的人都會回來再買的。」鄭乾揉了揉發疼的腦袋，「再不行，我們自己刷一些好評上去吧。並說明一下，是有同行在故意誣陷和詆毀我們。再不行，就將發貨單截圖，放在首頁，儘量讓所有人知道，那些水軍並沒有買我們的服裝。」

「好，我這就去辦。」

「等一下。」鄭乾將莫小寶叫住，「你爸對我們代理海鮮有什麼建議？」

「他說我們剛開始做，為了展現誠意，可以比市場價低一些，而且最好去做一次低價推銷。」

「親自去？」

「對，我爸是這樣說的。他說他是過來人，懂這些行道。」

「好，那就聽你爸的。」鄭乾說，「你處理完這件事之後，叫上孔浩，我們一起去，今天就去推銷！」

決定好的事就要立即執行，等到莫小寶完成工作，三人便帶著剛從莫小寶家進貨的海鮮，去到了第一個目的地：海鮮市場。

然而沒想到的是，剛到了那裡，還沒有推銷出去一半，就已經有旁邊的小販圍了過來。

其中一人說道：「兄弟你們來搶生意啊？」

「就是，大家都是這個價錢，公平競爭，結果你一來，突然就降了幾塊錢，讓我們怎麼賣？」

「大兄弟，你們這樣做的太不厚道！」

「就是啊，你們要再這樣，我們就要把你們趕出去了。」

「對，趕出去，趕出去！」

※

一人一個嘴，嘰裡呱啦的吵鬧不停，但是都說到一個重點，那就是說鄭乾他們賣的價格太低，導致其他人賣不出去，所以你要麼抬價要麼滾。

鄭乾只好試著解釋：「各位大哥，我們也是剛剛做這門生意，你看我們都是些年輕人，也很不容易。要不各位行行好，讓我們推銷這一次，讓大家都知道我們了，再把價抬起來，怎麼樣？」

「大兄弟，你想唬人？商家都知道你了，當然跟你談生意，誰還會來找我們？你說話也得經過腦子吧！」

小販們集體圍攏上來。

「今天你不給個說法，就別想從這裡出去，我們才是市場的主導，懂了嗎？」

「就是嘛！毛都沒長齊的小白臉，也敢來和我們們搶生意？」

※

越來越多的人參與討伐，有的甚至連連罵出髒話，言語惡俗至極，讓人捂著耳朵都聽不下去。

「行了，各位，我沉默不代表怕你們。」鄭乾站到最前面，「如果你們再亂罵人，別怪我不客氣了。」

「唷，想動手？」

「來啊！」

「喂……」

「啊！敢打我臉……」

鄭乾抱著頭，衝著後面莫小寶和孔浩喊：「別還手！」

「不還手那不挨打嗎？」孔浩一把推開一個揮著拳頭衝過來的人。

「你們堅持一下，我打電話。」莫小寶二話不說報警，之後又想起程心家離這裡最近，於是又打了一通電話給程心，告訴她這裡發生的情況，讓她帶些人過來。

程家。

「爸，我出去一趟。」程心掛了電話，匆匆忙忙往準備出門，順手招來保鏢，「你們都跟我走。」

程建業問道：「去哪兒？」

「有事情處理一下，馬上就回來。」說著，已經帶著保鏢趕往了海鮮市場。

到了的時候，果然看到鄭乾、孔浩以及莫小寶三人正被一群人圍攻，上腳上手的，看上去絲毫不留情。

程心擔憂地往裡面看了鄭乾一眼，向保鑣揮手道：「給我把他們分開。」

「是。」保鏢齊齊應聲，然後衝上前去，將圍攻三人的小販連拉帶扯的弄去了一邊。

混亂的場面終於得到控制，但面對突然出現的程心，鄭乾卻顧不得身上傷勢，下意識地就跑了過去，剛要開口叫名字，卻突然想起兩人已經分手。

露出微笑，淡淡地說道：「謝謝。」

程心將頭瞥了過去，然後展顏一笑，向莫小寶招手：「小寶，孔浩，你們沒事吧？」

「沒事沒事，就挨了幾下。我報警了，警察待會就到，看怎麼收拾他們！」

「謝謝你啊。」

「不客氣。」程心直接略過鄭乾，彷彿沒有看到似的，「沒事我就放心了，警察待會就到了，那我先走了。」

「程心……」

「還有什麼事嗎？」

莫小寶嘿嘿一笑，眉頭往鄭乾那邊挑了挑：「那個……」

「如果沒什麼事，我先走了。」

程心帶著保鏢離開後，警察果然沒過多久便來到了這裡。

「誰報的警？」

「我！」莫小寶上去跟警察聊了聊，然後指了幾個證人，警察便將鬧事的海鮮販帶上警車。

「你們也走，去驗傷。」

第一百三十一章
有跑車加成的男人

這是程心和鄭乾分手之後的第一次相見，想到鄭乾被打的畫面，程心忍不住一陣心疼，接著一想到他剛剛下意識朝自己跑了過來，便覺得什麼都無所謂了……只能說明，鄭乾心裡還有自己。

說不定……林曼給自己看的那張照片是假的呢？現在修圖那麼普及，隨便P一張照片不是什麼難事吧？而且自己從未聽過鄭乾的親口解釋，當然不是鄭乾不願意，而是自己好像就從來沒有給過他解釋的機會。

想到這裡，程心心裡彷彿看到了一絲希望。於是剛剛回到家裡，又連忙離開，打算去白日夢工作室看一下，如果真如自己所想，那麼……她自然還是希望兩人能夠回到以前。

程心開著紅色奧迪，一路來到倉庫外面，下車偏頭往裡面看了看，沒有發現什麼異常，便躡手躡腳走了進去。

她已經好多天沒有來這裡了，裡面依然還是原先的擺設，幾乎沒有什麼改變。多麼熟悉的感覺，真好。

她想著想著，便見莫小寶突然從裡面出來。

「小寶。」

「程心！」莫小寶眉毛一挑，哈哈一笑，「你怎麼來了？」

「我……我找孔浩有點事情。」程心舉了舉手裡的醫藥包，「我給你們送點外傷藥。」

「謝謝你啊。孔浩在裡面呢，我去趟廁所，你進去找他吧。」

「好。」

程心順著走到了最裡面的房間，正想著應該怎樣跟他們打聲招呼，但是入眼的，是鄭乾正坐在椅子上齜牙咧嘴，而林曼則彎著腰，小心翼翼幫他處理著手臂上的傷口。

這一幕再次對程心造成巨大的衝擊，原本，她是抱著給鄭乾解釋的機會來的，原本，她為鄭乾擔心，所以特意買來了藥……但是現在，好像這一切都是自己自作多情罷了。

程心努力在臉上擠出一絲笑容，剛微笑著想要轉身離開，卻聽到有人叫了一聲：「程心，你來了？」

程心轉身，往聲音傳來的方向看去，是孔浩。

「過來坐呀。」孔浩笑道，「好久不見你來，有點不習慣呢。」

程心微微一笑，當做沒有看到鄭乾轉過身時的驚愕面容和林曼刻意貼近他身上的動作，說道：「我送點藥來給你和小寶用，那些人真不像話，你沒什麼事吧？」

「沒事沒事，我們就受了點皮肉傷，沒多大關係，倒是鄭乾……」

「鄭……哦，沒事就好，那你們先工作吧，我就不打擾了。」

鄭乾兩個字已經在嘴邊，但是程心卻硬生生吞了下去，這一刻，吞下的不光是在嘴邊的兩個字，還有明明已經消逝但又再次發芽的苦澀和傷心。

「程心……等一下。」鄭乾猛然反應過來，抓住程心的手臂，「程心，你聽我說，我……」

「放開，你弄疼我了！」程心甩開了鄭乾的手，強擠出一絲笑容，卻是朝孔浩說道，「如果沒事的話，你們忙著，我先走了。」

程心轉身離開，鄭乾又一次什麼話都沒有說出口。

他呆呆的看著程心離開的背影，緩緩捏起了拳頭，隨後又驟然鬆開，彷彿什麼都沒有發生過一樣。

第二天一早，早早處理完工作，鄭乾便出門，他已經下定決心要和程心解釋這件事情，他們之間的誤會，不能再繼續加深下去了。

「鄭乾，這麼早就出門？」

「對，程心早上應該會出門，我要去跟她解釋，告訴她一切都是誤會。」

「我們陪你去。」

「對，我和孔浩可以為你作證。」

鄭乾原本不想因為自己的事情而打擾孔浩和莫小寶工作，但是想想他們說的也對，自己一時半會說不清的時候，他們可以幫忙。

「那……謝謝你們了。」

「別噁心，兄弟間還說什麼謝謝？」

「哈哈哈，走吧。」

路上，孔浩看出鄭乾有一些擔憂，知道他在想什麼，便安慰道：「別緊張，又不是要你去相親，好好跟程心解釋一下，相信她這麼明白的人，一定會知道你的用心良苦的。」

鄭乾搓了搓手心，上面已經是一片汗水，苦笑道：「我能有什麼用心良苦？最近一次接一次的誤會來的太快太深，讓我連個說話的機會都沒有。這次去，說不一定又會遇到什麼事情呢……」

「能有什麼事？」孔浩道，「要是我，不管如何，上去先看著她的眼睛一口氣解釋完再說。」

莫小寶道：「這就是愛一個人的表現吧？連去解釋一下都能緊張，鄭乾，你當學生會主席的時候也沒這麼緊張過吧？」

鄭乾捫心自問，沒有。因為兩件事完全沒有任何的可比性。

孔浩和莫小寶安慰了鄭乾一路，非但沒有讓鄭乾放鬆下來，反而使得他隱隱間有些擔心，擔心解釋的時候又一次出現什麼差錯，這樣一來……那就真的解釋不通了。

剎——

汽車剎住，停在了程建業家門口。

「到了。要在車裡等，還是……直接按門鈴？」孔浩問道。

「還是下去吧，這樣程心一出來就能看到我了，我也好上前解釋。」

「好，那我們在車裡等你。加油！」

然而就在這時，鄭乾正準備下車，卻看到一輛純白色跑車開了過來，通過別墅外的白色鐵門，穩穩停在了別墅下。

這輛車鄭乾見過，是他之前公司的老闆楚雲飛的車。聽說國內市場價是三百多萬，可能光一輛車，就夠他賺一輩子。

但是鄭乾在意的都不是這些，而是……楚雲飛來這裡做什麼？

莫小寶和孔浩顯然也注意到了那輛停在別墅下面的白色跑車，以及從車裡出來的那個身影——高大帥氣，充滿陽光氣息。這樣的人哪怕是放在演藝圈也是顏值擔當，更何況身邊還有一輛車子加成。

「你說……他不會是來找程心的吧？」

「誰知道呢……呃，真的是程心！」

兩人對話還沒有結束，便看到一個窈窕美麗的身影出現在楚雲飛面前，而且看上去心情不錯，臉上帶著颯爽的笑容。

「我靠，這……」

看到這一幕，孔浩和莫小寶對視一眼，不約而同轉頭看向鄭乾。

第一百三十二章
發臭的海鮮

「我們走吧。」鄭乾搖上車窗。

「就這麼走了？」莫小寶說道，「萬一……」

「不用說了，走吧。」鄭乾微微閉眼說道，「之前他們……沒有這麼親密的。」

「哦……你真不去解釋一下？」

孔浩也說道：「是啊，我覺得你去說一下比較好……不管她還愛不愛你，總是要去解釋清楚。」

鄭乾深深地吸了口氣，又緩緩吐出：「好，我去。」

「這才……」話還沒有說完，莫小寶突然一愣，然後用手肘頂了頂孔浩，「你看。」

孔浩偏頭看去，只見程心已經在楚雲飛的彎腰恭迎中上了車。

※

鄭乾說過不會將自己的情緒帶入到工作當中，回到工作室之後，他將情緒壓下，又開始了和以往一樣的工作。

但是莫小寶和孔浩都看得出來，其實他內心依然承受著別人難以想像的傷痛。這樣一個淚水往肚子裡吞的男人，還有什麼不值得被肯定的呢？

就這樣又過了一段時日，鄭乾難過的心情也終於得以恢復。恰巧就在這天，白日夢工作室意外地接到了一個酒店的訂單。

「我爸幫忙找到的關係……」孔浩說，「他剛打電話和我說了。」

「你爸？」鄭乾和莫小寶都覺得不可思議。還以為是他們的促銷吸引了人家，沒想到是孔爸的人脈。

「我爸當年是工商局局長，只不過因為某些問題，所以才沒有當了。」孔浩高興道，「我想他是看到我創業辛苦，才忍不住出手幫忙吧。」

這個理由就說得通了，於是幾人相視一眼，都從對方眼神當中看到了這是一個怎樣難得的機會！

「替我們謝謝你爸！」鄭乾激動道。如果這筆訂單能夠達成的話，一定會讓白日夢工作室的業績上升一個層次，這樣一來，業績和訂單任務就能不斷提升，到時候所有的計畫也都可以實現了。

「小寶，我們直接從你家拿貨。」

莫小寶哈哈一笑：「沒問題，我去和我爸說說，這批訂單數量可不小。」

「對了，訂單是有了，但是我們的進貨資金……」

對，這倒是一個問題。鄭乾知道，如果沒有錢進貨，怎麼將海鮮賣給酒店？「這樣吧，我們把工作室的所有餘額都拿去進海鮮，你們看怎麼樣？」

除此之外已經別無他法，莫小寶點了點頭，覺得可行。孔浩也舉手表示同意。

「那好，我們就拼一次！」

接到訂單之後的半小時，鄭乾和莫小寶就已經驅車前往莫小寶家，打算連夜將海鮮帶回倉庫保存，然後明天一早就送往酒店。

心裡對訂單數量的估算，讓鄭乾做好了將看到一堆魚蝦等海產的準備，但到了親眼看見的時候，才發現自己的想像力尚未開發完全。

只見前面的大貨車上，一個接著一個的水箱被搬了上去，這些箱子大概是80公分乘以80公分這麼大，每一箱裡都滿滿地放置了不少海鮮。

「這得有多少？」鄭乾眨巴著眼睛問道。

莫小寶嘿嘿一笑：「這裡差不多一噸吧。」然後又鄙視道，「這算什麼？我們家進貨一次都是十幾噸。」

鄭乾對這些數字沒有具體概念，但光想也知道，這會是多壯闊的場面，好在這裡是臨海城市，要是放到別的地方，恐怕一輩子也看不到這麼多海鮮。

「你爸真厲害。」

「那是……」莫小寶突然說，「對了，我爸去和公司老總談貨去了，這輛車是他派來幫我們送貨的。」

「謝謝，小寶。」

「謝什麼啊，我爸聽說我創業了，多高興啊。」

「如果有機會，真想和你爸聊聊。」

「做什麼？」

「膜拜啊。」

「呿……」

將海鮮載了回來，又叫人幫忙抬了下來，一箱一箱放在倉庫原先堆放衣服的地方。

酒店那邊因為業務繁忙，還沒有來得及點收這些海鮮，所以只能暫時放在白日夢工作室幾天。

「現在是冬天，應該不會出什麼事吧？」

「不會，能有什麼事。」

聞著一股刺鼻的腥味，鄭乾心裡卻十分高興，以至於大半夜都沒有睡著。

如果不出意外，等到之後將這批海鮮送到酒店，他們就能獲得一筆豐厚的報酬，這筆錢甚至會是他們做服裝生意這段時間的純收益總和。但這些都不是重點，重要的是，一旦這筆交易完成，那麼以後說不定就會有更多的訂單送上門，那樣僅僅憑藉代理海鮮銷售，就可以賺一大筆錢，然後成立公司，接著尋求上市上櫃……

越想越遠，鄭乾腦中裝滿對未來的憧憬，緩緩進入夢鄉，不知過了多久，刺鼻的魚腥味突然增加了某些難聞的味道。

鄭乾擰了擰鼻子，深吸口氣，發現原來是一股臭味。

怎麼會有臭味出現？他迷迷糊糊睜開眼睛，發現天已經微微亮，穿上衣服鞋子循著味道來到儲藏室時，才發現臭味是從裡面飄出來的。

海鮮！

他立刻想到了昨天放到裡面的那一堆海鮮。

鄭乾晃晃腦袋，儘快使自己清醒過來，然後慌忙打開儲物室的門，腳還沒有踏進去，就被一股腥臭味熏了出來。

「這是怎麼回事？」

他站在門口呆了幾秒，捂住鼻子後衝了進去，伸手拿起一隻蝦，鉗子還在扭動，放到鼻尖一聞，還好，味道不大，然後又拿起海螺，也行，沒有味道。但是當走到裡面的時候，才發現所有軟體海鮮都已經散發出了一陣陣的腥臭味。

這下子，鄭乾愣住了。

酒店下的單子是要新鮮海鮮，這已經發臭的海鮮……還叫新鮮海鮮嗎？

「小寶！」

鄭乾立刻衝到莫小寶臥室將他叫了起來，然後拖著睡眼惺忪的莫小寶來到了儲藏室。

「你看！」

莫小寶原本還沉浸在夢中，突地就吸進了一口帶著腥臭的空氣，立刻從睡眠狀態中清醒過來，然後驚訝地一箱箱查看，頓時臉色刷白了。

完了，昨天老爸在電話裡還有說，拿回來的海鮮一定不能放在封閉的空間裡，而且還需要溫度低，儘量潮濕，但昨天忙了一整天，所以轉身就忘了老爸的叮嚀，又覺得大冬天不會出什麼問題，就沒有去管。

可是現在……

莫小寶哭喪著連看著鄭乾，問道：「怎麼辦？」

第一百三十三章
拒絕從現在做起

「你問我怎麼辦？」鄭乾雙手在臉上揉搓，「你家才是賣海鮮的啊！你都不知道怎麼辦，我怎麼知道怎麼辦？」

莫小寶緩緩蹲了下去。

很明顯這些海鮮是不能拿去賣了，除了有殼的那些傢伙還有點生命力，其餘的甚至都開始腐爛了，這種貨拿出去，別被人家轟走就是好的。

因為海鮮品質出現嚴重的問題，G市所有的烏雲彷彿都一同約好，籠罩在了白日夢工作室上空，懸而不走。

一股沉悶且壓抑的氣氛開始出現。

莫小寶失了魂的樣子：「都怪我……是我把我爸的囑咐忘了。」

「行了，又不只是你一個人的錯誤。工作室的損失我們三人一起承擔。」鄭乾說道。

「不過這次賠的不光是本金，而且還要賠償酒店違約金……畢竟是我們違約了，沒有將新鮮海鮮送給他們。」

孔浩這句話一出，氣氛再次降至冰點，所有人都皺著眉頭不停想辦法。如果沒有記錯，這是白日夢工作室成立以來遇到的最大危機，之前哪怕再窮，咬咬牙也都能夠堅持下去，畢竟那些損失都是小數目。但是現在……卻是幾十萬乃至上百萬的大數額，這讓鄭乾一下子也想不出辦法。

莫小寶咬牙道：「這次違約金，讓我爸付吧，誰讓他賣海鮮不好好叮囑的……」

「酒店也應該付，原本我們打算當天就送去給他們，結果是他們自己業務繁忙，不能接手，這不能光責怪我們吧？」

莫小寶和孔浩的一言一語並沒有為鄭乾打開任何的思緒，他知道莫小寶心裡自責，所以想將責任主動攬到自己身上，但是如果這樣做，白日夢工作室離解散就不遠了。更何況是他們自己沒有將海鮮儲存好，這種事情怎麼能怪到賣家頭上？

至於孔浩說酒店也應當承擔一部分，但是鄭乾仔細計算過，主要原因是出在他們這裡，所以違約金賠償肯定佔據大部分，即便酒店承認他們需支付一部分違約金，但是剩下的數額，也不是他們現在能拿得出手的。

怎麼辦？鄭乾點了一根煙，吸了兩口，自從和程心分開之後，不知道從哪天開始，他就習慣了一個人拿出一根煙來輕輕點著，在吞雲吐霧裡尋求安慰。

孔浩又開口建議道：「要不……我們申請破產吧，這樣就不用賠付違約金了……」或許是知道自己提出的意見會遭到嚴厲的反對，說到後面時，他的聲音已經低了下去。

果不其然，他剛剛說完，鄭乾就抬起頭來說道：「就算是借，我也不會申請破產。這是我創業路上走得最遠的一次，也是跌得最重的一次，但是無論如何我都要爬起來繼續向前走，不能辜負我之前付出的所有努力。」

「那違約金怎麼辦？我們去哪裡找？」

「我來怎麼樣？」就在所有人都愁眉不展時，一個帶有魅惑的聲音突然從外面傳來，轉頭一看，原來是林曼。

「你怎麼來了？」自從她一次又一次地破壞自己和程心的關係之後，鄭乾對林曼就沒有了以前那些好感，現在還是當普通朋友相處著，或許普通朋友還可以再往上升級，但是鄭乾並不想那樣。因為他的心裡，依然只有程心。

「我不可以來嗎？」林曼微笑著問道，「我聽說你們遇到了麻煩，如果不介意的話，我可以幫忙。」

莫小寶和孔浩臉上都露出了驚喜的神色，但是鄭乾接下來的話，卻如同給他們潑了一盆冷水。

「不用，我想這件事情我們可以解決。」

「你們？如果我沒猜錯，你們現在已經沒有可以使用的餘額了吧？」

看到沒有人說話，林曼笑道：「正好我有五十萬，你們可以拿去用，等什麼時候有了，再還我也行。」

氣氛沉默下來。

如果有了這五十萬，那就意味著他們不但能夠賠付違約金，還能再一次進貨並開始新一輪的銷售。

但是孔浩和莫小寶都知道林曼和鄭乾之間的事，雖然他們很樂意接受這五十萬，可鄭乾卻不一定，剛才果斷的拒絕已經足夠表明他的決心了。

「謝謝，但是這些困難以後我們可能還是會遇到，所以我想，如果能夠憑藉我們自己的能力度過難關的話，一定會完成一次昇華。」鄭乾說道，「林姐，謝謝你。」

「好吧，既然你認為能夠度過難關，那我就先祝你好運。當然，如果需要的話，我的大門隨時為你敞開，這五十萬你也可以隨時拿走。」說完這句話，林曼便轉身離開。

莫小寶趕緊湊過來，問道：「鄭乾，你真不打算要這五十萬？如果有的話，我們就真的可以不用擔心什麼違約金了。」

「不，我不想再和林姐走得太近了，我對不起程心，既然言語上解釋不了，我就從行動上來。」

「唉……要是程心知道你為了她這麼做，那倒還好，但是人家現在說不定已經跟那個楚雲飛在一起了……你……」

「是啊，要不……要不你再考慮考慮？」

「小寶！」孔浩立刻捂住莫小寶的嘴，不讓他說話。

好在鄭乾並沒有太過在意，擺擺手，起身說道：「我去想想辦法。」

鄭乾離開後，莫小寶想了想，跟孔浩商量：「我們要不要把這件事告訴程心？一來讓她知道鄭乾對她的眷戀，二來，也讓她想想辦法……畢竟她爸那麼有錢。」

孔浩想了想，覺得這個方法可行，點頭道：「好，那我們就問問程心，而且還可以根據她的反應探探她和楚雲飛的關係。」

「對。」莫小寶拍掌同意。

「那你去打電話說明。」

「我？！」

「你出的主意。」孔浩起身離開。

莫小寶無奈搖頭，隨後掏出手機，撥通程心的電話。

「喂，小寶。」

「程心，那個……我跟你說件事。」

「有什麼事就說吧，那麼支支吾吾的幹嘛。」

「我們白日夢工作室遇到麻煩了……」隨後莫小寶就把事情始末都說給了程心，順便還不忘加油添醋描述了一番鄭乾對她那無窮無盡的愛。

第一百三十四章
突如其來的大訂單

程心在電話那頭，又不由自主地流下淚水，她不知道莫小寶說的是真是假，但是只要聽到鄭乾遇到麻煩，她心裡就會忍不住的為他擔心，為他著急。

所以在知道鄭乾遇到的困難之後，程心沒有片刻猶豫，便起身前往公司，趁著程建業出國，用個人名義從公司撥出一筆五十萬的帳，緊接著，登上淘寶，將五十萬都用在了上面。

鄭乾知道自己店裡的物品賣光的時候，已經是第二天早上。

當他習慣性的打開電腦之後，才發現來了一個五十萬的大單子。

盯著螢幕久久沒有移開目光，鄭乾身體緩緩顫抖，隨後哈哈大笑起來。

驚喜、震驚，一切和興奮有關的情緒都集中到了鄭乾身上，他的笑聲也很快吸引了莫小寶和孔浩。

他們從房間出來，詢問發生了什麼事。

鄭乾二話不說，將筆記型電腦拿到兩人面前：「你們看。」

「……五十萬！」

「五十萬的大單！」

不只孔浩震驚了，就連知道實情的莫小寶也驚訝得大叫出來。他沒有想到只是一通電話過去，程心二話不說就撥出五十萬來……如果不是親眼看到，或許連他也不相信。

激動的心情慢慢平復，鄭乾說道：「有了這五十萬，眼前的難題就可以解決了。」

「我也有一個好消息。」孔浩哈哈一笑，「我跟我爸說了，他答應利用他的關係去跟酒店說一下，不用我們支付違約金，而且還能夠繼續供貨。」

「真的？」

「當然。」

「好兄弟！」鄭乾送給孔浩一個大大的擁抱，沒有說話，但一切感謝的言語已經融進了這個懷抱。

而至於五十萬大單是誰下的，鄭乾卻因為一時興奮而沒有去深究。

於此同時，派出所那邊的關於小販的審訊，也已經有了結果，驗傷出來，小販的毆打對鄭乾造成了輕傷，需要判刑。

「如果被打的一方出具諒解書的話，可以減消刑罰。」這是警察和鄭乾說的話。

鄭乾知道之後，沒有猶豫就草擬了一份諒解書，然後列印出來，簽字按手印，送交派出所。「還請警察看看，這份諒解書是否可以？」

「可以。年輕人很不錯嘛，這公文寫得漂亮，要不要來我們這做個文職工作？」

「哈哈，那倒是不必了。」鄭乾笑著拒絕。

而海鮮小販得知自己能夠從裡面出來，完全是因為鄭乾的諒解之後，紛紛羞愧難當，當初是他們一拳一腳往人家身上招呼，但是沒想到現在……反倒是被打的人原諒了他們。

「好好謝謝人家，如果沒有人家原諒，你們滋事鬥毆，可沒那麼容易出來。」

連警察也這麼說了，海鮮小販更是頻頻點頭道：「謝謝，謝謝！」弄得鄭乾有些不知所措。

原本他出具這份諒解書的時候，孔浩和莫小寶還感到不解，認為他這是婦人之仁，這次原諒了他們，下次遇到說不定又是拳頭招呼。

鄭乾卻知道，這些海鮮小販辛勞工作都是為了養家糊口，突然看到一個比他們賣的更低價的傢伙出現，並搶走他們的生意，任誰心裡都會不舒服。再加上雙方言語激烈，所以打起來也就在所難免，但是相信氣消了之後，他們也會覺得是自己做的不對。

出具這份諒解書並非一時心血來潮，也和孔浩及莫小寶所說的婦人之仁沒有多大關係，他想著，如今以後自己還要在海鮮市場活動，說不定還得和這些人打交道，如今算是送他們一份恩情，到時候如果遇到什麼困難，相信他們也不會袖手旁觀吧？

鄭乾的想法得到了證實，這些海鮮小販紛紛表示以後海鮮市場誰再敢對鄭乾說一個不字，他們就讓他知道什麼是拳頭。鄭乾忙笑著說，你們打了人家，人家可未必會像我一樣出具諒解書的，說完所有人都哈哈大笑起來。

海鮮市場的事情終於圓滿解決，孔浩和莫小寶不得不對鄭乾的所作所為豎起大拇指。

※

程氏企業，人事部總經理辦公室。

梁叔正坐在辦公桌前輕輕敲擊著桌面，眉頭微微上揚，卻不是高興，而是露出思考的神色。

就在剛才，公司財務向他報告，公司少了一筆五十萬賬款，出具人是程心。也就是說，公司裡這五十萬塊錢，是程心從帳戶裡面劃走的。

程建業遠在國外，公司最大的股東是他，而劃走這筆錢的人又是他的女兒，這種事情如果落到其他人手裡，一時半會可能難以解決。但是梁叔是誰？連程建業都說過，梁叔是他的左膀右臂，是他最信賴的人，所以處理這樣的事情完全不在話下。

但是問題在於，程建業回國之後，知道他的處理方法，會不會產生懷疑？

程建業佔據了公司大部分股權，梁叔跟在他身邊多年，可謂勞苦功高，然而即便如此，除了拿到工資和績效獎金之外，關於公司的財產他卻從來沒有染指的機會。要知道，程建業當初創業建立公司的時候，他可是早已經跟在他的身邊了。

本以為程建業會將手中的股權分一些給他，但是沒有想到，在從國外召回楚雲飛之後，程建業又有了將公司全盤交付給程心的打算。

一旦如此，他這輩子將再也不可能擁有翻身的機會。梁叔需要的不僅僅是一個總經理的位置，他需要公司，需要程氏企業旗下的公司！

於是他叫來財務，選擇報警。

為了能夠將程心踢出公司系統，他只能這麼做，讓程心進警察局待著，這樣，他就可以著手實施和落實自己的計畫，屆時一旦計畫成功，那麼他的所思所想都會變成現實。

「那……程總回來怎麼辦？」

「這個你不用擔心，我來說明就行。那五十萬是公司的錢，不是程心的私人財產，所以我們報警並沒有什麼不妥。」

財務聽完梁叔的話，覺得也有道理，便點頭道：「好，那我先報警。」

梁叔閉著眼睛緩緩點了點頭：「去吧。」

財務離開之後，他又打了一個電話出去，說道：「王律師，我們可以開始準備了。對，如果不出意外的話，您寫擬的授權書，不用多久就可以用到了。」

第一百三十五章
父女上門

人事部總經理辦公室中發生的一切沒有人知道，當警察到來的時候，程心剛和莫小寶通完電話，聽莫小寶說白日夢工作室的危機已經解除的時候，十分高興，恰巧這時，警察按響了門鈴。

程心穿著拖鞋和一身居家服，急急忙忙的開門。

「請問……有什麼事嗎？」一開門就看到幾名警察站在門外，一臉嚴肅，程心小小的抖了下肩。

「請問是程心女士嗎？」

「是。」

「我們接到報案，懷疑你和一項挪用公款案有關，麻煩你跟我們走一趟。」

「挪用公款？那是我父親的公司，這不算是挪用公款吧？」程心立刻辯駁道，「警察先生，你們可千萬不要誤會……」

「程心女士，有什麼到派出所再說，我們會有專門受理此案的工作人員進行調查。」

「那我什麼時候可以出來？」

「這個需要看辦案流程，現在我也不方便告訴你，走吧。」

「哦。」程心低垂著頭。

程心被帶走，雖然沒有像電視上那樣戴上手銬，但是這種滋味還是不好受。要是老爸在就好了，讓他解釋一下……不過是誰報的警？她轉帳的時候明明是實名的，公司的人都知道啊！

※

程建業剛下飛機，就得知程心被警察帶走的消息，而告知他這個消息的正是梁叔。

梁叔說道：「我們正在調查這件事。」

「也就是說，你們現在既不知道程心調用五十萬賬款的目的，也不知道是誰報的警？」

「對，我讓財務……」

「我知道了，去派出所。」程建業快步上車，朝司機招呼道。

司機點頭，在程建業催促中不斷加快速度，很快車子就已經來到了派出所門前。

程建業不等司機，自己打開車門就匆匆趕往裡面，跟值班警察說明情況後，見到了辦理此案的警察。

「你好，我是來跟你們說明一下情況的。」程建業說道。

「來，坐下說。」

「我是程心的父親，也就是程氏企業的負責人，程心挪用公司五十萬款項是我授意的，忘了跟財務部門的人通知，所以造成了誤會，還請你們通融。」程建業儘量心平氣和地說道，因為這件事情很明顯有很多端倪，一來程心為什麼要無緣無故挪用公司的五十萬賬款，其次，挪用款項之後，又是誰報的警？第一件事情等見到程心之後就可以知道，但是第二個問題，值得好好調查。

警察聽完程建業的說明，讓他出示身份證等相關證件，證明了自己的身份，再經過必要的案件辦理程序後，他終於見到了程心。

「爸！」程心跑上來和程建業擁抱，「我就知道你會來。」

程建業懸著的一顆心終於落下，面色一板問道：「走，回家我再收拾你。」

程心吐了吐舌頭。

「說說，拿五十萬去做什麼？我記得平時給你的零用錢也不少吧？做什麼事情一下子就要五十萬才行？」程建業沉聲問道。

「爸……這個，你不是說我要拿多少錢花都可以嗎？我當然是拿去花啦。」或許是連自己也覺得這個謊說的有些誇張，就撲在程建業手臂上搖晃，「爸，不要問了嘛。」

五十萬可不是一個小數目，如果時不時就挪用一筆，那公司破產就指日可待了！

程建業依然板著面孔，對於程心的撒嬌無動於衷，「老實說吧，我又不會拿你怎麼樣。另外，這件事關乎到能否查到報案之人，你梁叔正在派人追查，說不定你說的一些話會對他有用。」

「那……那我說出來，你要保證不生氣。」

「不生氣。」

「好吧……」程心一想，反正早晚都會被知道，倒不如自己主動承認好一點，就一五一十把經過都和程建業說了。從鄭乾的白日夢工作室差點破產，再到自己挪用公款為他解決危機等等，一條不落。

程建業聽得面色發脹，就知道一個女孩子家拿五十萬能去做什麼，沒想到是拿去為鄭乾工作室解決什麼危機！這是什麼行為？換一句話就可以解釋：吃裡扒外！

但畢竟是自己的女兒，程建業不好說重話，只能又接著問道：「他沒蠱惑你？」

「什麼？」程心一愣。

「我說，是你自願拿去給他的？」

「我……我都和他分手了，他怎麼蠱惑我？再說，我是接到莫小寶的電話之後，自願為他解決危機的。」

「糊塗！」程建業突然大聲道，「要是這次我有事耽擱，回來晚了怎麼辦？你是不是要為了人家去嘗嘗蹲牢的滋味？」

程心嘟著嘴，無話可說。

「還有，你不是說和他分手了嗎？分手了還這樣去幫助他？你這麼付出他知道嗎？」程建業一連三問，更讓程心回答不出來了。

也是，自己不是和他分手了嗎？為什麼心裡卻還是放不下？不用說程建業想知道答案，就連程心自己也想知道，如果鄭乾知道淘寶店那五十萬是自己挪用公款才到他賬上的，他會怎麼想？會感謝還是會責怪……

「走，帶我去找鄭乾。」

程心一愣，疑惑道：「找鄭乾幹嘛？」

「這你就不用管了。」

「爸——」

程心來不及做出反抗，就被程建業拉著手坐上了車，然後驅車前往白日夢工作室。見程建業一直沉著臉，程心擔心出什麼問題，半路悄悄給蔣潔和鄭晟發了訊息，讓他們也趕過來。

程心最懂自己的父親，他知道程建業一旦露出這樣的表情，一定是因為憤怒已經開始在他心裡爆發出來。記得上一次看到這樣的面孔，是自己和鄭乾去酒店療傷被他誤會的那天。

程建業現在一言不發，程心也不敢去問，待會還不知道會發生什麼事情呢。

程心心裡在打著鼓，車子也「剎——」一聲停在了白日夢工作室門口。

「下車，叫鄭乾出來……不，還是我進去找他吧。」程建業想了想改變主意，推開車門徑直往工作室裡面走去。

第一百三十六章
一個巴掌，一句豪言

白日夢工作室還是和以前一樣的佈置，熟悉的環境，讓程心每次來到這裡，都會不由自主想起當初的美好。

也許是因為即將見到鄭乾而感到緊張，又或許是因為不知道程建業接下來會做些什麼而緊張，程心心裡七上八下的。

看到程建業的出現，不只鄭乾，就連孔浩和莫小寶都感到意外，這位在G市商業歷史上具有傳奇色彩的人物如今冷著臉站在所有人面前，那股威嚴可不是開玩笑的。

莫小寶乾笑一聲，孔浩咧了咧嘴，鄭乾站起身來，露出一絲笑容說道：「程叔，您怎麼來了？」

「程叔？」程建業沉著臉，「你有什麼資格叫我程叔？」

「呃……這是怎麼了？」鄭乾擠出一絲笑容。將目光落到程心身上，卻見她已經瞪大眼睛看著程建業，「爸，您這是做什麼？」

「哼！」程建業一聲冷哼，使得程心不由自主低了低頭。「你問我做什麼？先問問你做了什麼。」

「我……我做什麼了？」

「你挪用公司五十萬公款，是誰指使你做的？」程建業冷著聲問道。

「爸——你幹嘛呀？」程心一方面是不想將自己為鄭乾做的事情讓鄭乾知道，另一方面是對程建業說的話感到震驚。可以聽出，程建業以為她是聽了鄭乾的話，才挪用公司五十萬公款。

「如果不是有人指使，我不相信你會這麼做。」程建業不再理會程心，而是看著鄭乾說道，「你有種就不要利用程心對你的愛，讓她幫你做這種偷偷摸摸的事情。」

「我……我讓她做什麼了？」鄭乾自己也懵了，「程叔……不，程總，您能不能說明白一點？」

「說明白一點？你知不知道程心從我公司挪走五十萬，就是為了幫你度過什麼危機！真是瞎了眼，她為了幫你，連警察局都走了一趟，你竟然還在這裡裝作什麼都不知道，你……你簡直不配做一個男人！」

啪！

程建業的手掌狠狠落在鄭乾臉上，不光響，而且因為空曠，所以回音持續不停。

這一刻，所有人都愣住了。

沒有人想到程建業竟然不顧鄭乾臉面，當著這麼多人打了他一個耳光，更沒有想到，那所謂的大單竟然是程心下的……

鄭乾捂著臉的左手緩緩放下，上面有一個清晰的紅印。他看著程心說道：「我有指使你做過什麼事嗎？我不用你可憐，不用你可憐！給我滾！滾啊！我再也不想見到你！」隨後，轉頭看向程建業，「五十萬，我將來會加倍還你，一分都不會少。現在，請你們離開。」

程心十分委屈，流著眼淚想要解釋，卻被程建業拖了出去。

臨走前，程建業說道：「希望你是個男人。」

鄭乾緩緩捏起拳頭，雙目之中有著無盡的怒火和憤恨，但是……更多的還是委屈。

程建業所說的，他指使程心挪用公款一事根本是子虛烏有，不知道他究竟哪裡找到的根據。但是這些都不重要，重要的是，他會像他所說的那樣去做，將這五十萬加倍奉還！

程建業帶著程心離開之後，莫小寶糾結片刻，才拖著步伐來到鄭乾身邊，說道：「鄭……鄭乾，那個，我們工作室遭遇危機的事情，是我跟程心說的……」

話還沒有說完，鄭乾就已經轉身離開，顯然，是不想聽到任何關於這件事的話。

莫小寶無奈地看了孔浩一眼，孔浩也聳了聳肩說道：「他現在正在氣頭上，等事後再跟他說一下。」

「我只是覺得，程建業也太過份了，如果不是看在他是程心她爸的份上，我早就一拳過去了，哪裡還能讓他打了鄭乾後安然離開？」

孔浩嘆了口氣：「我覺得程心才是最委屈的……明明是好心幫我們，結果不但被他爸責怪，還得被鄭乾拒絕，要是我，心裡肯定受不了。」

「是啊，這只能說明程心對鄭乾還沒有放下，只有愛的深沉的人，才會選擇這麼做吧？」莫小寶眼神悠遠。

孔浩拍了下莫小寶的肩膀：「走吧，去看看鄭乾。」

※

車停在路邊，兩人的情緒都還沒穩定下來。

程建業依然冷著臉，不顧眼淚直流的程心，說道：「這就是你喜歡的鄭乾？我告訴你，如果他真的喜歡你，剛才就不會對著你吼，也不會說再也不想見到你。」

「那都是因為你！爸，我告訴你，即便我和鄭乾不在一起了，你也別想干涉我的戀愛，我愛找誰找誰，我不需要你管！」說完這句話，她就打開車門毫不猶豫地離開。

「程心，給我回來！」

「你不用管我！」

「我是你爸！」

「我沒有你這樣的爸！」

「你……」

程建業突然感到腦袋一陣眩暈，趕忙用手扶著車身，但是眩暈的感覺依然沒有消失，只是片刻不到，他就感到眼神有些戰慄，緊接著，程心的身影越發模糊，到了最後，只感到一片黑暗滾滾而來，將他全部侵沒……

程心一直往前走，但是程建業的聲音卻沒有再傳來，程心下意識回頭一看，就看到了程建業扶著車身倒下的那一幕。

「爸！」

「爸——爸，你怎麼了？你別嚇我啊！女兒剛才只是在說氣話！爸！」見程建業沒有醒來的跡象，程心慌忙掏出手機撥打了一二〇[12]，「喂——是一二〇嗎？我叫程心，這裡是……好，謝謝！謝謝！」

12 中國大陸地區的救護專線為一二〇。

跟一二〇說明了情況，得到他們五分鐘之內趕到的承諾後，程心連忙扶著程建業平躺下來。雖然如此，但是她心裡卻依然感到一陣陣惶恐，老爸一直以來身體健康，從來沒有生過什麼大病，要是……要是這次真的是被自己氣成這樣，那……程心不敢再往下想。

現在她能夠做的事情只有等待，只要等到醫生來，一切就會好起來。

很快，救護車的聲音遠遠傳來，沒用多久就已經開到了程心身邊，停下車，然後便是專業的醫護人員用擔架將程建業抬了上去。

「你是病人家屬吧？」

「是，病人是我爸。」

「好，你上救護車陪同。」

「好。」程心慌慌忙忙，將自己的車鎖上之後，連忙跟隨醫生上了救護車。

第一百三十七章
家是最溫暖的港灣

「醫生，我爸他沒事吧？」程心擔憂地問。

救護車上，醫生已經對程建業做了基本的急救治療，程建業的心跳也逐漸恢復正常，但是人仍然沒有醒來，而且臉色看上去極差。

醫生摘下口罩，說道：「我們初步判斷是急性高血壓，但是具體的病因還需要去醫院才能確定。」

「急性高血壓？」程心不知道這是什麼病，但是根據程建業的狀態來看，一定非常嚴重。對於一個平日裡身體健康的人來說，說他有這樣奇怪的病實在讓她有些難以接受。

醫生解釋道：「所謂急性高血壓，就是指在某些誘因下致使病人血壓突然顯著升高，並且同時伴有進行性心、腦、腎等重要器官功能急性損害的一種嚴重危及生命的病症。如果我沒猜錯的話，病人昏倒之前一定是受到了某些刺激吧？」

程心聽完醫生的解釋，雖然很多地方聽不太懂，但是也知道這種病十分危險，而且很有可能就是因為剛才自己和他吵架而導致的，尤其醫生最後一句話，更是令程心差點嚇得哭出聲來。她點了點頭，算是默認。

如果程建業真的因為她那幾句大逆不道的話而發生什麼意外，那麼程心這輩子都不會心安。

「醫生，求求你一定要治好我爸，求求你了！」人最脆弱的時候往往會習慣性的將一切希望交給身邊最值得信賴的人，此時程建業昏迷，最值得信賴的自然是醫生，程心邊說話邊流著淚，如果不是醫生說安靜的環境便於病人康復，或許她早已經哭出聲來。

「我們的職責就是救人，就算你不說，我們也會盡自己最大的努力將病人治好。」醫生說，「好在你及時撥打一二〇，你爸目前看來並沒有什麼大礙，但是到醫院檢查之後，可能會需要一段較長的康復期。」

「謝謝醫生。」

醫生的話讓程心懸起的心稍稍落下，但是也從某種程度上給了她一個警醒，以後無論如何，遇到多大的事情也不能隨便激怒程建業，否則很有可能又一次造成急性高血壓。

程心他們離開之後，鄭晟和蔣潔才來到白日夢工作室，一進門別的沒看到，就看到臉上一個紅巴掌印的兒子正在電腦前埋頭工作。

鄭晟問道：「人呢？」

「爸，你怎麼來了？」鄭乾恍然回神，轉頭問道。

「我們就一直從外面進來，直直走到你面前，你居然都沒有發現，要是在戰爭時期，早就把你們全部滅了。」鄭晟對鄭乾明顯頹廢的情緒感到非常不滿意，還想開口再說，被蔣潔扯了扯手臂，讓他少說兩句。

「爸、蔣潔阿姨，坐吧。」鄭乾搬了兩把椅子。

「說吧，剛才發生什麼事了？」

「沒什麼。」

回想起剛才一幕，鄭乾心裡便忍不住抽痛起來，如果不是鄭晟問他，或許他會再次發火。

「還不說？你作為一個大男人，既然做錯了事情，就要勇於承認！」鄭晟突然站起身來，厲聲喝道，「人家程建業早就把你的事向我反應了，我原本還以為我鄭晟的兒子做事光明磊落，但是沒想到……沒想到你和你老爸差這麼多，我看你這性格，快趕上程建業了！」

「老鄭！」蔣潔趕緊拉住鄭晟，不讓他再說下去。

「哼！」鄭晟甩開手，「你別拉我，我就是要讓他知道，什麼是對，什麼是錯！」

「我知道！」鄭乾突地站起身來，「但是你知道這件事情的真相嗎？你作為我的父親，不但沒有瞭解真相就向著別人，還到這裡胡亂罵我一通，你以為我這個做兒子的高興嗎？」

「你……好啊，翅膀硬了，敢和我硬碰硬了是吧？」鄭晟突然揚起手來，「我打你！」

啪！

狠狠的一個耳光再次落到鄭乾臉上，原本是左邊有紅印，現在連右邊也多了一個。甚至仔細一看，還能發現兩邊都是一個巴掌印。

別人打也就算了，連自己的爸爸不明真相也跟著一起打，鄭乾心裡的悲傷就如同黃河暴漲的河水一般迅速蔓延開來……

孔浩和莫小寶也在這時趕了出來，正好看到那一個耳光落下的瞬間。兩人愣了愣，然後迅速跑過來將鄭乾擋在了身後。

「叔，你……你別亂打人啊。」看著一身氣勢不輸程建業的鄭晟，莫小寶心裡打鼓，顫顫巍巍道，「你這次可真誤會鄭乾了。」

「就是，叔，你確實誤會鄭乾了。」孔浩也趕忙幫腔，一對一幹不過，二對一總有點勝算吧？「程心她爸那是亂猜的，真相是……」

「孔浩，別說了。」鄭乾忽然在這個時候插了一句，「既然連我爸也認為我是這樣的人，那我就是吧，真相不真相的，又有什麼關係？大不了以後，我光明磊落、堂堂正正做人就是。」

「可是，鄭乾……」

「別說了。」鄭乾抬起手摸了摸火辣辣的臉頰，自嘲道，「一人打了一邊，倒也不會一邊胖一邊瘦的難看。」

「老鄭，你這脾氣到底什麼時候能夠改改？什麼都沒問清楚，你就相信程建業不相信你自己的兒子？」蔣潔憤怒道，「像什麼話！」

「我……」

「好了，你別說話。」蔣潔乾脆一把拉過莫小寶，「孩子，我看你憨厚，你給阿姨說說，事情到底是怎麼回事？」

「我……這……」莫小寶轉頭看了眼鄭乾，見他沒什麼表示，才吞吞吐吐道，「其實這件事情是這樣的……」

莫小寶從白日夢工作室遭遇到的問題開始說起，一件沒落，原原本本做了個交代。

蔣潔聽完之後，終於瞭解了真相，而一旁臉上還怒火重重的鄭晟，在豎著耳朵聽完之後，突然地，流露出了羞愧的表情。但是一個長輩即使做錯，又如何向晚輩道歉？那是絕對拉不下臉去的，所以鄭晟只好將頭瞥向一邊，當作沒有聽到剛才莫小寶所說的話。

蔣潔搖了搖頭，程建業這個人疑心和權欲太重，所以自主性也就太強，很多他所認為自己做的對的事情，事後看來都沒有那麼絕對。

蔣潔朝鄭乾使了個眼色，既然老的不好意思，那小的去總行吧？鄭乾會意，雖然剛才被打了一個耳光，但是老子打兒子也算天經地義，如果因為自己強著就使得父子關係惡化，那絕對不是他想要看到的。

既然如此，那就……

「爸，怪我剛才沒有和你說清楚，不然也不會發生剛才的事情……爸，你……」

口才這麼好的一個人，到了這個時候卻連一句完整的話都說不出來了，看得出來他內心相當的糾結。

兒子已經說到了這個份上，鄭晟再強硬下去就顯得沒有意義了，小時候打兒子兩巴掌還是自己將他哄開心，現在打了一個耳光，倒是兒子來賠不是了，感慨時光悠悠，鄭晟微微搖頭，拍拍鄭乾的肩膀，說道：「爸給你賠不是。」

第一百三十八章
一番談話

「爸。」鄭乾和鄭晟緊緊擁抱在一起，小時候爸爸的懷抱是他最溫暖的港灣，如今遭遇了接二連三的挫折，才知道家依然是讓你感到最安全的地方。

※

程建業確診為急性高血壓，經過醫生檢查治療之後，生命特徵已經全部恢復，現在能夠睜開眼睛，但是卻開不了口說話。

程心從上了救護車之後就一直陪在程建業身邊，片刻未離，現在已經過去了一夜，她早已累得趴在床邊睡著了。

楚雲飛打開了門，抬眼卻看到熟睡的程心和躺在病床上的程建業，不忍心打擾，只好躡手躡腳又將門悄悄關上，一個人站在門外等。

不知過去多久，裡面終於傳來了聲響，楚雲飛抖了抖發麻的腿，然後又小心翼翼將門推開，發現原來是程心已經醒來。

楚雲飛走了進去，手上捧著花，還帶了一些程建業和程心喜歡吃的東西，展顏一笑：「程心。」

轉過身，發現是楚雲飛來了，程心疲倦不堪的面容上出現一抹牽強的笑容：「你來了。」

楚雲飛點了點頭：「聽說程叔住院，我特地趕來探望。」

「沒事的，你先去處理公司的事情，我在這照顧就行。」

「我來幫你照顧，你累了一天，回去好好休息一下。」

楚雲飛給人的感覺永遠那麼溫暖，溫暖的笑容、溫暖的語言和溫暖的舉止，使得他看起來便像天使一般。

可惜天使的光環此時並不能觸動程心已經冰冷或者說已然堅硬的心，她微微搖頭道：「我不放心，你來了就坐會吧。」

「好。」

將花放下，知道程心一定沒有吃晚飯，更沒有吃早餐，楚雲飛將帶來的食物打開，說道：「先吃點東西，人是鐵飯是鋼，一頓不吃餓得慌。你也不想程叔醒來的時候看到你餓的發昏吧？」說到後面已經帶起了一絲略微調侃的笑意，為了活躍氣氛使程心放鬆，楚雲飛不得不這麼做。

「謝謝你。」

依然這麼客氣，楚雲飛苦笑道：「不用謝。」隨後又動手將花插好，看著程心已經開始吃著東西，笑了笑，動手為她削了一個蘋果。

蘋果是她最愛吃的水果，為了程心，楚雲飛專門學會了削水果皮，並且削完整個蘋果，還能保證皮一圈一圈繞在上面而不落下，看上去既美觀而又衛生。遞了一張紙給程心，給她擦了擦嘴，然後將蘋果切成一塊一塊的小塊，放在乾淨的盤子裡面，堆壘成一個好看的花的形狀，遞給程心。

「來，嘗嘗味道怎麼樣。」

印象中，哪怕是鄭乾，也沒有對自己這麼好過吧？程心笑了笑：「謝謝。」

「以後跟我不要說謝了。」楚雲飛說。

「為什麼？」程心突然想知道答案。好幾次，都是在她最傷心的時候，楚雲飛出現在她的身邊，算了算……從接她那天開始，到現在已經三次了吧？自己對他說謝謝本就是理所應當的事，為什麼不要？

「因為……你要是繼續說下去的話，可能一輩子都會說下去吧……」楚雲飛忽然覺得這話有些露骨，因為他心裡想的是，會一直對她好。於是又尷尬地笑著解釋道，「我是說……我們之間不用說謝謝，我為你做什麼，都是我願意並樂意的，真的。」

程心早就聽出了這些話的意思，但是此時……偏頭一看，程建業依舊躺在病床之上，早上睜開過一次眼睛，如今又睡了過去，身體不知道什麼時候才會痊癒。所以，她實在沒有辦法在這樣的時候，將心思的重心轉移到兒女情長之上。

楚雲飛的愛意令她感到溫暖，但是來的是時候，卻又那麼地不是時候。倘若換在平常，或許……她就會欣然接受了吧？

誰知道呢。

就連程心也不確定。

此時病房之外又來了一人，輕輕敲了敲門。

「請問你是……」楚雲飛聲音依舊溫暖。

「姚佳仁？你來做什麼？」程心聽到輕柔的腳步聲，回頭一看，不等來人說話便已經皺起了眉頭。

她的心情原本就不好，此時看到這個一直欺騙別人的女人出現，臉色就更差了。

「我來看一下……」忽然不知道該怎麼稱呼，想了想還是說道，「我來看一下程叔，聽說他病了，順便幫著你照顧一下。」

程叔？照顧？如今被投資人踢開，找不到大樹乘涼，所以看到了我爸？程心搖頭笑了，姚佳仁的天性她已經無比瞭解，和任何人打交道，她都是奔著錢去的。否則孔浩那麼好的一個人，她為什麼不回去跟他在一起，而是要一次又一次地出賣自己的青春，從而換取與付出並不相等的財富呢？

程心說道：「好了，看也看了，我爸很不好，現在不需要人來打擾，所以請你出去。」

「程心，我知道你對我有偏見，但是我想我們之間真的有誤會，我……」

「出去。」

「程心……」見程心不為所動，姚佳仁只好放下自己買來的東西，然後看了一眼程建業，低頭轉身離開。

楚雲飛不是一個喜歡八卦的人，卻對這個女孩的故事……應該說，是對這個女孩與程心之間發生的故事感到有些興趣，看樣子她們之前認識，而且關係相當不錯，那麼是因為什麼，導致現在的她們變成了這樣？很快，不用他問，程心就簡單說了一下之前的事情，讓楚雲飛大致瞭解。

「這麼說來，她也挺可憐的。」

「可憐嗎？」程心問。

「當然，因為……她似乎已經迷失了人生的方向，不知道自己的價值所在，所以才會這麼地出賣和糟蹋自己。如果再沒有一些改變的話，到了容顏逝去的時候，等待她的將會是無窮盡的悔恨。都說香消玉殞，因為她們往往追求的就與一般女人不同，所以最後不但得不到一般的女人擁有的幸福，反而會變得悲慘無比。所以……你說她可不可憐？」

楚雲飛的話似乎有一些道理，但是程心不想去追究這些，別人可憐是別人的事，她可憐的時候，又有誰能真正的打心眼裡來關心和愛護著她？她自嘲般的笑了笑，不想在這個話題糾纏下去。

而楚雲飛和程心都不知道，走出門的姚佳仁並未遠離，而是靠在門旁的牆上，將這一切談話都聽進了心坎裡。或許楚雲飛說的對，自己追求的一切，是不是應該有所改變了？

不過，現在不就已經在慢慢改變了嗎？她來看程建業確實只是因為心懷感恩，她不去找孔浩，只是因為自己還欠他一個道歉，而這個道歉，不知道什麼時候，她才能有本錢去還清……

第一百三十九章
陰謀崛起

楚雲飛陪了程心整整一個上午，最後是公司打電話來，說是有緊急事務需要處理，他才離開了醫院。

病房內，一下子變得空蕩起來。

與此同時，梁叔的辦公室內，一個西裝革履、戴著眼鏡的中年男人走了進來。他將一疊文件放在梁叔辦公桌上，說道：「梁總經理，這就是授權書。你看一下，如果沒有問題，我們就……」

後面的話還沒說出來，就已經被梁叔抬手打斷，然後指了指門外，意思是小心隔牆有耳，眼鏡男恍然點頭，然後起身往門外一看，沒人，才又進來，朝梁叔搖了搖頭。

梁叔拿起授權書仔細看了一遍，突然皺起眉頭問道：「你說，只要程心簽了這份文件，我就能成為程氏企業的負責人？」

眼鏡男──也就是程建業的私人律師，王律師點了點頭，笑道：「這是自然，只要有她在這份授權書上簽字，你自然就有了程氏企業相關權益的合法行使權力。」

「我要的是全盤接收他的公司。你放心，事成之後，自然少不了你的好處。」

此時的梁叔已經沒有了往日和藹的笑容，他看上去像是一條毒蛇，一條露出毒牙準備擇人而噬的毒蛇。

「梁總經理這是不信任我嗎？我想你需要知道，如今程建業昏迷，無法執行授權，所以只能由程心代簽，到時候，你拿著這份授權書，就可以名正言順進行董事會選舉。而在這之前，根據企業出現的資金危機，你還需要引進基金用來回購，進而稀釋程建業的股份，因為程氏企業當中，程建業佔據的股份最多，多到其餘股東相加起來也比不過。所以只有這樣，你才能順利將整個企業掌握到自己手中，到那時，你就是名副其實的企業最大股東。」

雖然包含了很多讓人難以理解的詞彙，但是作為公司多年的人事部總經理，以及某種意義上僅次於程建業的存在，梁叔當然能聽懂王律師的意思。

原本他還打算為此冒一次險，但無疑這次程建業的昏迷給了他大好機會，如果不出意外，程心簽完字之後，他就能組織基金投資程氏集團，一旦開始走上程序，那麼他們就算是發現，恐怕也已經無力回天了。

想到這裡，他積壓多年的豪情壯志彷彿被一瞬間釋放出來，狠狠一拍桌子，起身道：「走。」

走去哪裡？自然是去醫院找到程心，正好利用如此千載難逢的機會——程建業昏迷和公司遭遇資金危機，誘騙她在授權書上簽字。

梁叔的計畫天衣無縫，在程氏集團內部，有誰能夠想到，跟隨程建業幾十年的梁叔會有如此大的野心？所以他的一切行為都不會遭到其他人的懷疑，哪怕程心，也同樣如此。

所以她在看到梁叔提著一些探望父親的禮品進來的時候，臉上立刻浮現出了難得的笑意，如果說程建業是自己的父親，那麼可以說，梁叔就是自己的半個父親。因為他看著自己從小長大，同時也教會了自己很多做人的道理。

拿了椅子給梁叔坐，又伸手接過他手裡的東西，程心笑著問道：「梁叔，你怎麼來了？」

「怎麼？我就不能來？」梁叔故意板起一副面孔，與之前在辦公室裡簡直判若兩人。

「不不，我不是這個意思，我是說你那麼忙，怎麼會有空來看我爸。」

「唉……再忙也得來啊，畢竟我和你爸同甘共苦過，想當年一路上相互扶持才有了今天的局面，我們啊，誰都離不開誰了。」梁叔感嘆完往事，話鋒一轉問道，「你說你爸平常身體好好的，怎麼到這麼關鍵的時候就病倒了呢？如果不是他今天沒去公司，我都不知道他病了。」

程心沉默片刻，低頭道：「都怪我，要不是我和他吵架頂嘴，也不會這樣……」

「吵架頂嘴？」梁叔不滿地看了眼程心，「你這麼大個人了，有時候得要學會諒解你爸，知道嗎？他一個人撐著這間公司，多不容易啊！現在他一不在，公司立刻就出現資金危機了，你說，這怎麼辦？」

程心對什麼資金危機沒有概念，她現在滿心滿腹都是對程建業的愧疚，至於公司出了什麼事，她不想去管，也沒有能力去管。但畢竟是梁叔提到的事情，她還是開口問道：「梁叔，具體出了什麼事？我能不能幫忙？」

其實她也只是抱著問一問的心態而已，因為公司哪怕是出什麼事，她也幫不上任何忙，更何況如今程建業昏迷，只要梁叔一個人解決就行。

梁叔也知道程心的想法，所以在聽到她的回答的時候，笑了笑說道：「我們現在就需要你的幫忙。」

「啊？」程心驚訝道，「需要我幫什麼忙？」

「現在公司遭遇資金危機，而我們經過開會想辦法之後，都覺得引進基金投資是一個不錯的選擇，只有這樣，才能保證公司的正常運行，否則……再持續幾天，事情恐怕就有些不好辦了。」梁叔一副愁容滿面的樣子。

程心問道：「那……我能做些什麼？」

梁叔眼睛一亮，但程心並沒有察覺。隨後他便掏出了授權書，遞給程心說道：「你看一下，這是授予引進外來基金的授權書，你爸現在還昏迷著，簽不了字，所以……這份授權書只能由你代簽了。」

「我？」

「對，畢竟你是程氏集團的唯一合法繼承人，現在你爸動不了手，所以只能由你來簽，簽字之後，這份授權書才會生效，這樣公司的危機也才能安然度過。不然你爸康復之後看到公司變成另外一番模樣，一定會狠狠責怪我的。」

程心點了點頭，如今程建業躺在病床上，她是時候應該為公司、為老爸做些什麼了。

「梁叔，不用看了，我現在就簽。」拿來紙筆，在授權書上刷刷就寫上了自己的名字，然後遞給梁叔，「梁叔，公司的事情這段時間就麻煩你了，我爸早上醒了一回，醫生說，什麼時候康復還得看病人的身體和情緒狀態，所以……我也不知道他什麼時候能夠回到公司。」

梁叔接過授權書的時候，臉上緩緩露出了一抹燦爛的笑容，拍著胸脯保證道：「你放心吧，安安心心在這裡照顧你爸，公司的事情就交給我，保證等你爸回去的時候，讓他感到滿意。」

「嗯，謝謝梁叔。」

「時間也不早了，這種事情越快執行對公司就越有利，既然你爸康復只是時間問題，那我就先回公司準備了。」

程心起身送客，梁叔連忙擺手道：「你好好在這裡陪你爸，不用送我。」

「謝謝，梁叔。」

「傻孩子。」梁叔笑了笑，揮手跟程心道別，拉開門離開了病房。

第一百四十章
緊急情況

就在他走出去的時候，看到一個年輕漂亮的女子站在門外，梁叔瞥了她一眼，沒作停留，立刻離開。

隨後，等候在一旁的私人律師也緊緊跟上梁叔步伐。

這名私人律師姓王，姚佳仁回憶起自己送程建業回家的時候，曾經無意間看到過他，而且當時可以看得出他和程建業關係很好，但是現在……為什麼那個梁叔進去看望程建業的時候，他卻守在門外沒有進去？按照他們之間的關係，這不應該啊。

姚佳仁皺起眉頭，突然，她想到程建業當初喝醉的時候，好像無意間提到過，他懷疑什麼梁叔的在背後操縱，導致公司遭遇資金危機，再聯想到他和程心在裡面談到的什麼授權書和引進外來基金，如果沒有猜錯……

「不！」姚佳仁腦袋靈光一閃的同時，幾乎就已經推開病房的門急急走了進去，看到程心驚愕的面容，也顧不得解釋，連忙說道：「程心，我跟你說，你剛才簽字的那份授權書，是那個梁叔想要控制程氏集團的一把鑰匙，就是說，他想要得到你的授權，然後通過基金回購稀釋你爸在程氏集團內部的股份，再進行董事會選舉，對公司內部成員進行一次洗牌，他就能把整個程氏集團牢牢掌控在手中，到時候等你爸回去，就什麼也沒有了。」

看著焦急的姚佳仁，程心原本驚愕的面孔緩緩變成了一抹厭煩。

「你胡說八道什麼？你知不知道我小的時候梁叔對我多好？他會做這種事情嗎？還有，你為什麼知道我們談話的內容，躲在門外偷聽？我不是已經讓你走了嗎，你怎麼又回來了？回來也就算了，竟然還偷聽別人說話，姚佳仁，我真是看透你了！」不等姚佳仁說話，程心伸手指著外面，「我現在不想看到你，給我出去。」

「程心，你相信我一次好不好？你爸喝醉的時候無意間說起過，他說造成程氏集團資金危機的幕後黑手很有可能就是梁叔，他已經在懷疑梁叔了，只是沒有確鑿的證據，所以才沒有披露出來，程心，我保證我跟你說的一切都是實話，你不相信我可以，但是你願意眼睜睜看著你爸辛勞一輩子的成果，就這樣被人在光天化日下偷走嗎？」

姚佳仁說到後面的時候也急了，如果程心還不相信她的話，那只能找其他人幫忙了。她直視程心，希望能從她眼中看到對自己的一絲肯定，但是很快，她失望了。

程心抬起頭對她冷冷說了一句話：「我不知道你的用心，更不想聽你編造故事，所以，請你離開。」

姚佳仁徹底失望了，她知道自從自己欺騙孔浩的感情，投入投資人的懷抱那時起，程心就已經對她產生了偏見，更何況後來，還被她誤會了和程建業之間的關係。這種矛盾積累到現在，早已經到了爆發的邊緣，只不過……提前爆發了。

姚佳仁轉身離開，但是並沒有因為程心對她不友好的語氣而感到傷心，反而想要藉此機會讓程心減輕、消除對她的負面印象，只有這樣，她們才能回到當初閨蜜般的關係，她也才能在轉變的路上踏出堅實的一步。

離開醫院之後，姚佳仁沒有片刻耽擱，立刻趕往白日夢工作室找鄭乾，她不知道鄭乾和程心的關係已經僵到了某種程度，所以依然保有希望。然而或許這就是緣分，當她出現在白日夢工作室門口的時候，第一眼看到的不是鄭乾，而是孔浩。

自從那天她從莫小寶的別墅搬走後，他們之間，好像就從未見過面了。本以為之後的相見會是一個美妙的瞬間，但是現在……姚佳仁只好不自然地笑了一下，然後問道：「鄭乾在嗎？」

孔浩早已經呆愣在原地，他日思夜想的女人就這樣突然出現在自己面前，讓他一時之間沒有反應過來。看到氣喘吁吁的姚佳仁，才反應過來她一定是有什麼急事，所以沒有尷尬，沒有陌生，孔浩很快恢復過來，就像相識很久卻又許久沒有見面的老朋友交談那樣，輕聲道：「在，就在裡面。我帶你去。」

「嗯。」姚佳仁就這樣跟在孔浩身後，沒有一絲局促，更沒有想像當中的緊張或者羞愧。

「鄭乾，佳仁找你有事。」

「誰？」此時鄭乾正處理著一個訂單，一時間沒有聽清。

然而不等孔浩回答，姚佳仁就已經走了過去，直接開口說道：「鄭乾，是我。」

「姚佳仁？」鄭乾有些錯愕，看了眼臉色正常卻又彷彿有些激動的孔浩，又回過頭來看著姚佳仁，「你怎麼來了？」

「我知道之前你們對我有很多的不認同，但是這次……我來找你是想跟你說一件非常重要的事情。」姚佳仁咬著嘴唇說道，她生怕鄭乾也像程心一樣，二話不說就將她趕了出去。

但是好在鄭乾情緒穩定，他點了點頭說道：「說吧，什麼事？」

姚佳仁顧不得同樣是一副錯愕臉出現在眼前的莫小寶，接著說道：「這件事情說來話長，我就簡短一些說……」

緊接著，姚佳仁就將關於梁叔整件事情的來龍去脈清清楚楚說給了鄭乾聽，當然，也包括程建業如今躺在醫院，全部都告訴了鄭乾。

鄭乾大概聽明白了姚佳仁所說的意思，正因如此，他的眉頭越皺越緊，到了最後，甚至脊背都滲出了一絲冷汗。

這個梁叔，手段真狠。

「我們走。去找程心說這件事情。」鄭乾起身就要離開，但是卻被姚佳仁叫住。

「我剛才就已經和程心說過，但是她不相信，所以我才來找你。」姚佳仁無奈道。

莫小寶和孔浩在一旁聽得一愣一愣，那裡面的一堆專業詞彙讓他們覺得自己和鄭乾與姚佳仁彷彿不在同一個頻道。

「雖然我和程心……但是，總要去試試。」鄭乾已經向外面走去，「我相信程心，她會相信我的。」

「嗯，那就麻煩你了。」

「你不去？」

「不了，我就是專門來告訴你這件事情的，待會我還要去上班。再見。」姚佳仁先行一步，在鄭乾之前離開，路過孔浩的時候，微微停頓，想要開口說出一聲對不起，但是不知為什麼剛要說出，話語卻又卡在了喉嚨裡，怎麼也說不出來。

「佳仁……」孔浩想要追上去，雙腳卻像是被灌了鉛，最終只能看著姚佳仁的背影逐漸遠去。

第一百四十一章
商量辦法

姚佳仁離開之後，鄭乾也立刻出發，很快就來到了醫院。

按照姚佳仁告訴他的找到了病房，將要推門而入時，卻又像觸到了電流一般，將手縮回。

如果沒有猜錯，程心現在一定就在裡面陪著程建業。和程心之間經歷了那麼多事情，就在前天，才罵過人家滾，也說過不想見到她，而現在，自己反倒先找上門來了。鄭乾不由苦澀一笑，不知道該說些什麼好。

剛才在路上沒有多少感覺，如今到了這裡，才不得不承認，其實現在的他，對於程心能否聽進他的話並沒有多少自信。甚至從某種程度上而言，他們現在就連交流和溝通都有些問題。

怎麼辦？一直以來都不曾改掉的糾結習慣此時又一次出現在鄭乾身上，如果待會程心像對待姚佳仁那樣將他攆走，他該怎麼辦？如果他說的話程心不相信，他又該怎麼辦？畢竟那個梁叔是程心最信任的人之一，自己現在以前男友的身份來向她揭穿梁叔的陰謀，她會選擇相信自己嗎？

一個個問題不停地在鄭乾腦海中出現，卻都沒有想到好的辦法能解決，導致他在醫院病房門口足足站立了將近十分鐘的時間，來往的病人或護士都用奇怪的眼光看著他，甚至已經有人在笑：這不會是精神病科的吧？

聽到這種議論，鄭乾一咬牙，進！

就算程心拿自己當精神病人看待，那也沒有關係，反正盡到責任，將這件事告訴她就行，至於結果如何……看天意吧。

下定了極大決心的鄭乾將縮回的手又緩緩伸了出去，然後輕輕地將門推開。

裡面的一幕令他傻眼，原來程建業已經醒了，而程心正背對著門坐在椅子上，和程建業交談著。

鄭乾有抽自己一巴掌的衝動，來到門口他只考慮到了程建業依然昏睡的情況，卻沒有料想，人家已經醒了過來。只要程建業醒著就好，相信這種事情和他說，比和程心說要有用吧？

不再多想，鄭乾走了進去。

程心正和程建業交談，卻看到自己老爸的目光順著上移，看向了她的身後。

「爸，你看什麼呢？」

「程心……」

鄭乾剛想接著說話，卻猛然瞥到病房內堆積如山的禮品，再低頭看了眼空空如也的雙手，想到來醫院看望病人應該是要帶些東西的，一瞬間感到有些尷尬。

「那個……我來找程叔有點事情。」

程心沒有想到鄭乾會來，她並不在意鄭乾有沒有帶禮品，只是對他的到來感到既好奇又驚喜，還有疑惑……

「你……你怎麼來了？」此時的程心面對鄭乾，早已經不是面對姚佳仁一樣的態度，對於鄭乾，她心裡始終有著割捨不去的情懷。無論他們之間發生了什麼，一千多個日日夜夜一同走過，感情的長線，哪能說斷就斷？

鄭乾依然帶有尷尬：「我來這裡是……」猛然想起來醫院的正事，目光一正說道，「程心，我來找程叔有非常重要的事情。」

「什麼重要的事情？」程心疑惑道，就連程建業，也將目光轉向了鄭乾。

「我可不可以和程叔交流？」

「可以，但是……」程心目光黯淡道，「但是醫生說，我爸還不能說話，需要幾天才能回歸正常。」

「不要擔心，程叔他會好起來的。」鄭乾安慰了程心一句，然後說道，「那就是說，我說的時候，程叔可以聽到，但是不能回答，是吧？」

「對，就是這樣。」

「那好。」鄭乾蹲在程心身邊，看著程建業說道：「程叔，我現在和您說一件非常重要的事情，如果您有什麼想要說的話，就寫在程心手上，然後再由她告訴我，好不好？」

程建業微微點頭。

緊接著，鄭乾就把姚佳仁告訴自己的事情經過絲毫不漏轉述給程建業，並且其中還加上了自己的見解。就像事前所想的一樣，如果這件事情真的如姚佳仁所說那樣危急的話，程建業聽到之後一定會做出某些反應。

於是鄭乾在一邊說的同時，也在注意觀察著程建業的表情變化。

很快，當他說到梁叔找程心簽署授權合約的時候，他的雙眼突然睜大，然後看向程心，意思就是在詢問，究竟有沒有這一回事情，程心茫然地點了點頭，緊接著，程建業臉上便露出了失望的神色。

但是這種神色很快就被嚴肅取代，他伸出食指，示意程心將手伸過來，然後在她手心上一筆一劃寫了幾個字，程心越看越心驚，到了最後甚至急得眼淚都快掉了出來。

「爸，都是我不對，都是我不對！我不該簽的，不該簽的！」

程建業輕輕地拍了一下程心的手背，示意自己不責怪她，然後又將目光看向鄭乾，指向程心的食指也同時偏向鄭乾。

程心明白了，父親這是讓她跟鄭乾立刻離開，找到解決的辦法，以免屬於自己的權力落到梁叔手中。

程心抹去眼淚，說道：「鄭乾，我們去你家。」

「我家？」

「對。」程心說，「我爸剛才在我手心上寫下了你爸和我媽的名字，意思就是，這件事找到他們就能解決。」

「好！」不問什麼原因，鄭乾立刻和程心往自己家中趕去。

幸好兩人回到家中的時候，鄭晟和蔣潔兩人都在，鄭乾又把這件事情向鄭晟述說了一遍，同時程心也向鄭晟說明是程建業讓他們找來這裡之後，鄭晟馬上就明白了這是怎麼一回事。

「你那個梁叔啊，手段太狠了。他這是想要趁著你爸昏迷，又利用你對他的信任，玩空手套白狼的把戲。好在你們來的及時，否則說不定人家把公司收歸旗下的時候，你們都還被蒙在鼓裡！」

程心欣喜道：「那就是說，現在還有轉圜的餘地？」

「當然，不然你爸讓你來找我幹嘛？」鄭晟悠悠道，「想當年……」

「爸，您先別想當年了，趕快想辦法啊。」鄭乾不由催促道。

蔣潔也在一旁說道：「你的想當年留到把這事解決了再說，行不行？」

「好好好！多大的事，等我把那幫老同學、老戰友找來，讓他們幫忙想想辦法。」

「什麼？」鄭晟的一席話讓鄭乾立刻傻眼，「所以您自己也沒有辦法？」

被兒子這麼說，當老子的就不高興了。鄭晟瞥了眼鄭乾，不屑道：「沒聽過三個臭皮匠勝過過一個諸葛亮？」

「好好好，您說什麼都對，那……是不是現在就叫他們來？」鄭乾著急問道。

第一百四十二章
持續發酵

「當然是現在叫來，不然要等到什麼時候？」鄭晟沒好氣道，「好了，現在我先請他們幫忙，幫程心擬定一份授權轉讓書，到時候拿著它去讓程建業簽字，隨後程心再簽上，這樣就具有法律效力了。」

「什麼轉讓書？」程心不懂。

「授權轉讓書。」

「你的這份授權轉讓書比梁叔給你簽字那份更加有效，因為它是你爸簽字生效的，是第一選擇。」鄭乾解釋說。

程心也管不著什麼是什麼了，總之只要能解決公司目前的危機，讓她做什麼都行。

說著，鄭晟就已經撥通了一個又一個電話，什麼經濟學教授、法學教授等等，讓他們都過來這裡一趟，大家研討一下程氏集團危機的解決方案，聽到鄭晟的邀請，所有人都點頭答應前來幫忙。

鄭乾對鄭晟的人脈網感到驚嘆，問鄭晟什麼時候建立的，以前他怎麼都不知道。

鄭晟洋洋得意道：「就跟你說了，你爸我當年是天才，早早考上了軍校，其他這幫人都是我高中時期的死黨、大學老師以及大學死黨，怎麼樣，羡慕嗎？」

鄭乾撇撇嘴，就是羡慕也不能說，否則老頭子就得驕傲上天了。

不得不說，鄭晟的這些死黨還有老師們效率真的非常可觀，就在他剛打電話請求幫忙不久，一份草擬的授權轉讓書就立刻生成，並已經發到了鄭晟信箱。

「我轉給你……不，我們現在一起去列印，印出來之後你簽完字後再拿去給你爸，如果簽不了，按個手印更好。」鄭晟邊和程心說著，邊下了摟。

程心忙點頭答應。

樓下不遠處就有一家影印店，將檔案下載之後，很快就列印出了一份十六頁的授權轉讓書，簽名處一共有六個地方，鄭晟指導著程心完成之後，走過來悄悄拍了拍兒子的肩膀，「小子，老爸暫時只能幫你幫到這裡，程心是個好女孩，接下來，你帶著程心先趕往醫院，隨後立刻趕到公司，如果我沒猜錯的話……」鄭晟看了一眼時間，「那個梁叔現在應該快要組織人，舉行董事長的選舉了。他手裡拿著程心簽署的那份授權書，所以很大可能唯一人選就是他。所以，你們務必在這一切完成之前趕到。」

鄭乾突然感到責任重重，鄭重地點了點頭：「爸，你放心吧。」

時間就是生命，程心也知道這點，兩人擔心路上塞車，所以選擇由鄭乾騎著一輛電動車立刻上路。

路上，鄭乾將電動車速度加到最快，在車海人流中不停穿梭。其實這些都是一個快遞員所需具備最基本的條件，當初在做淘寶又兼職快遞的時候，鄭乾早就在無形當中練就了這樣一身本事。

但是這些事情在程心眼裡卻是那麼地不可思議，有許多時候眼看著電動車就要撞上旁邊的防護欄、大樹、車輛、行人等等，程心已經驚嚇的就快叫出聲來，但是最終沒有，一來相信鄭乾，二來則是眼看非常危險的一幕，下一刻就會被鄭乾車頭微擺，輕鬆化解。

就連路邊行人也為此讚嘆，這小帥哥，為了泡妞是連命也不要了……你見過誰在非機車道上騎那麼快，而且時不時還夾雜一些特技表演？這一定是為了哄女朋友開心，或者在女朋友面前耍帥嘛。

被路人甲、路人乙等無數路人誤會的鄭乾和程心，一路上風馳電掣，過關斬將，揮刀斬亂麻地來到了醫院樓下。

停車，拔鑰匙，連鎖也來不及上，兩人就像百米衝刺似的跑向病房。

程建業醒著。

兩人鬆了一口氣，如果程建業又像之前一樣睡了過去，那麼這件事勢必就要因此而被耽擱了。

「快給你爸。」鄭乾說。

程心連忙將自己已經簽好的授權轉讓書拿給程建業，程建業只是略微掃過一遍，臉上就已經露出了笑容，程心心口巨石落下一半。

隨後，鄭乾把準備好的紅印尼遞過去，程建業微微點頭表示明白，然後便一個接一個將手印按在了程心的簽名下方，等到六個手印按完之後，程建業順勢在程心手心寫了一個字：快。

「爸，您放心。」程心會意，接過轉讓書，朝鄭乾點點頭，迅速離開趕往公司。

此時的程氏集團公司內部，梁叔臉上表情嚴肅，拿著程心簽署的轉讓書，同一眾董事和公司高層說道：「大家都知道程總現在在醫院昏迷不醒，也知道公司現在在面臨怎樣的危機，所以為了保證公司正常運行，必需要選出一個新的董事長，暫行負責處理公司業務。而程總的股份比你們所有人加起來都多，所以我想加上這個……大家應該沒有疑問吧？」說著，他伸手指了指授權書上程心的簽名，「程心是唯一合法繼承人，在法人昏迷期間，自然可以代理行使法人權利。如果大家沒有異議，那麼我們就走個過程，開始選舉吧。」

梁叔說完這些話之後，下面的人紛紛議論起來，大家都對這突然出現的情況感到疑惑不解，授權書上確實是授權梁叔代為處理公司一切日常專案，而董事會選舉也在日常專案之列，所以……即便心裡有重重疑問，他們也不好反駁，畢竟程心能在上面簽字，要麼就是得到了程建業的授意，要麼就是自己已經仔細將授權書看過一遍。而且換句話說，程建業和程心一定十分信任梁叔，否則這種相當於將公司拱手讓人的做法，怎麼會出現在這裡？

梁叔對於下面這些人的爭論沒有去多加干涉，因為就在不久之前，王律師已經同他一起，與基金公司簽訂了引進基金的合約，從合約簽字那一刻開始，他的計畫就已經成功了三分之二，剩下這個……只不過是為了錦上添花罷了。總之，程氏集團他遲早是要掌握在手中的，這一切，只要能夠在程建業回歸公司之前完成就可以了。

所以他不急，他有足夠的時間等待他們的回應。

第一百四十三章

及時趕到

時間一分一秒過去，會議上所有的討論都已經接近尾聲，梁叔臉上露出一抹笑容，說道：「各位，現在是否還有什麼疑問？」

如果不出意外，那麼這場討論就將在下一秒鐘終止。自己掌控程氏集團的目標就將實現。

想到這裡，梁叔臉上的笑容越來越盛，說道：「既然大家都沒有其他意見，那麼……」

「我有意見！」

就在這時，會議室的門被一隻強而有力的手臂推開，隨後，程心和鄭乾走了進來。

程心將手上的授權轉讓書砸在桌上，說道：「我有意見！」

「程心……你，你怎麼來了？」梁叔臉上的笑容瞬間消失，旋即又強擠出來，顯然對程心的突然到來感到不可思議。

同樣感到不可思議的自然還有公司的許多高層，剛剛梁叔拿了一份程心簽字的授權書，現在程心又拿著另一份授權轉讓書，這是什麼意思？難不成董事會選舉要出現變數？

所有人都將目光看向了程心，想聽她解釋，程心說道：「這份授權轉讓書是我爸簽署的，也就是說，他同意將公司全部股權轉到我的名下。」隨後轉頭看向梁叔，微微一笑：「梁叔，公司的事情還是我來替我爸打理吧，辛苦你了。」

「這……」梁叔晃了晃腦袋，似乎不敢相信眼前的一切。他自認為自己的計畫絕對天衣無縫，而且程建業昏迷，程心當時也都簽了字，那麼……是誰？是誰將這些事情透露出去的？

「梁叔，把您手上那份授權書給我吧，因為我手上這份更具有法律效力。」程心說道。

其餘人似乎都明白了，紛紛轉頭看向梁叔，想從他的表情上看出些什麼。但是很快，他們就失望了，程心說道：「對於這件事情，大家就不要再繼續討論了。如果有什麼疑問的話，你們大可檢查這份授權轉讓書的協議條款。」

此言一出，所有人紛紛點頭，事實上，憑藉程氏集團的控股百分比，不用選舉，程心就已經主動上任公司董事長了。

而目睹這一切的鄭乾，卻暗暗呼了口氣，慶幸有及時趕上，要不然公司就真的落到梁叔手中了。又偏頭看向程心，如果沒有猜錯，她阻止大家的討論和詢問，是為了給梁叔一個臺階下吧？但是有一個故事叫做「農夫與蛇」，這個故事告訴我們，不要去可憐冷血動物，因為它們隨時都有可能恩將仇報，對你進行攻擊。

很快，這句話就成為了血淋淋的現實，散會後，梁叔最後一個離開，並說道：「我已經與基金公司簽訂了合約，只要引進這些基金並稀釋你爸的股份，憑藉我的股份占比，到時候……這家公司依然會落到我的手中。」

如此露骨和惡毒的語言出現在梁叔口中，程心不敢置信，「為什麼？」

「為什麼？」聽到這個問題，梁叔放聲大笑，「我跟著程建業打拼幾十年，但是到頭來呢？他成為了公司老總，不管走到哪都是威風赫赫，每個人都巴不得拽住他的一根腿毛，而我──這個曾經和他一起打天下的兄弟，卻依然默默無聞地在後面做著雜七雜八的工作，有時候做的不好，還會被他不留情面的臭罵一頓，如果沒有記錯，這位就是你當初讓我將他補進公司空缺職位的鄭乾吧？你知道嗎，就是為了這件事，程建業說他要辭退我……」

「辭退是什麼意思？」梁叔自嘲一笑，「就是不打算讓我繼續留在公司工作了，這麼對一個曾經與自己同甘苦共患難的兄弟說，你離開公司吧。如果是你，你心裡會是什麼感覺？另外，在程氏集團我雖然只是二號甚至三號人物，但對它做出的貢獻卻不必你爸少，當年之所以將公司全部交給你爸，是因為他剛有了你，他想給你更好的生活，所以我才主動讓出一線，我本以為，等你長大之後，他會將公司股份轉移一部分到我的名下，但是……我失望了，他不但沒有，而且還想著如何將我趕出公司，我知道他現在已經將我看成眼中釘肉中刺，看成要將他推下前臺的危險人物。」

「私心誰沒有呢？你爸有，我也有。只不過，他比我更重罷了。我忍讓了幾十年，現在只不過是想拿回我曾經送給他而他如今卻不曾回報我的一切，這難道也有錯嗎？程心，我看著你長大，叔叔對你的感情你最知道，你說，我做的有錯嗎？」

「你也說不出話來了吧？那就說明我沒錯，所以我會一直繼續下去，我要將整個程氏集團牢牢掌控在手中，再也不和別人分享它。到時候，我會將公司改名，把『程』改為梁。」

說完這些話，梁叔離開，留下程心和鄭乾。

程心緩緩閉眼，又緩緩睜開，喃喃道：「即便如此，我也不會讓您得逞。」

鄭乾愣了愣，沒有說話，這一刻，他覺得眼前的女孩子不再是那個渴望依賴的人了，現在的她，彷佛在一瞬間悄然長大，讓人來不及適應。

「我們走吧，董事會的麻煩暫時解決了，但是，最重要的是引進基金的合約已經簽訂，現在想要阻止合約生效根本是不可能的事。為了保住你爸的股份，我想我們還有必要回去聽聽我爸找來的人，他們怎麼說。」

「好，那我們現在就回去。」

兩人離開公司，再次騎著電動車一路飛奔到家。因為之前路上來的匆忙，鄭乾自己甚至都沒有注意到電動車的速度究竟多快，直到此時程心問起，他才告訴她這些本事來自哪裡。

程心聽後，大感驚豔，俗話說行行出狀元，只要你在某個行業做得好，別人趕不上，那你不就是狀元嗎？

這也正是當初她愛上鄭乾的原因，在鄭乾身上，看到的除了堅持之外，還有做什麼事情都踏踏實實的性格，從某種程度上而言，這樣的人在以後的工作和生活當中，無論做什麼都會取得一定的成功。

第一百四十四章
齊聚討論

可惜現在他們的關係已經降至冰點，而且是她先提出的分手，再想回到以前……恐怕已經不可能了。

程心坐在後面，想要伸手將鄭乾環腰抱住，卻覺得這樣的動作在已經不是情侶的他們身上出現，顯得很奇怪。說不定鄭乾會為此感到不高興，認為她是一個說話不算數，甚至舉止不檢點的女人……唉，算了，人在做天在看，走一步算一步吧，只要自己不做對不起鄭乾的事情就好了。

電動車很快停在鄭乾家樓下。

一進門，看到的不是想像中鄭晟問有沒有趕上，或關心事情怎麼樣的場景，而是嘈雜喧鬧的客廳裡，數名正在中央高桌上你來我往、大眼對小眼、互不相讓，貌似學者們的討論場景。而蔣潔則在其中端茶送水，來來回回忙個不停。

鄭乾感到驚愕，隨即往人群中尋找鄭晟的身影，只見老頭子正好整以暇坐在窗邊椅子上，翹著二郎腿悠悠閒閒喝著茶，似乎客廳中其他人所討論的東西和他沒有半點關係……鄭乾頭上冒出三條黑線，為老爸的行為感到既好笑又無奈。

看到這樣一幕，就連程心也忍不住露出了幾天都不曾看到的笑容。顯然，是被鄭晟貓一樣的悠哉態度感染到了。

「兒子，回來了？」鄭晟放下茶杯，向自家兒子招了招手，「說說，事情怎麼樣？」

「沒事，都趕上了。」鄭乾說，然後指了指身後激烈討論的人群，「他們是……」

「他們都是我請來的人。」鄭晟解釋幾句，又將程心叫了過來，「你們都去聽聽，說不定能多學到些東西。」

「這……連句話都插不上啊。」鄭乾無奈道，看那一個個唾沫橫飛的人，他覺得有些恐怖，要是自己搭上一句不著調的話，會不會立刻被淹死？

程心也表示不去打擾，畢竟他們現在都在為程氏集團計畫方案，如果再去打擾的話，就顯得很沒有禮貌了。等到他們討論完畢，自己再去表示感謝之意，這才是她應該做的。

鄭乾點頭同意。

鄭晟翻白眼道：「沒出息。」

「爸，你怎麼不去聽聽？」

「我聽那些幹嘛，在公司問題上，至少我比你們都清楚。混小子，拿我開玩笑是吧？」

鄭乾嘿嘿笑道：「哪會呢。」又指了指身後，「是不是說明，梁叔搞的破壞，他們可以有辦法解決？」

程心也眼睛一亮，希望得到鄭晟肯定的回答。

然而鄭晟卻搖了搖頭，說道：「事情沒那麼簡單，具體還要看和梁叔簽訂合約的那個基金公司是想扮演什麼樣的角色了。」

「怎麼說？」鄭乾問道。

鄭晟思考片刻，說道：「我舉個例子，就好比大哥和二哥兩兄弟按照各自勞動配比分財產，大哥繼承了三分之二的家庭財產，但是二哥對這個結果並不滿意，他想要將大哥分到的所有財產都據為己有。但是他在家裡的勞動貢獻沒有大哥多，那麼這個時候應該怎麼辦？這個時候他就需要找外援幫忙，而這個外援就相當於基金公司。現在，外援介入，幫二哥幹活，隨後，二哥的貢獻值迅速躥升，很快就壓過了大哥。這個時候，二哥就可以明目張膽將大哥的財產收入囊中，並依之前與外援簽訂的協議，分配適當的酬勞給他們。所以，這位二哥只是使用了一個手段，並支付遠遠小於分配財產的勞動金額，就將大哥的財產全部掌握在了手中。」

說到這裡，鄭乾和程心都已經明白，所謂大哥就是程建業，二哥就是梁叔。這麼說來……這個外援的態度還真的十分重要。

「但是——事情也並非沒有轉機，第一種情況是，既然二弟找外援，大哥也可以找不是？但是如果二哥是拿著大哥親簽的手諭去找的外援呢？這就相當於，大哥的手諭已經浪費，他不可能再去找到其他外援；第二種情況是，大哥想要翻身還是有機會，那就是說服這個外援，讓他不要再幫二哥的忙，而是歸攏於自己手下，憑藉威逼利誘將他收買，歸為自己手下的人，從而將二哥踢出局。」鄭晟說道。

「那他們現在是在討論要如何收買或者說是收攏這個外援，並且保證他不反悔？」

鄭晟點點頭：「算你小子聰明。」

鄭乾搖頭感嘆，一方面是老爸對這件事情的深刻理解讓他佩服，另一方面則是對梁叔人心不足蛇吞象的感慨……

程心也從未見到過這樣的鄭晟，即便她是法學專業畢業，但是大學只不過學了個表皮，對於某些高層次的問題還沒有來得及去深入研究，相比之下，原本以為只是一個暴脾氣的退役軍人，卻沒想到他竟然有如此令人眼界大開的一面。

「謝謝你，晟叔。」程心衷心說道。

鄭老頭發揮了他以往的特性，故意調笑道：「鄭乾叫你爸程叔，你也叫我晟叔，這就是緣分吶。」

鄭乾將頭轉向一邊，程心突兀地紅了臉，鄭晟不正經的哈哈一笑，惹來蔣潔一個白眼。

就在這邊出現微妙氣氛的時候，那邊的討論也戛然而止。原本喧鬧的客廳突然安靜下來，使得所有人的神經都不自覺緊繃了一下。

尤其是程心和鄭乾，因為他們知道，究竟有沒有辦法、又會是什麼辦法，就要在這一刻浮出水面了。

只是安靜片刻，不到十秒鐘時間，一個白鬍子老花鏡的老爺爺就咳嗽一聲，抬起水杯喝了一口，剛剛放下，桌面上又一次吵鬧了起來。

討論再次開始，讓早已做好準備的鄭乾和程心內心無語。

哪有這樣吊人胃口的……

鄭晟哈哈一笑：「這只是一個短暫停歇，你們就是沉不住氣，這幫老頭子老奶奶專治年輕人沉不住氣的這種病。」

鄭乾撇撇嘴，心道，那你剛才還和我們一樣，睜大眼睛看著那邊？

果然如鄭晟所說一般，這似乎只是一個短暫停歇而已，因為接下來這種情況又出現了不下三次，三次都毫不例外觸動了鄭乾和程心的神經。

正如伊索寓言故事中的狼來了一樣，經過一共四次「短暫停」之後，鄭乾和程心已經習慣，以至於這次討論正式結束，剛才幾次暫停中都拿起水杯喝水的老頭，朝他們走過來正要宣佈討論結果的時候，他們還以為這只是一個長暫停而已。

程心眨巴了下眼睛，問老頭：「老人家，您要倒水嗎？」因為他的杯子空著，所以程心才忍不住問出口。但是誰想老頭卻搖了搖頭，露出一口零零散散的牙齒，說道：「喝水都塞牙縫了，喝不太多……」

「呃……」程心訕訕一笑，她還是頭一次聽到這麼新鮮的說法。

「趙老，快來。」鄭晟哈哈一笑，趕緊起身讓座，這時，其他人也離開中間的桌子，朝這邊聚攏過來。

當中一個較為年輕的學者說道：「到目前為止，我們通過討論，只得到了一套最有效最安全最有利最快速的方法。」

第一百四十五章 籌集資金

「什麼方法？」程心趕忙問道。

事實上，不光程心急著想要知道這次激烈討論的結果，就連鄭乾以及鄭晟和蔣潔也都豎直了耳朵，等待這位學者的回答。

大約三秒鐘的思路整理，他說道：「這個方案就是……回購基金公司。」

「什麼？」

聽到這個結果，不等當事人反應，鄭晟就已經用帶有強烈疑問色彩的語氣對討論結果表達了嚴重懷疑。

旋即轉頭看向旁邊的老人，皺著眉頭問道：「老趙，真的只有這個辦法？」

趙老是大學經濟學教授，也是鄭晟當年的大學老師，自從入職學校開始，就陸陸續續發表經濟學論文，並獲得了不少國際上的經濟大獎，是全國乃至全世界公認的經濟學大師，現在已經退休在家。能夠將他老人家請到，完全是因為當年兩人所建立起來的超越師生關係的友誼。

老趙不緊不慢喝了一口水，咬著一口殘缺的牙齒說道：「只有這個辦法，多的都沒有，想有也行，但是你肯定不願意。」

鄭晟眉頭依然皺著，「您說來聽聽？」

「撒手不管。」說罷，老趙張口哈哈笑了起來。

鄭晟無奈道：「老趙，您怎麼還是和以前一樣，沒個正經……」

「混小子！」老趙抬手就打，鄭晟腦袋一縮，卻沒躲過。看得出來，他故意挨了這一巴掌。

其他人看得紛紛扭頭咳嗽，所有人當中，怕是只有這個鄭晟敢和老趙這麼開玩笑吧？

「好了，小王，你繼續說。」老趙指了指剛才發言的人，又看向鄭晟，「他要是再敢插嘴，我就打他一巴掌。」

「是，老趙。」被稱作小王的年輕學者繼續說道，「回購基金公司，並且讓程氏集團控股基金公司，此方法不光等於錢沒花，還能真正的為程氏集團帶來投資。而經過我們計算發現，只有一．五億元的投資才能成為該基金公司的最大股東。」

只是簡簡單單一句話，就已經將所有討論結果的精華濃縮了起來。

「這是能夠在合法範圍內拯救程氏企業的唯一一種方法，當然，如果你願意冒著被法律懲罰的危險，我可以為你提供另一套方案。但是……之後我就會宣佈和你斷絕關係，因為我的學生當中，不應該出現這樣的人。」趙老微微一笑，給了鄭晟另一個選擇。

鄭晟故意思索片刻，「那我們還是談談那另一個方法？」

「呿！混小子！」

「哈哈哈！」鄭乾哈哈大笑，「既然如此，那就用這個方法吧。」轉頭看向鄭乾和程心，「知道應該做什麼了吧？」

「知道了，用錢把外援基金公司整個買過來！」鄭乾點頭，程心也點頭。

「哈哈哈，知道就好。」鄭晟滿意一笑。

「啥外援？」老趙卻不解地問道。包括其他人也用奇怪的眼神看著這兩個年輕人，般配倒是般配，怎麼說話都這麼奇怪呢？

「秘密，不能說。」鄭晟一本正經。

「混小子！」老趙揚手就打，鄭晟又一次沒躲過。

看到這一幕，解決了問題的所有人都相視一眼，會心一笑。

※

「一．五億在以前可能不算什麼，但是現在公司本來就面臨資金危機，我擔心……帳戶上面沒有這麼多錢。」程心往公司趕去的路上，不免為此感到擔憂。

「先別著急，去看看吧。如果實在不夠，我們再想辦法。」鄭乾安慰道。

「嗯。」程心轉過頭，「謝謝你。」

鄭乾笑了笑，什麼也沒說。

最近，他和程心之間的感情，一直處於誤會當中，而且還不斷的加深，如果不是程氏集團面臨突如其來的危急局面，也許現在兩人連面也難得一見。

鄭乾不由得感到慶幸，好在姚佳仁當時第一個通知他，而程建業當時在程心手心寫的不是楚雲飛，而是鄭晟和蔣潔，這一切就好像冥冥之中註定的一樣，讓他和程心之間，又多出一次走到一起的機會，只不過現在危機尚未解決，別說程心，就連鄭乾自己也不願提到這一方面的問題。

如果程心知道他的心，或許這次事情過後，他會向程心表白。就像當初程心向他表白一樣。
兩人不再說話，微妙的氣氛一直持續到車子開到公司門口。
「我先去查帳，你……」
「我等你吧，或者需要我去也行。」
「不用，你等我吧。跟著我忙了整天，休息一下。」
程心說完，下車往公司跑去。
微妙的氣氛戛然而止，鄭乾聳了聳肩，懷疑自己剛才是不是又一次經歷初戀的感覺……
等待並沒有持續多久，等到程心出來的時候，也才過去了不到二十分鐘。但是相比進去之前的平靜，現在的程心則是著急不已，像是經歷了一番激戰。
「怎麼樣了？」鄭乾小心問。
「我……我該怎麼辦。」程心說著，差點哭了起來。
「怎麼了？先上車再說。」
一般情況下，程心的情緒不會這麼崩潰，如今她已經快哭了出來，鄭乾不用想也知道一定出現了什麼重大的事情。
「程心，不急，慢慢告訴我怎發生什麼事。」鄭乾安慰道，「事情都是人解決的，說出來，還有我，還有你身後的許多朋友會一起幫助你解決。」
程心止住崩潰的情緒，說道：「我發現公司帳戶上只有八千萬，離一億還差好多。但是接下來我查看了銷售系統，發現我爸旗下的產業當中，只要將剩餘房子全部賣出，就可以湊足七千萬。本來我挺高興的，但是……我發現全部銷售管道都被梁叔辭退了！」

「意思是說，現在雖然有房，而且所有房地產市值七千萬，但是卻沒有銷售管道？」

「嗯。」程心點點頭，「我剛剛打電話詢問了一下和程氏有著密切合作的銷售公司，但是都被委婉拒絕了。」

「走，我陪你去一家一家問，把整個G市的銷售公司都問一遍，我就不相信沒有人答應幫程氏集團賣房！」

「沒用的……銷售公司就好比一張網，程氏和每一家都有一定的聯繫，我在商場上的資歷沒有梁叔那麼深厚，所以沒有人會願意為了幫我而得罪梁叔。」

這確實是一件比較麻煩的事情，鄭乾陷入沉思。

第一百四十六章
新式銷售方法

突然，靈光一閃，一個想法閃電一般在鄭乾腦海當中閃爍而過。

鄭乾興奮道：「我有辦法了！」

「什麼辦法？」程心似乎看到了希望。

「既然銷售管道被堵，沒有銷售公司肯幫助我們，那我們就自己出手！」

「自己出手？」程心疑惑。

「沒錯，自己出手，也就是說，由我們自己來賣！」

鄭乾產生這個想法並非無的放矢，他也綜合考慮了很多方面，比如銷售管道和銷售方式等等，如果採取線下銷售，那麼不但效率低下而且給人的信任感也不高，相信一圈下來時間就已經來不及了，而線上銷售方式則大多依靠房產銷售管道，但是現在根據程心所言已經沒有辦法請求他們幫忙。

所以思考再三，求人不如求己，鄭乾決定使用自己的管道銷售。

一來，因為淘寶店越做越大，他線上的管道也在逐漸拓展，其次，通過林曼的介紹，他認識了不少有銷售資源的人，兩相結合，鄭乾才決定通過自己——也就是白日夢工作室來幫忙進行房子的銷售。

再者，幾乎是在產生這一個想法的瞬間，鄭乾就已經產生了附加行銷手段。比如前來看房的人，可以免費吃一頓海鮮，如果買房成功，可以免費吃三天等等。

「怎麼樣？」

聽到鄭乾的意見之後，程心就陷入了沉思。但卻並非是對鄭乾能力的不信任，而是這個人情太大，她怕自己虧欠鄭乾太多。

「你別想太多，我們曾經在一起，哪怕現在分手了，但是情誼還在不是嗎？」鄭乾微笑著說，「如果你相信我的話，我們就用這個辦法吧，越早越好。」

程心思考再三，終於咬咬牙說道：「行，那就聽你的。」

「不過這件事情我還得找小寶和孔浩商量一下，孔浩應該是沒有問題，只是小寶最近在談戀愛……對了，蒙淅淅你認不認識？」鄭乾突然問道。

「蒙淅淅？」程心回想一下，「好像聽說過這個名字，對了，她和孔浩還有姚佳仁，關係都不錯。」

「她現在是小寶的女朋友了。」鄭乾道。

「女朋友？」程心明顯有些驚訝。

「是，所以我擔心小寶正在戀愛中會抽不出時間，不過現在知道她和孔浩以及姚佳仁關係不錯，那就好辦了。」

兩人在車上沒聊多久，已經回到了白日夢工作室。

現在鄭乾既然已經決定幫助程心搞定賣房事宜，就必須商量好每個人負責的專案，俗話說「男女搭配，幹活不累」，擁有正確合作理念引導的工作，最容易達標甚至超額完成。

回到白日夢工作室的時候，對於鄭乾和程心走在一起，莫小寶和孔浩驚訝不已，而第一次來到工作室的蒙淅淅則是拽了拽莫小寶的手臂，「介紹一下啊！」

「哦哦！」莫小寶憨厚一笑，「鄭乾、程心，這是我現任女朋友——蒙淅淅，蒙古的蒙，淅淅瀝瀝的淅淅。」

「什麼，現任？」還不等鄭乾和程心說話，蒙淅淅聽完介紹就不高興了，嘴嘟得比鼻子還高，眼睛瞪得和銅鈴有得一比。伸手就要掐上莫小寶腰間肥肉。

看著她這天真可愛的模樣，鄭乾和程心都忍不住笑了起來。在路上程心就說聽聞蒙淅淅心地純真，有一說一有二說二，絕對不會耍小心眼，這在女生當中可不多見，沒想到一見面還真就如此。

也不知莫小寶哪裡修來的福氣，這女孩看樣子不但脾氣好，而且人長得也漂亮。一雙漂亮的大眼睛小巧的鼻悄悄點綴，紅唇如櫻，而且一身正好合適的卡通衣套在身上，真就把她可愛活潑的個性表露了出來。

「好福氣。」鄭乾對莫小寶說道。

「你好，我是程心。」說著，程心甜甜一笑，伸出手去。

蒙淅淅趕緊將手從莫小寶腰間肥肉上抽回，在身上一擦，伸出去和程心握了握，然後咧嘴一笑，露出整齊潔白的牙齒，「我早就聽說過你了，我們學校的白富美大校花程心呀！」說著又指了指鄭乾，「這位不用說也知道，他當學生會主席的時候，可是好多小學妹的夢中男神，沒想到竟然還泡上了校花，嘿嘿，這要傳出去，得傷多少人的心吶。」

這些話說倒是讓氣氛活躍了，莫小寶和孔浩哈哈大笑，反倒弄得鄭乾和程心不知所措。

終於在笑聲停止之後，鄭乾擺擺手道：「好了，今天除了認識一下蒙淅淅之外，還有重要的事情跟你們商量。」說著，鄭乾的面容就變得嚴肅起來，完全不似之前開玩笑那樣。

緊接著，他就把程氏企業遇到的困難一一說出，讓他們明白整件事情的重要性。隨後，才問幾人同意或者不同意。

孔浩第一個表態，幾乎是不假思索地說道：「說吧，要我怎麼做？」

鄭乾笑著點頭，沒有回答孔浩，而是轉頭看向莫小寶：「小寶，你呢？如果不參與的話也沒關係，你照顧好我們日常的銷售工作就行，這樣你能多一些陪蒙淅淅的時間。」

「誰……誰要他陪我啊？」蒙淅淅臉頰升起兩團紅暈，卻仍舊死鴨子嘴硬地說道，「不用陪，我替他決定了。我們都幫程心，況且我對市場銷售這一塊可是行家呢。」

「小寶，你呢？」

「嘿嘿，就等老婆這句話呢。」莫小寶親暱地抱了抱蒙淅淅，被蒙淅淅一把推開，「正經點，這麼多人談正事呢。」

不給這兩人繼續秀恩愛虐單身狗的機會，鄭乾乾咳兩聲，繼續說道：「既然如此，那我就開始分配任務，有意見隨時提出。」

每個人都看著鄭乾，鄭乾從口袋中掏出一張紙來，看著上面已經規劃好的任務分配和時間計畫表，說道：「我們早上八點開始工作，晚上九點收工，所以說……很忙。」鄭乾環視一圈，見沒人有反對意見，繼續說，「我個人制定的任務分配是這樣的：由於增添了新成員蒙淅淅，又因為她擅長市場銷售方面，所以由她給大家講解關於房子銷售的技巧，淅淅，有問題嗎？」

「沒有。保證完成任務！」

「好，接下來，莫小寶負責廣告，廣告包括但不限於線上線下各種合法範圍之內的形式，例如發傳單、上門服務、網上各類型商城發放廣告以及最重要的新媒體推廣等形式。小寶，有問題嗎？」

「沒有。保證完成任務。」

「好，接下來關於銷售部分就友我和孔浩負責。孔浩，有問題嗎？」

「當然沒有。」

「好，那我們……開始吧。」

第一百四十七章
容顏會老，愛人不變

「那我呢？」程心急忙問道。

「呃……你負責好程氏企業的日常運行就好。當然，還有照顧你爸。有時間自然也可以來幫我們的忙，或者你還可以請公司的員工一起幫忙。」

「好！」程心起身說道，「我現在就去召集。」

「好，各就各位，開始行動。」

賣房活動風風火火進行，根據鄭乾提議，宣傳就以微信、微博等新媒體為主要方式，而白日夢工作室就作為主戰場。原先設想的買房就提供一周免費海鮮大餐的想法很難實現，在程心提議下，減為一頓。

每個人都利用自身優勢做出貢獻，除此之外，他們還將家人也拉進來。

第二天，鄭晟和蔣潔因為早先就知道這件事情，所以在招待完老同學和老師之後，也趕來了這邊幫忙，甚至因為其中幾位大學老師的子女即將結婚，鄭晟還憑藉自己的遊說，讓他們選擇買程氏企業的房產，這樣差不多就籌集了上千萬資金，而這僅僅是兩天的銷售量。

除去鄭晟和蔣潔加入行銷陣營之外，其他人也紛紛表示力挺。尤其是莫小寶他爸，因為知道自己兒子不再不務正業，感到十分高興，親自報名前來幫助白日夢工作室管理淘寶店和海鮮的日常銷售，並在莫小寶慫恿下又買了一套房，同時還答應會幫忙在他的海鮮大亨朋友圈中宣傳，讓他們可以不用分心地去完成賣房的工作。

有了這麼多人的加入，賣房工作在平穩而有計畫的進行著。接下來，因為得知程氏企業遭遇的危機，連一向與程心不對盤的林曼，也看在鄭乾的面子上提供了一些幫助，比如在賣房活動開始的第三天，林曼就主動聯繫上了基金公司股東們，並將鄭乾介紹給他們認識。

這對於程氏企業來說無疑是個好消息，之前鄭乾和程心就已經試圖通過各種關係找到基金公司的人，並和他們先打好交道，但是由於梁叔的黑箱操作，使得這個計畫成為了泡影。但是沒有想到，林曼竟然也提早預見到事情的關鍵點所在，主動幫忙聯繫好了基金公司的人，這讓鄭乾感到無比的意外和感激。

當然，在一切沒有成功之前，說感激的話都是空架子，沒有意義。他必須藉由這次的好不容易得來的機會，利用自己的優勢將基金公司的股東們說服，甚至……讓他們規避合約當中的某些條款，適當拖延基金對程氏企業的輸入時間。如果真的能夠做到這些，那無疑將會給程氏企業帶來無數好處，當然也會間接性的減少他們的賣房壓力。

為此，鄭乾放下手頭工作，在去同基金公司的股東見面之前，就開始著手準備一份類似「文化產業規劃」的報告，針對如今基金公司的現狀，以及注入到程氏企業的資金狀況與當下某些企業文化之間的巧妙關係，提出了屬於自己的某些見解。

第二天跟隨林曼前往的時候，鄭乾先與對方一共三大股東一一握手相互認識，隨即，他便說明來意，並將自己送給他們的規劃書拿出來。

「如果各位覺得有用，就儘管拿去用。總之都是我個人的一些拙劣見解，如有不妥之處，還望多多包涵。」

話雖然這樣說，但是鄭乾堅信自己的想法一定會打動他們，而且在文化產業規劃書完成之後，他還有拿給林曼審閱，就連林曼也難得一見對他表示讚賞。再加上裡面看起來雖是他一家之言，可實際大多數卻是根據那天鄭晟請來的學者們，針對目前基金公司現狀的討論結果做出的判斷。

相信各位學者，再加上自己的分析與判斷，這份文化產業規劃書，應該不會有什麼問題吧？鄭乾心想。

果然，三人看完之後，當真如預料中那樣激動起來，文化產業規劃當中不但對目前基金公司形式做出了深刻剖析，而且還對大資本吞噬小資本、小資本逆襲為大資本的行業理論進行了有理有據的講解，不得不說，裡面很多內容都說到了他們心坎上，這對他們來說，無疑是一盞照向前路的明燈。

「好，既然鄭先生有如此誠意，那我們也應當表示出一些問候才是。」其中一位股東說，「我們三個商議了一下，如果可以的話，我們願意併入你的股份！」

「好！」鄭乾激動地說道，起身與三人一一握手。

原本他還計畫今天只是將自己所做的規劃書給幾人看，卻沒想到會造成這麼大的影響，直接就讓他們接受了股份併入的建議。這相當於是意料之外的驚喜。這樣一來，股份併入，再加上賣房工作與買入其他股份的同時進行，相信很快，程氏集團的危機就要解決了吧？

鄭乾鬆了口氣，由衷感謝道：「謝謝你，林姐。」

林曼一如既往風情萬種，隨意瞥了眼鄭乾：「好了吧，上車。」

「好。」

「程心呢？」林曼發動汽車，問道，「我以為她這幾天會和你待在一起，沒想到連影子也見不著。」

「她去醫院陪她爸了。我讓她去的。」

「你還滿會為人考慮。」林曼調笑說，「什麼時候也能為姐姐考慮一下就好了。」

「啊？林姐有車有房又漂亮又有錢，還需要我這種窮學生為你考慮什麼？」

「你以為我在乎錢？不，錢夠用就行，要那麼多幹嘛？你以為我在乎美貌，也許吧……女人哪個不愛美？但是再美的容顏也會老去，只有心愛的人心愛著自己，就永遠都不會忘記。」

聽到林曼說的這些話，鄭乾不好回答，偏了偏頭，想要依靠這個動作躲避旁邊火辣辣像是要將他融化的眼神。

「躲什麼？」林曼忽然笑了，似少女卻又多出萬種柔情。

鄭乾更不敢去看了，從認識的第一天起，林曼就對他有過無數的幫助，這些幫助不但授人以魚，同時還授人以漁，讓他獲益匪淺，但或許是因為心底深藏著某個純潔無暇的女孩，讓他拒絕了一切去愛和被愛的欲望，或者說義務，又或者是權利。

總之，在和程心之間的關係沒有定下結論之前，他不會三心二意去考慮其他的感情。

如果可以，他倒是願意將林曼當成姐姐來看。她有著自己所不具備的對生活的感慨和嚮往力，如果真與她在一起了，那麼或許他就不再會是他自己。

鄭乾是一個堅持原則的人，這在以往與程心相處的過程中，就已經十分明顯的表露了出來，哪怕是到了現在，也不曾有過半點更改。

第一百四十八章
情，簡單一個字，寥寥十一筆劃

所以對於林曼的求愛，鄭乾沒有任何答應的可能。

哪怕是在她的車裡，而她的雙手也已經抱住了自己的頭。

「你都不願意看我一眼嗎？」林曼輕輕摩挲著鄭乾光滑的臉龐，彷彿在看失散多年的情人，有淚水有柔情，有失望有憤恨，然而最終，這些情緒都隨著鄭乾的動作而化歸一泉清潭。

清潭溢滿了水，順著潔白的臉頰緩緩流下。

沒有誰，能夠阻止她愛鄭乾。

但也沒有誰，能夠撼動程心在他心目中的位置。

所以鄭乾的手，毫不猶豫抬了起來，將林曼的手從自己臉上拿下，說道：「林姐，我們回去吧。」

說話的聲音波瀾不驚，彷彿先前的一幕只是人生戲中的一首插曲，唱過也就過了。空留餘音繞梁，也只不過是悲涼一語。

沒有去擦，林曼任由眼淚鋪滿臉頰，打濕了淡淡的妝，迷蒙了明亮的眼，也遮住了……愛別人的心。

車子彷彿橫流之中的一隻小船，在城市街道上到處穿行，有過往司機的辱罵，有交警哨響的警告，更有監控攝影機記錄一切，但是林曼都沒有停下，彷彿將車開得越快，越能將她心中的一切陰霾驅散。

當初愛上程建業，她以為找到了真愛，也以為能夠與他白頭偕老；但是……生活總會在你最嚮往美好的時候一個巴掌將你打醒，提醒你一切都是夢，夢醒了，人也該散了。於是，她和程建業的婚姻走到了盡頭。

因為這場失敗的婚姻和愛戀，她從一個大學畢業懵懵懂懂的女學生，一躍成為了看淡情感和生活的女強人；中間的過度讓她來不及反應，彷彿是潛移默化，又或許是事物變化永恆發展的規律在她頭上得到驗證，總之，她完成了蛻變。

從上交結婚證，領到離婚證的那天起，她以為自己不再會愛——不再愛別人，也不再會被別人愛；但是沒有想到，快遞小哥與狗狗的相遇，成全了她與鄭乾的完美邂逅。她承認，從那天開始，她冰凍許久的心……拂過了一縷春風。

你或許可以稱作一見鍾情，又或許可以說為宿命中的相遇。總之，她的心開始解封，漸漸地，鄭乾的整個人，就已經在不知不覺中住進了她渾身上下乃至靈魂當中最容易受傷的地方。她奢望，第二個住進她心裡的男人，不要再給她帶來傷害。

她對愛的渴望，懇求與認真，終於在這一刻說出了口，捧著鄭乾的臉，說出了口。但是沒有用……住在她心裡的那個人，彷彿冰涼的泉水，涼透了她的全身。他說他有愛的人，於是轉身離開，硬生生地在她本就覆滿創傷的心口上撕開一道傷口，頭也不回走了出去……

淚水如斷線的雨珠，車子如搏浪的小舟，此時的林曼已經近乎陷入癲狂。

鄭乾知道她心裡的感受，知道一個被感情嚴重傷害過的人，再去愛上另一個人是有多麼的不容易，但是……但是他不能為了成全一個人，而背叛自己的內心，背叛依然很有可能也在悄悄愛著自己的程心。

他不能。

※

醫院中，程心在照顧程建業。

自從賣房工作被白日夢工作室「承接」之後，程心身上的壓力突然之間就減輕了很多。現在她一邊學著管理公司，一邊又在醫院照顧父親，同時還要抽空去到白日夢工作室幫忙。雖然累，但是心裡卻比以往任何時候都要踏實。

心裡踏實最主要的原因，恐怕就是相信鄭乾吧？是啊，怎麼又想起了他？當初對鄭乾提出分手有著一時的激動和無奈，有憤恨以及傷心，但何嘗又不是因為深愛著他呢？如果不是愛著鄭乾，她為什麼會那麼吃醋，為什麼會將換做旁人角度來看只是一件平常事的事情看得那麼重要？

她應該理智地聽聽鄭乾的說法，更應該理智地將自己的想法說給鄭乾聽，只有相互交換思想，才能更有利於解決問題，不是嗎？

程心想著問題，卻沒有注意到杯子已經倒滿了水。

「程心，在想什麼呢？」

「哦哦，沒。」趕緊將水壺收起，伸手去拿水杯，卻被滾熱的開水燙到了手指，「呀——」

「傻孩子，還說沒想什麼？你當爸爸老眼昏花呀？」程建業忍不住笑了笑。

經過幾天的康復治療，程建業的病症已經得到了極大改善，現今不但可以說話，而且也可以像平常那樣起身走路了；但是為了穩妥起見，醫生依然建議多留院觀察幾天。

原本程建業並沒有繼續住院的打算，但是聽到程心告訴他的關於奪回程氏企業掌控權的一系列手段和措施之後，這位在商場打拼多年的大佬欣慰地笑了笑，誇讚道：「後生可畏啊。」

也不知道他是在誇讚鄭乾還是程心，亦或者兼而有之？誰知道呢，程心將程建業的誇獎自動歸攏到了對鄭乾的身上，心裡也開心，比自己得到誇獎還要開心。但是這種開心又是從何而來？她不知道，在倒著水的時候失神，是因為想到了她和鄭乾之間，還存有的那一絲可能。

面對程建業的調笑，程心嘟了嘟嘴，賣個萌蒙混過關。

程建業又笑了起來，忽然問道：「女兒啊，你在這裡照顧我幾天了？」

「大概有一個星期多一點吧。」程心想了想說。

「一個星期了……」程建業感慨道，「你記不記得，你和爸爸待在一起一個星期，得追溯到什麼時候去了？」

那得追溯到上輩子了吧？程心惡作劇般地想道。總之在她的記憶裡，程建業除了忙依然是忙，哪怕是她過生日，也沒有幾次能夠抽出時間陪她。尤其是跟媽媽離婚以後，爸爸更是再也沒有和她一起相處超過三天時間，更別提一個星期了。

然而晃眼之間，自己居然堅持了一個星期呢，而且還絲毫不覺得累，更不覺得厭煩，隱隱間，還產生了某種依賴和習慣，對曾經對程建業有著極大隔閡的程心來說，這也算是一個奇蹟吧。

「你不記得了？」見程心低著頭沒有回答，程建業搖了搖頭說道，「其實我也不記得了，大概除了你出生的那段日子，爸爸就從來沒有和你相處過那麼長時間吧？也難怪你恨我、不喜歡我，哪怕是和我一起生活，有煩惱也只會向你媽傾訴，從來不和我說自己關於學習和生活上的任何事情，當然，也怪我，都怪爸爸太過在乎金錢和名利，但是現在我想通了，在鬼門關走了一遭，才知道人生在世什麼最重要，不是錢，不是利，更不是權，而是家。是你愛的人和愛你的人，只有他們，才是你真正值得珍惜和愛護的，錢沒了可以再賺，但是人沒了……就真的沒了。」

「這也是我把公司直接交給你的原因。」程建業繼續說，「等我病好了，就正式退休，我也想要像鄭晟那老頭子一樣，整天嘻嘻哈哈歡歡喜喜的生活，再也不做這些傷透腦筋勾心鬥角的事情了。爸累了。」

「爸……」程心雙眸之中有淚水閃爍，猛地，她伸手抱住了病床上的程建業，肆意地流淚，肆意的傾灑這些年受盡的委屈。

缺少多年父愛的她，彷彿在這一刻，找到了童年丟失的懷抱……

第一百四十九章
絕望之味

「別哭，這有什麼好哭的？」程建業為程心擦去眼角的淚水，說著不哭，殊不知自己的眼角，也已經流下了兩行滾燙的淚水。

父女倆的感情似乎在這一刻得到了釋放，相擁著流著淚，多年冷淡而產生的鴻溝，彷彿在這一刻被淚水填平。

與此同時，今天的白日夢工作室也出現了一個令大家感到有些意外的人。

姚佳仁。

她怎麼來了？

最先反應過來的不是鄭乾、不是莫小寶、不是蒙淅淅，而是孔浩，這個對姚佳仁日思夜想的男人。

前次姚佳仁來了又去，他本已平復的心便已經產生了波瀾，以為兩人見面不知要等到何時，甚至他已經計畫等到程氏企業的危機解決，就請假去尋找姚佳仁，卻沒想到，在這樣關鍵和緊張的時刻，她，出現了。

「佳仁……」孔浩緩緩起身，往門口處那個身影走去，步履有些慢，或許生怕只是幻覺，就像當初他在別墅外，看見窗子旁那個讓他滾的倩影一樣，也是幻覺吧？

但事實告訴他，不是。

姚佳仁踩著高跟鞋來到他身前，點了點頭，張口想說些什麼，但是不知為何又低下頭去，然後側身一步，從孔浩身邊走過。

孔浩呆了呆，立刻上前拉住姚佳仁的手臂，顫抖著問道：「佳仁，你這些天都去哪了？你還好嗎？」

此時，眼淚從孔浩眼角流下，順著臉頰，流過鎖骨，沒在被衣領遮住的地方。男兒流血不流淚，一個男人哭，只能說明他的心，已經變得柔軟，也已經被情緒震動。

突然吹來一陣風，飄過香氣的風。

隨著風而起，一隻素手輕輕為他擦去眼淚，凝視著，最終……卻依然什麼也沒有說。

門前的一切彷彿被時光定格，過了好一會兒，孔浩突然抬起手，摸著眼淚被擦拭的地方，恍然如夢，轉過身，伊人仍在。

這一次，他再沒有問什麼，再沒有多言一語。彷彿什麼都沒有發生過，也彷彿一切都已經結束，如同往常一般，孔浩來到了所有人的面前，聽姚佳仁說：「我來幫你們。」

隨後便是鄭乾表示歡迎，莫小寶也笑呵呵接納，孔浩露出笑容，點了點頭。

只有蒙淅淅……

「淅淅，我給你介紹，這是姚佳仁……」

「不用你介紹，不就是靠關係沒靠上的人嗎？」語氣充滿不屑，但她說的是事實。

於是，每個人臉上的笑容都在同一時刻微微凝固，好在鄭乾是應付這種局面的好手，只是一瞬間，他便已經回轉過來，然後笑著說道：「來者皆是客，我們歡迎佳仁！」說著，便帶頭鼓掌。

緊接著，啪啪啪啪的聲音在白日夢工作室響起，除了蒙淅淅滿是嫌棄，其餘每個人臉上都露出了最真摯的表情。

是友誼，是寬容，是理解，更是對過去說再見，對未來說我們一起的最好見證。

他們的熱情使得姚佳仁眼眶一熱，鼻尖一酸，很快便流出了眼淚。但是當觸及到孔浩帶些期盼和率真的目光時，卻猛然轉開了頭，她此時還沒有勇氣說出「對不起」三個字，因為姚佳仁覺得自己還配不上他。等到什麼時候真正完成了轉變，再說也不遲。

人生的事情就是這麼有趣，當初是她在等著孔浩，如今卻換成了孔浩為她而等待。只不過性質不同、時間不同，心境……自然也就隨之而不同了。

一週之後。

賣房工作持續推進，在經過一波熱潮之後，最近幾天看房的數量正不斷減少，熱度也在持續下降，不知道等到基金公司併股的日期，能不能湊夠七千萬？

說實話，如果按照賣房工作開始後三四天那段時間的銷售情況來看，想要將房子賣完並拿到七千萬的回報，一點難度也沒有，但是一些購房的客人在看過之後如果沒有興趣自然也就不會再來。從宣傳手段上來說，他們緊跟潮流，甚至某些方面做得比專業賣房公司還好。但是人家最終看的還是房子本身，而且一段時間內也只有某些人會買房，買完了自然不會再買，所以想要增添銷售量，從目前狀況來看唯有從兩個方面解決問題。

一是增強宣傳廣告，二是降低銷售價格。

第一種可以，但是第二種方式，很有可能在房子賣完之後，會導致湊到的資金不夠七千萬，從而影響到最終的併股問題。

所以，究竟該怎樣做，才能最有效的解決時間不夠帶來的一系列問題……鄭乾左思右想，卻始終沒有頭緒。

程心照顧好程建業之後，也和往常一樣，在同一時間趕到了白日夢工作室。

鄭乾著急，她也著急。

白日夢工作室上空彷彿懸了一層厚厚的烏雲，整個工作室內部再也沒有了往日如火如荼工作的激情，顯得死氣沉沉。

按照鄭乾的建議增強宣傳廣告之後，除了第二天多來了幾個並沒有多大意願想要買房的人之外，就再也沒有任何效果。這只能說明通過新媒體廣告帶來的銷售效果已經飽和，再繼續下去的話，除了耗費資源和能力之外，事情不會有任何改變。

「我們一共還有十七套房子沒有售出，如果按照一套一百萬元計算，也就是一千七百萬。我算了一下，確實，只要再添上扣稅之後的資金，就能夠湊夠七千萬，加上你公司帳面上的八千萬，就擁有了一．五億。但是……我們的時間只有三天不到了。大後天就是併股的日期，一旦那個時候湊不夠那筆錢，之前的努力就等於白費。」

鄭乾也不願說出這個事實，但事實畢竟就是事實，不管你說與不說，都要抬頭挺胸勇敢去面對，哪怕風再大，雨再急，也同樣如此。

程心自責道：「如果不是我亂簽那個授權書，程氏集團也不會落到今天這個地步，大家也不會跟著這麼操心……都怪我。」

「程心，沒事的，有我們在。」姚佳仁說。

「佳仁，謝謝你。」程心抽泣著說，「如果不是你，我一定到現在還不知道被梁叔欺騙的事情，謝謝你。」

「沒事，程心，不哭啊。」說著不哭，可是姚佳仁的眼眶也微微紅了起來，當初被程心不信任和看不起的時候，絕望的情緒已經在充斥她的全身，但是她挺了過來，因為姚佳仁想要用行動向所有人證明，自己不再是以前那個自己了。

確實，自從來到白日夢工作室後，姚佳仁彷彿變了一個人，她不再像以前那樣憧憬富豪生活，也不再像以前那樣熱衷於做一個演員，更不再像以前那樣懷有虛榮和自大的心。

現在的她，經歷過那次事件之後，已經成長了許多。

正如楚雲飛與程心所說的一樣，一旦姚佳仁改變當初的路線，一定會成為一個十分優秀的女孩子。

楚雲飛說對了，姚佳仁也做到了。

但現在也僅僅才是起步，她要做的，還有很多。

第一百五十章
陽光總在風雨後

看到姚佳仁改變的不只程心，還有鄭乾、莫小寶和蒙淅淅，以及無時無刻都在關注著她的孔浩。

姚佳仁第一天來的時候，蒙淅淅還沒有給她好臉色，但是過了兩三天，卻變得平靜起來，既不惡語相向，也不故意親近，由當初見不得一眼，度過到這樣的階段，已經難得。

至於孔浩，則更不用多加說明了。他心裡一直愛著姚佳仁，苦於現實無法開口，但是現在得知她已經脫離投資人，也看到她做出的改變，心裡的高興無與倫比。

然而……

感情問題可以依靠時間的推進而調節，但是現實需面對的一切，卻令所有人變得愁眉莫展。

按照程建業的囑託，程心近日曾向原先程氏集團的合作夥伴求助，但是得到的答覆往往只有兩種，要麼是被梁叔阻斷，要麼是直接不想幫忙。

只是一次普通的求助，卻完美地驗證了何為人性。

大難臨頭各自飛，這句話用在此時的程建業和程心身上再不為過。

烏雲持續籠罩，不曾散開。

程氏的命運……似乎已經註定。

這一天，陰沉多日的G市終於迎來了入春以來的第一場雨。

雨肆虐著這座沿海城市，沖刷著大街小巷的滿天塵埃。很快，雨微停，鹹鹹的海風如同迎接勝利的士兵一樣，在城市上空歡呼，在地面各處跳躍，不知疲倦。

很快，風厭倦了城市的生活，吹向被烏雲遮蓋的天空。

雨停了，巨大的風在上空攪動。

一吹，便是一團雲。

於是在海風吹拂下，如鉛般厚重的雲層緩緩退開，很快，就露出了碧藍色的天空。

碧藍色的天空中，陽光照射而下，為被烏色壓制許久的城市帶來久違的溫暖。

雨霽雲開，人們開始歡呼。

很快，白日夢工作室中也傳來了久違的吼叫和歡快的笑聲。

因為在多日的壓抑之後，楚雲飛帶來了一個消息，這個消息彷彿一記強心劑，給白日夢工作室所有情緒壓抑的人帶來了興奮和激動。

甚至程心和姚佳仁兩個女孩，已經高興得哭了起來。

相擁在一起，久久不語。

楚雲飛帶來的消息是一句話：他抓住了梁叔的把柄，將所有跟隨梁叔篡奪程氏企業的人，全都送進了監獄。

這樣一來，程氏企業所面臨的資金不足、時間不夠等等一切問題，就已經從根本上得到了解決。但是為了保持信譽，楚雲飛還是建議程心履行完和基金公司的約定。

所以……收購依然要進行。

「那錢怎麼辦？」程心擦乾了眼淚問道。

楚雲飛勝券在握般笑了笑：「不用擔心，當初我回國的時候，程叔一次性的在讓我擔任負責人的公司投資了一千萬，但是後來那一千萬一直沒有用到，所以就留了下來，其次，如果按照利息來算，我還應該補七百萬給你，加上一千七百萬，應該夠了吧？」

「不對……利息怎麼會有七百萬？」

「……人情利息。」楚雲飛對自己創造出這個新詞彙感到非常滿意，「你一起拿著用吧，不夠再和我說。」

「謝謝你。」程心由衷感謝道。

「不用，我們兩個什麼關係。」楚雲飛笑道，隨後頓了頓，「程心，其實我今天來，還有一件事情想要和你商量……」

「你說，只要我能做到。」程心保證。

「也沒什麼，就是……」楚雲飛用眼神示意了一下，示意周圍人太多，還是不要在這裡說的好。

程心轉身看了一眼，有鄭乾，有姚佳仁，有孔浩，還有莫小寶和蒙淅淅，笑道：「他們都是我最好的朋友，你說吧，沒關係。」

「這……」楚雲飛為難地看了眾人一眼，重點在鄭乾身上多停留了一下。

鄭乾是什麼人？從在大學時期做學生會主席開始就已經學會了察言觀色，此時看到楚雲飛的眼神，哪會不明白是什麼意思？

想到他們倆的關係，不由擠出一絲笑容，笑道：「程心，去吧。」

「可是……」

「沒事啦。」鄭乾又笑了笑，「真的。」

「鄭乾，不能啊！」孔浩趕緊扯了扯鄭乾的衣袖，「這明顯是要表白的節奏，你明明愛著程心，為什麼不直接說出來？」

「就是，程心，鄭乾他無時無刻不在想著你，如果你不信……可以問問佳仁，還有淅淅！」莫小寶嗓音很大，性子又急，想了半天說出了一句讓鄭乾和楚雲飛都感到尷尬無比的話。

但是機會不可失去，趁著公司危機解除的時刻，一定要向程心說出藏在心裡將近四年的那句話。

「程心，我愛你！」彷佛一聲來自遙遠地方的呼喚，程心有些恍惚，鄭乾更加恍惚……

「做我的女朋友，好嗎？」不知何時，一束花已經出現在楚雲飛手中，是大束玫瑰，不用數也知道是九十九枝。

九十九朵玫瑰再加上前面的兩句話，相信任何一個心地善良的女生，心思多少都會有一些觸動。前些天和鄭乾分開以後，程心試著想像過和楚雲飛在一起生活的場景，但是很快她就發現，那不是她所追求的一切。

所以當時，程心就已經否定了和楚雲飛在一起的可能。

但是，剛剛聽到那句我愛你的時候，她的心卻忍不住微微一顫，顫抖還沒有找到尋常的節奏，緊接著又是一束火紅的玫瑰突然出現在眼前，這讓從未收到過男生送花的程心進一步淪陷……

她的心已經有些亂了，如果不是鄭乾就在身後，或許……程心早已接過那束花，答應做楚雲飛的女朋友了吧？

「程心……」就在這時，鄭乾突然囁嚅著喊了一聲。

程心轉過頭，看到莫小寶和孔浩正不停地推著鄭乾。鄭乾有些呆滯，有些難受，表情最容易出賣一個人的想法，所以，他是在為此傷心嗎？

程心明白了。她笑了笑，將雙手背到身後，說道：「謝謝你喜歡我，但是這件事……還是等到我爸康復再說吧。」程心歉意地笑了笑，「對不起。」

隨後，她轉頭看了一眼鄭乾，見他像傻子一樣傻傻笑了起來，於是也跟著笑了。

「我現在先要趕回公司處理剩下的事情，如果你們……」

「我們就不去湊熱鬧了，你趕快去處理吧。」孔浩代替所有人說道。

「那好，等我消息。」

「嗯，加油！我們等你消息。」

「程心——」楚雲飛突然喊道，他迅速地將玫瑰放在了背後，臉上換上一副略帶尷尬的笑容，「那我們等程叔康復再說，到時候……」

「到時候說。」程心笑了笑。但所有人都知道，到時候說……不就是變相的拒絕了嗎？

楚雲飛的臉色有些難看，像是有一口氣憋在了胸口沒有釋放，而與之形成對比的則是鄭乾傻傻的笑和他周身擠眉弄眼的傢伙們。

第一百五十一章
畫虎畫皮難畫骨

程心離去，楚雲飛離開，白日夢工作室只剩下了五個人。

莫小寶晃了晃鄭乾的肩膀，調笑道：「掙錢的，心裡爽嗎？」

「不，應該問：心裡是不是在暗爽？」蒙浙浙笑嘻嘻地在一旁插嘴。

孔浩也笑了笑，而目光正好對上了姚佳仁。只是剛剛接上，卻又迅速分離，彷彿什麼都沒有發生……

幾天之後，程氏集團的危機正式宣告解除，由梁叔一手主導的陰謀奪權計畫宣告失敗，相關責任人也已經被扭送至派出所關押，再沒有任何利用程氏企業漏洞作案的機會。

雙喜臨門的是，在宣告危機解除的當天，程建業也已經被醫生獲准出院，身體無論從哪一方面來看，都恢復到了和之前一模一樣的狀態。甚至經過物理治療後，身體健康程度還超越了以往。

這對於程建業來說是好事，對於程心來說，則更是歡喜無比了。

另一邊，仍待在白日夢工作室沒有離去的姚佳仁，卻遇到了一件令她措手不及的事情。

今天一早銀行打電話給她，說是以她身份證開具的三張信用卡，總共透支額度超過了二十萬元，如今還款期限已到，再不及時處理，銀行將會把她起訴到法院。

接到這個電話之後，一陣暈眩感便向姚佳仁襲來。

如果沒有記錯，當初投資人說會幫她償還信用卡上所有的透支金額，但是，銀行打來的電話已經充分說明，他根本就沒有做到！

想想也是，那樣的人，他又怎麼會為自己償還信用卡債呢？

姚佳仁哭了。無數憤恨、絕望和後悔慢慢爬上心頭，現在的她，還有什麼辦法？

對了，借！

想到這裡，姚佳仁立刻撥通了大學閨蜜的電話。

「喂，妞妞，我是佳仁啊。」

「佳仁？唷，這麼早打電話給我，是不是想我啦？」

「妞妞，我……我有事想請你幫忙？」

「什麼時候變得這麼扭扭捏捏了？說吧，姐聽聽。」

姚佳仁咬了咬唇，說道：「是這樣的，我信用卡上欠了二十萬，我想……」

「啥？！」那邊傳來一聲驚叫，「二十萬？這麼多錢你花去哪了？」

「我……」

「佳仁，不是我說你，你用錢不能再像以前那樣揮金如土，居然欠了二十萬，這……你怎麼還？」

「我想找你借點，再找其他人借點……」

「佳仁，不是我不幫你。你也知道，我現在正要準備結婚，經濟上本來就不寬裕……」

姚佳仁流著眼淚搖了搖頭，後面妞妞說了什麼，她已經沒有去聽，緊接著，她又打了電話給另一個人。

這些人幾乎都是她大學以及高中時期的好朋友，那時候大家在一起無話不談，相約一起看世界，就彷彿是世間最好的姐妹，但是現在……雖然姚佳仁也知道她們之中，大多數家庭並沒有多麼富裕，剛剛工作沒多久，也存不了多少錢，可是接通電話之後，剛開始對你溫柔以待，然而只要一談到借錢的話題，語氣立刻就變了，變得像是對待陌生人一樣。

這讓她有些難受。

其實並不一定需要金錢，這個時候，哪怕是幾句言語上的寬慰也行啊。

然而沒有，除了責怪和嘲諷之外，再沒有其他的回應……

既然沒有人幫助自己，那就自食其力吧！能湊多少算多少，如果實在不夠……到時候再說吧。

姚佳仁不是沒有想過，向程心和鄭乾他們求助，但是心裡的自責感和羞愧感不允許她去這麼做，既然改變，就要從方方面面，徹徹底底地改變。

G市有一個著名的舊貨市場，如果你經常去裡面逛的話，說不定可以用低廉的價格買到一些高品質的商品，當然，也很有可能用十分高昂的價格買到並不等價的產品，這不光是看個人運氣，還得看個人眼光。

此時，所有圍聚在姚佳仁面前的顧客們都看得出來，這位漂亮女孩擺出來賣的包都是真品，而且品質很好，屬於奢侈品中價格較高的一類。所有懂貨的人，目光都在賣包人和這些包之間徘徊，在猶豫著能不能用最低的價格將其買下，然後再以最高的價格賣出去，賺取其中差價——是的，來舊貨市場買這種包的都不會是真正的有錢人，所以他們買了不是自己用，而是要轉賣。

蒙淅淅大學行銷管理專業畢業之後，工作不如意，於是就跟著老爸的步伐，經營舊貨市場的幾家店，店雖小，但勝在利潤較高，所以她平常的時間都會在市場裡頭，看看有沒有能夠低價買進的東西。

剛剛走進這裡，就看到一群人圍在一起，彷彿在看國寶大熊貓現身鬧市一樣。

她湊過身去，聽到裡面的人在講價還價。

「三千？這包也要三千？我看三百還差不多！」

「大叔，它真的值三千，您不信可以上網查查……」、

姚佳仁？蒙淅淅立刻聽出姚佳仁的聲音，再將身子擠往裡面，當真就看到了一個熟悉的身影。但是……她竟然是在賣包？蒙淅淅睜大眼睛，而且好多都是連她也不知道品牌，但是光看那些圍觀婦女和男人們貪婪的眼神就知道價值一定不菲的包。

這……

「佳仁！你在這幹嘛呢？」

「啊？！淅……淅淅，我……我……沒、沒幹嘛……你怎麼來了？」

「你忘了？我家的店就在這裡啊。你怎麼跑來賣包？」蒙淅淅看到姚佳仁驚慌的樣子，預感一定有問題。

「沒……我……」

「難不成錢花光了？」

「不是，淅淅，你聽我說……我真的沒事！」姚佳仁乾脆也不解釋了，把包一個個收起來，背在肩上轉頭就走，但是圍觀的人本來就多，再加上蒙淅淅也不願意就這麼不清不楚讓她走了，所以姚佳仁還

沒走出包圍圈，就被蒙淅淅堵了回去。

「佳仁，這幾天你已經改變得好多了，不會暗地裡又在揮霍花錢吧？不然憑你現在的工資，怎麼也不會淪落到賣包的地步啊。」蒙淅淅大感疑惑，「還有，我記得你說過，這個粉紅色的包是你最喜歡的一個，如果不是急需用錢，你怎麼會捨得賣？」

「我……」

「你說啊，到底怎麼了？」

「淅淅，這裡人太多……」

「好好好，去我店裡。」

將姚佳仁按著坐下，給她倒了杯水，蒙淅淅說道：「你也別怪我之前對你那樣，總之我這人就是看不慣不平事，一就是一，二就是二，對就是對，錯就是錯，你之前錯了，但是你現在改過了，所以我們還是好朋友。既然是好朋友，是不是應該把這件事告訴我？」蒙淅淅指了指那幾個包，意思很明顯。

第一百五十二章
程心的二十萬

姚佳仁手裡捧著水，熱氣騰騰往上，低著頭，想說卻又說不出口的樣子。

她沒有想到今天會在這裡遇到蒙淅淅，更不曾想到她會對自己說出這番話……既然如此，那麼應不應該將事情真相告訴她？姚佳仁心裡有些糾結，因為說不定會惹來一陣嘲諷，但如果不說的話，蒙淅淅必然會追問到底。

兩個選擇都不完美，所以……還是說吧。

她抬起頭看著蒙淅淅，努了努嘴終於說道：「我的信用卡上，欠了二十萬……」

「什麼？！」

不出意外地，一說出二十萬這個數字，蒙淅淅原本就又大又漂亮的眼睛更加瞪大起來，彷彿聽到了什麼不可思議的事情一樣，就連嘴巴，也微微張了張。

「二十萬？你怎麼欠了那麼多？」

「我……」姚佳仁將水杯放下，抱著頭晃了晃，才將事情來龍去脈緩緩說了出來。

蒙淅淅先是鄙夷，後來是皺眉，到現在已經變成了擔心。

「也就是說，這二十萬，必須在明天就要還清？」

姚佳仁點點頭。

「你打算怎麼辦?不要告訴我靠賣包補上。」

姚佳仁也知道，靠這個辦法幾乎不可能獲得二十萬，但是除此之外她卻沒有更好的方法，就連將事情告訴蒙淅淅，也都是被逼迫著說的，還能有什麼辦法?她搖了搖頭：「淅淅，這件事情我只告訴過你一個人，我不求其他，但求你不要說出去。」姚佳仁起身往外面走，「既然是我創下的禍患，就由我來填補。」

「佳仁……」

姚佳仁已經快步離開，很快就沒入人流。蒙淅淅皺著眉頭想了想，覺得這件事情不能只讓姚佳仁一個人去承擔了。她以前是犯過錯，但是現在已經改過，既然已經改過，就得想辦法幫幫她才是。

帶著這樣的想法，蒙淅淅立刻趕往白日夢工作室，並找到莫小寶和他說明了情況。

「情況就是這樣……你說，我們該怎麼辦?」

如今，她和莫小寶已經確定要結婚了，所以財產幾乎已經合併在了一起，只要莫小寶點頭說拿出二十萬，她蒙淅淅也不會有任何猶豫。

然而就在這時，孔浩突然推開門走了進來，笑了笑說道：「沒事，我已經找程心幫忙了。」

房間安靜了三秒。

「什麼?」莫小寶和蒙淅淅對視一眼，驚訝道，「你知道我們在說什麼嗎?」

「你們是在討論幫不幫佳仁還清信用卡吧?其實她今早打電話的時候我就已經知道了，所以在她出去沒多久，我就找到了程心，讓她替我把二十萬交到佳仁手上。」

「孔浩，你……」

「我擔心如果告訴她這筆錢是我的，她不會要，所以就告訴程心，就說是她的。」

「唉，如果佳仁知道你對她這麼好，不知道會有多感動。」莫小寶搖了搖，嘆息道。

「不知道也無所謂，緣分這東西，說來就來說走就走，不能強求的。」孔浩轉身離開，又回過頭說道，「對了，淅淅你別又在佳仁面前說她的不是了，她現在已經做得很好了，她一直是你表哥我……最喜歡的人。」

姚佳仁離開舊貨市場以後，漫無目的地走在路上，她真的不知道該怎麼辦了。雞死前蹬蹬腳，以為能夠撿回一條活路，但是不成想，就憑藉那一兩隻腳上弱小的力量，根本就掙脫不了命運的束縛。

明天就是最後期限，二十萬卻遙遙無期……

正茫然不知所措，口袋裡手機突然響了起來。拿出一看，程心。

姚佳仁手抖了抖，想接，卻又不知道該說些什麼，最終，掛了電話。現在的她什麼都不想做，也什麼都不想說，只想一個人靜靜地待在某個地方，等待著銀行向法院起訴……

然而念頭剛產生不久，剛剛被她掛掉電話的程心發了訊息過來，內容只有短短一句話，卻令她整個人都顫抖起來，然後……哭了。

哭過之後，她拿起手機看了一遍又一遍，程心說，她已經轉了二十萬到她賬上，不出意外很快就到。

確實沒出意外，手機螢幕剛剛變黑，匯款訊息就已經到了。

二十萬。

整整二十萬！

姚佳仁又一次哭了，她不知道該用什麼言語表述此時的心情，有徬徨、有愧疚、有感動……但更多的，是開心，因為她擁有開心時同你歡笑，悲傷時同你流淚的朋友。

「謝謝你，程心。」

※

因為陰謀失敗，梁叔告老還鄉，原本想著就這樣過一輩子，但沒料到……程建業還是找上了門。還是不肯放過他是吧？梁叔深深嘆了口氣，心裡五味雜陳。

但是看到程建業的第一眼，梁叔感受到的並不是咄咄逼人或者殺氣滿盈，而是祥和與樸實，以及寬容和高尚。

不等他多加疑惑，程建業就走上前去，和梁叔擁抱在了一起，並說：「老兄弟，回來吧，程氏需要你。」

「什……什麼？」梁叔呆了，不敢相信自己所聽到的一切。

隨行人員都笑了起來，為兩個人的友誼而感動，為程建業的寬容而讚美。

很快，梁叔發現這一切並不是在做夢，因為程建業又接著說道：「我之前太過強勢，但是經過這段時間所經歷的一切，我終於明白了一個道理——金錢，沒有人重要。我會將自己的股權分一部分給你，將你所有的付出都填補回來！」

這一刻，兩個老人才真正地緊緊相擁在一起，程建業高興，梁叔感動得老淚縱橫。原先他只期望程建業念在多年的情分上，能夠放他頤養天年，卻沒料到，他不但原諒了自己，反倒還打算將自己陰謀奪權卻沒成功的一切，送到自己的手上。

天下間，還有這樣胸懷寬廣的人嗎？梁叔不知道，但是他確定……程建業是他見過的唯一一個。

第一百五十三章
你想好了嗎

成功將梁叔請回之後，程建業卻沒有閒著。

為了履行之前鄭乾送予基金公司的規劃書中所立下的承諾，他打算同時成立一個遊戲公司和傳媒公司，而這些公司也都一併交給程心打理。

完成公司剩餘規劃之後，程建業心情大好，同程心說道：「該你們年輕人上場了，你爸老了，得休息休息。」

程心一邊幫程建業捶著肩膀，一邊說道：「爸，你說……我可不可以請鄭乾來幫忙管理傳媒公司？你知道他很有才能，這樣的人才一定不能流落到競爭對手那邊。」

程建業笑而不語。

「爸——」程心撒嬌道，「……那我去了？」

「好好好，你們年輕人的事情你們年輕人自己決定，爸幫忙出出主意就好。」

「哈，謝謝爸！嗯嘛——」

「唉喲，多大個人了！」

※

程心一路哼著小曲來到了白日夢工作室。

自打她利用公司五十萬下了一筆大單之後，白日夢工作室的淘寶店就變成了一顆皇冠，因此前來下單的人越來越多，兩個客服顯然已經不能滿足需要，鄭乾和孔浩及莫小寶商量之後，決定將客服數量增加到五人，而他們則全權負責後臺工作。

除此之外，他們經營代理的海鮮也已經走上正軌，許多酒店都陸續送來一筆又一筆的大單子，都快有些讓幾人應接不暇了。

於是程心來到白日夢工作室的時候，看到的就是這樣一副場景。所有人都趴在電腦前劈裡啪啦敲著鍵盤，偶爾離開電腦，也是迅離迅回，根本不敢耽誤一分一秒的時間。

所以她就躡手躡腳走到裡面某個位置坐下，然後靜靜地等待，眼睛也時不時盯著鄭乾，看他認真工作的樣子，絕對可以說是一種享受。

但是這種享受並沒有持續多長時間，放在辦公室中的鬧鐘就叮鈴鈴響了起來。

程心知道吃飯的時間到了，下意識往廚房看去，那本是她為他們做飯的地方，但是現在……程心臉上的笑容緩緩凝固，很快，就被失落和傷心取代。

因為一個人端著飯菜出現在了門口。

林曼。

林曼也來為他們做飯了嗎？

為誰而來，程心已經不需要去猜測，看向鄭乾時，他轉過身來，用驚愕的眼神看著自己，驚訝道：

「程心，你什麼時候來的？」

「我……我剛剛來的。」程心臉上硬擠出一抹笑容。

「程心，你來了？」

「程心，快過來一起吃飯。」

所有人都開心的邀請，但是程心的心情卻怎麼也開心不起來。

「不用了，你們先吃吧，我今天來，只是找鄭乾商量點事。」然後看向鄭乾，「方便嗎？」

鄭乾一愣，點點頭：「當然方便啦，說吧，什麼事？」

「現在程氏集團成立了一個傳媒公司，我想請你去幫忙管理，你看……」

「鄭乾——吃飯了，今天我可是做了你最愛吃的菜，快過來嘗嘗。」不等程心說完，那邊的林曼就笑著喊了一聲。

程心臉上殘留的笑容徹底消失。

「不急，林姐你先吃吧，我和程心談一下。」鄭乾看向程心，「你……你別誤會，林姐幫我們做飯是因為我們太忙……」

「我知道。」程心抬起頭，又笑了笑，「我當初不也幫你們做過飯嗎？」

「對，就是這樣。」鄭乾嘿嘿一笑，忽然又咳著嘴說道，「但是你讓我管理傳媒公司這件事，我想……還是算了吧。畢竟工作室還有那麼多事情需要處理，而且林姐也正在幫我們策劃成立一家公司，所以我根本沒有多餘的時間與精力，對不起啊，程心。」

「可是傳媒公司也是一家公司，而且你有那麼好的才能……最重要的是，你可以和我一起上班。」

「程心，你要知道，白日夢工作室不光是我鄭乾一個人的，我當初答應小寶和孔浩，要和他們一起，將白日夢做成現實，所以在沒有被別人承認之前，我是不會離開的。」

聽到這裡，程心失望地點了點頭，而林曼卻忍不住微微一笑：「鄭乾，吃飯吧，待會我們還要繼續討論一下公司成立的事情。」

見鄭乾沒有動作，她乾脆走了過去，伸手挽住鄭乾的手臂，親暱道：「走吧。」

看到這一幕的程心再也忍受不住，不顧鄭乾的呼喊和其他人的挽留，沿著來時的路抹著眼淚跑了出去。

她相信了鄭乾一次又一次，也認為之前發生的一切都是誤會，但是今天，她卻看到林曼挽住了鄭乾的手臂，而鄭乾卻沒有什麼反應，這一切彷彿最後一根稻草，消滅了她心裡對於鄭乾的最後一絲幻想。

或許，從她求婚而被拒絕開始，就註定了這是一場失敗的戀愛；或許，從她分手後心裡卻還裝著鄭乾之後，結果就已經產生。單方面的愛戀永遠不可能獲得長久的愛情，只有雙方互相愛慕著對方，一切才能繼續，戀愛才會發光……

回到家中，程心已經擦乾了眼淚。

她徑直走到程建業面前，說道：「爸，我決定了。我要和楚雲飛結婚。」

程建業似乎沒有想到出去一趟的程心，竟然會突然間做出這種決定，微微驚訝，問道：「為什麼？」

「沒有為什麼，感情這種事情，說不清為什麼。」

「那……你真的想好了？」

程心偏了偏頭，沒有說話。

「女兒啊，爸還是希望你遵從內心的想法去選擇。以前我逼迫你是我不對，現在你擁有選擇愛情的權利，所以……」

「爸，您不用再說了，我既然做出了決定，就不會更改。」

談話結束，程心打電話和楚雲飛說明了情況，告訴他自己接受他的求婚，並讓他的父母商量一下，看看什麼時候舉辦婚禮。

程氏企業新任總裁程心即將結婚的喜訊在整個G市商業圈中迅速傳開，和程氏企業有過合作的公司高層，都收到了參加婚禮的邀請。

莫父作為G市鼎鼎大名的海鮮大亨，與程氏接觸必不可少，自然也就收到了一份請柬。當看到請柬上新娘新郎的名字時，他卻愣了愣，小寶不是說，程心是和鄭乾在一起的嗎？怎麼這會兒冒出了一個楚雲飛？莫父打電話核實，確認名字沒有寫錯之後，趕緊和莫小寶聯繫，並將這件事情告訴了他。

第一百五十四章

我不願意

得到消息的莫小寶比莫父更震驚，他甚至不敢想像，如果這個消息讓鄭乾知道，鄭乾這老實人瘋起來會做出怎樣的舉動，但是又不能不說，糾結一番之後，他還是決定將事情告知鄭乾，至於怎麼處理，到時候再說！

白日夢工作室，鄭乾和林曼正討論著完成公司成立的最後一個步驟。

就在這時，莫小寶急急忙忙地從外面跑了進來，將程心即將與楚雲飛結婚的消息告訴了鄭乾。

當然，同時得知消息的還有林曼、孔浩、姚佳仁和蒙淅淅。

這個消息就像一顆炸彈扔進了湖中，鄭乾手中握著的筆啪一聲掉在了地上，喃喃道：「你聽誰說的？」

「我爸已經收到請柬了。」莫小寶低下了頭，「如果不出意外的話，最多明天，也會有請柬送到我們這裡來……」

鄭乾沉默了……他拿出手機撥打程心的電話，但不管撥出幾次，都是無人接聽……就在鄭乾徹底失望的時候，程心回了一條訊息：我已經決定和雲飛在一起了，我們後天結婚。到時候，如果想來的話，你也來吧。

轟！

只是平平淡淡的語氣，彷彿五雷轟頂一般，使得鄭乾筆直的身體踉蹌了一下，差點沒站穩身子。隨後，他一把推開後面扶著他的人，一個人雙眼無神地往外面走去。

「快跟上。」

「別跟著我，我只想一個人單獨待一會兒。」

「鄭乾……」

「別跟著我！」

一聲怒吼將所有人吼住，鄭乾轉過頭，繼續往外面走去。

白日夢工作室所選的地點離海邊並沒有多遠，這裡當時是碼頭倉庫，但是隨著碼頭荒廢，倉庫也逐漸被擱置，無人使用。

鄭乾就順著當年搬運貨物的道路，順手提著酒瓶，一路往海邊走去。

當一個人辛辛苦苦為一個目標努力，但是回過頭來，卻發現當初的目標已經離自己遠去時，這種滋味，真的十分難受。

鄭乾創業是為了能夠儘快和程心結婚，即便是在遭遇一系列的誤會導致分手之後，他也相信他和程心最終能夠走到一起，但是……沒有想到，如今公司即將成立，而五年上市計畫也佈局完畢，卻在這個時候，程心用一紙請柬，宣告他的夢想破滅。

一切都結束了。鄭乾想。

夢想破碎，現實照亮淒慘的結局。

他已經沒有辦法挽回。

海風帶著淡淡的腥味，吹打在臉龐上，很快便將淚水風乾。

鄭乾坐在海邊，身邊已經空了一個酒瓶，手上，卻還不停往嘴裡灌著酒水。他試圖如古人所說那般，借酒澆愁……卻不知，酒精非但沒有麻痹他的大腦，反而舉杯消愁愁更愁，到了最後，他已經哭成了一個淚人。

一個大男人獨自坐在海邊礁石上忍受風吹浪打，一邊喝酒一邊哭，一看便是一件充滿故事情節的。

程建業在不遠處凝望許久，終於邁動步伐，來到鄭乾身後，與他並肩坐了下來。

卻沒有說話，而是拿起酒瓶，打開蓋子，喝了一口。良久，發出嘖嘖讚嘆：「這酒烈啊！可惜……要是人也像酒一樣烈，那就好囉！」

程建業的聲音很大，大到哪怕海風吹來也不曾吹散分毫。說完這句話，他就拍拍鄭乾的肩膀，然後起身，又沿著來時的路緩緩離開……

※

程心的婚禮十分盛大，政商兩界有頭有臉的人物都應邀出席。

而正如莫小寶所說的那樣，他們白日夢工作室也在第二天就收到了請柬，包括莫小寶、蒙淅淅、孔浩和姚佳仁，所有人都到了。當然，還有林曼。

蔣潔和鄭晟也應邀出席，卻唯獨不見鄭乾。

其實昨晚回來之後，鄭乾就一直待在屋子裡沒有出去，今早孔浩去敲門，才發現他不知什麼時候已經離開了房間。

所有人感到擔憂的同時，心底不知為何竟然隱隱間希望婚禮之上發生些什麼事情……因為他們都知道，鄭乾是多麼的愛程心，他們也知道，程心是多麼的愛鄭乾，如果僅僅只是因為林曼從中攪局，就使得原本相愛的兩人被迫分開，那現實也真是太過殘忍了。

參加婚禮的莫小寶等人，雖然臉上帶著笑容，可心裡恐怕是除了程心和鄭乾之外，最苦的人了。

「鄭乾還沒有出現嗎？這婚禮都要開始了。」莫小寶著急地問。

「還沒見到他，或許……他不來了呢？」孔浩揉了揉眉心。

「要是還不來……程心可就真不是他的了！」

「但是打電話也聯繫不上啊。」孔浩起身說道，「我去找找。」

然而就在這時，主持人緩緩上臺，宣佈：「女士們、先生們，婚禮正式開始！」

緊接著，婚禮進行曲開始響起，而新人，也伴隨著樂聲從那道貼著大大喜字的大門中，緩緩走出。

所有人都起立鼓掌，紛紛送上祝福的同時，也都為新娘的美麗讚嘆。

今天的程心確實很美，潔白的婚紗將她襯托得聖潔無比，彷彿天上仙女一般高不可攀，而臉上的笑容卻又將這種高不可攀降低少許，使得所有人都感受到她的親切與美好。

掌聲經久不息。

終於，兩位新人緩緩走上台去，面對面站到一起。

接下來，是簡單的開場白和祝福語，隨後便是主持人例行的，卻又是必不可少的圍繞新人展開的詢問。

「新郎先生，今天你是世界上最幸福的人，請問幸福的感覺是什麼呢？」

楚雲飛笑了笑，凝視程心：「幸福，就是看到我最愛的人開開心心。」

掌聲雷動，莫小寶和孔浩卻在下面急的額頭冒汗，環視周圍，鄭乾怎麼還不出現？

接下來，主持人又照例詢問了新娘新郎幾個問題，緊接著，所有人都期待的最後時刻終於到來。

現場變得安靜。

主持人轉身看向新郎，問道：「楚雲飛先生，您願意娶您身邊這位新娘，成為您的唯一永遠的妻子，無論貧賤與富貴直到永遠嗎？」

「我願意！」

掌聲再次如大海浪潮般響了起來，所有人都笑容滿面。

接下來，主持人又轉身看向新娘，問道：「程心小姐，您願意嫁給您身邊這位新郎，成為您的丈夫，無論貧賤富貴直到永遠嗎？」

想像中毫不猶豫的回答並未出現，就在程心沉默片刻，將要開口的時候，門口處卻傳來一聲壓過一切喧鬧與嘈雜的聲音——

「我不願意！」

第一百五十五章
最後的信

嘩——

幾乎是在同時，所有人都轉過頭，將目光看向了門口處。

那裡，站著一個年輕人。

手裡捧著花，手上拿著戒指盒。

「鄭乾！」

「鄭乾來了！」

「這傢伙，他終於來了！」說著說著，莫小寶眼角流下了淚水。

沒有耽擱，鄭乾在喊出一聲我不願意之後，便迎著所有人驚詫的目光，大步走向台前，面對程心單膝跪地道：「對不起，我來晚了。」

程心先是不敢相信，直到鄭乾來到她的面前，作出動作說出話，她恍惚的眼神才逐漸變得清明，隨後，便如清潭溢水般湧出了兩行熱淚。

程心捂著嘴，在哭。楚雲飛滿臉驚愕，一時之間竟然不知道該做什麼才好。

鄭乾不慌不忙打開戒指盒，拿出一枚比楚雲飛戴在程心手上更小的戒指，問道：「程心，你——願意跟我走嗎？」

所有人的議論聲不約而同在這一刻停止，偌大的宴客廳瞬間變得鴉雀無聲。

他們都在等待美麗的新娘回答。

不知過了多久。

程心終於放下了手，臉上流著眼淚，卻開心地笑了起來：「我願意！」

這一刻，彷彿是向世界宣告一樣，程心接連說出了三個我願意，使得鄭乾猛地從地上起身，緊緊地將她擁在懷中。

良久，良久……

「跟我走。」

「嗯。」

他們用耳語完成交流，然後鬆開彼此，鄭乾拉過程心的手，沿著之前走過的路，向外面奔跑。

不知是誰第一個站了起來為這對真愛鼓掌，緊接著，幾乎所有人都自覺起立，為他們歡呼，被他們感動！

蒙淅淅趴在莫小寶肩上哭了起來，就連姚佳仁和孔浩，也對望了一眼，從彼此眼中看到了晶瑩的淚水……

三天之後，白日夢工作室。

「嘿，去呀！愣什麼，一個大男人這樣扭捏！」莫小寶不滿地瞪了孔浩一眼。

剛才姚佳仁在程心的勸說下，打算勇敢地跟孔浩說出藏在心底的那些話，但是人家女孩子現在叫他出去，這傢伙反倒卻步了。
鄭乾哈哈一笑：「你擔心什麼，你害怕佳仁吃了你不成？」
程心也笑道：「就是，趕快去吧，別讓佳仁等急了。」
孔浩撇撇嘴，指著莫小寶和鄭乾說道：「你們一個臉皮厚，一個敢搶婚，我……好吧，我去！」
來到門外，準備的話沒有說出口，姚佳仁就已經轉過身抱住了他，給了孔浩一個熱烈的吻。
這吻來得如此讓人沒有防備，孔浩大腦一片空白。
許久，鬆開。
「對不起。」
隱藏在心中許久的話如今終於對著心愛的人說了出來，姚佳仁已是淚流滿面。
「當我知道那二十萬是你幫我還清的時候……我就知道，你是我這一輩子獨一無二的男人了，對不起，是我以前太壞太任性，對不起……」
「不哭，不哭。」孔浩也流下了男兒淚，為姚佳仁擦去眼淚的同時，嗆著哭聲說道，「回來就好，回來就好！」
所有人都來到了門外，看著相擁哭泣的兩人。
鄭乾哈大笑，帶頭道：「親一個，親一個！」
每個人都在喊，高興、快樂、感動地喊著：「親一個！親一個！親一個！」
孔浩擦去淚水，與姚佳仁雙目對視，兩個人不約而同閉上眼睛，擁吻在一起……
蒙淅淅又哭了，靠在莫小寶的肩上。

鄭乾和程心相視一眼，笑了起來。

一周之後，鄭乾收到了一封信，林曼寫來的：

首先，祝福你和程心修成正果。

其次……當你看到這封信的時候，或許我已經到澳洲了吧？或許，誰說得準呢？

如果說我和程建業的相遇是自主的抉擇，那麼我和你的相遇，可以說是宿命的安排吧？原本我並不打算加入你的情感行列，但是你身上擁有讓我無法拒絕的青春澎湃，吸引著我不斷向你靠近。

是的，當初我被程建業的魅力感染，如今想想，或許更多的，還是為他的家業所動心吧？我為了利欲嫁給了一個比我大將近三十歲的男人，我們之間不可能擁有幸福……結果也如現在，我終究得到了報應。

然而轉念又想，我們這一代人，何嘗只有我是如此？女人憑恃容貌，男人憑恃金錢，相互吸引，相互墮落……最終，會走向一條原本並不希望走向的路途。而唯一救贖的方法，就是迷途知返，感念恩德。

試問，我們這一代人，又有幾人能夠做到？

好了，廢話說了一堆，現在說些正事。

如果不出意外，你的白日夢工作室將會在幾天之後升格成為公司，成立的各種備案我已經連同信一起寄給了你，相信你看到信件的時候，也能看到那些文件。

另外，我已經賣了房賣了車，打算環遊世界去了。

也許有一天，我會突然出現在你面前，又或許……我們不會再見面了。

誰知道呢，對吧？

好好照顧程心，她確實是一個好女孩，至少……比我好得太多，在同她一般大的時候，我追求程建業，直到荒度十載，才知青春不復再來，而她不同，她不在意你是否富有，堅定又執著地追求著你，只盼能夠和你相守一生。

這樣的好女孩值得你用一輩子去疼愛。

所以，最後……

姐姐送你一句話：哪怕負了天下人，你也不能負她。

清秀的字跡到這裡結束。

鄭乾合上信封，長長地呼出一口氣。

此時，一雙素手從身後環繞腰間將他抱住，鄭乾轉過身來，將程心緊擁入懷。

——全書完——

高寶書版集團
gobooks.com.tw

YH 011

青春須早為（下）

作　　者　李行健
特約編輯　胡芷寧
助理編輯　陳柔含
封面設計　Ancy Pi
內頁排版　賴姵均
企　　劃　何嘉雯

發 行 人　朱凱蕾
出　　版　英屬維京群島商高寶國際有限公司台灣分公司
　　　　　Global Group Holdings, Ltd.
地　　址　台北市內湖區洲子街88號3樓
網　　址　gobooks.com.tw
電　　話　(02) 27992788
電　　郵　readers@gobooks.com.tw（讀者服務部）
　　　　　pr@gobooks.com.tw（公關諮詢部）
傳　　真　出版部(02) 27990909　行銷部 (02) 27993088
郵政劃撥　19394552
戶　　名　英屬維京群島商高寶國際有限公司台灣分公司
發　　行　英屬維京群島商高寶國際有限公司台灣分公司
初　　版　2020年 5 月

國家圖書館出版品預行編目(CIP)資料

青春須早為（下）／李行健作;
-- 初版. -- 臺北市：高寶國際出版：高寶國際發行, 2020.05
　面；　公分. --

ISBN 978-986-361-835-5(下冊：平裝)

857.7　　109004514